MW00743926

Les belles vies

©Éditions Sarbacane, coll. EXPRIM', 2016.

DU MÊME AUTEUR

Je suis sa fille, Éditions Sarbacane, coll. « Exprim' », 2013.

Les Géants, Éditions Sarbacane, coll. « Exprim' », 2013 ; Points, 2018.

Rural Noir, Éditions Gallimard, coll. « Série noire », 2016 ; Folio Policier, 2017.

Héros. Livre 1: Le réveil, Éditions Sarbacane, coll. « Exprim' », 2018.

Héros. Livre 2: Générations, Éditions Sarbacane, coll.« Exprim' », 2019.

BENOÎT MINVILL

Les belles vies

———

ROMAN

Bande-son

- DEFTONES, *Kimdracula*
- SLIPKNOT, *Left Behind*
- BRING ME THE HORIZON, *Happy Song*
- AC/DC, *Thunderstruck*
- PARKWAY DRIVE, *Crushed*
- AMENRA, *Razor Eater*
- LED ZEPPELIN, *Immigrant Song*
- WALLS OF JERICHO, *Relentless*
- NASTY, Shokka
- BRING ME THE HORIZON, *Blessed With A Curse*
- RISE OF THE NORTHSTAR, *Again And Again*
- MASS HYSTERIA, *Vae Soli*
- MARS RED SKY, *Alien Grounds/Apex III*
- HATEBREED, *Defeatist*
- DEFTONES, *Leathers*
- BOB MARLEY, *Concrete Jungle*
- LYNYRD SKYNYRD, *Sweet Home Alabama*
- BRING ME THE HORIZON, *Hospital For Soul*

À Tata et Tonton.
Aux enfants de Passy.
À Cathy et Gérard

1

Vasco et Djib se demandent si ça ne va pas être plus grave qu'ils ne le pensaient.

Fesses vissées sur son banc, les mains dans les poches de son jean, Vasco tente de se vider la tête en suivant le parcours d'une araignée sur le mur blanc blindé d'affiches de prévention. Djib a la trouille au ventre ; il n'a qu'à fermer les yeux et ceux de sa mère apparaissent, la nausée n'est pas loin.

Un policier passe devant eux. Les bras chargés de paperasse, il rentre dans le bureau d'à côté.

Le commissariat est calme. Vasco glisse ses mains dans ses cheveux gavés au Pento et tente un coup d'œil à son meilleur pote, son frère de cœur... Djib se contente de hausser les épaules. Le silence est interminable, interrompu parfois par des bruits de doigts sur des claviers, des éclats de voix, une machine à café qui vrombit.

Un autre agent arrive – il marche d'un pas décidé, suivi d'une vieille dame qui peine à tenir la distance. Vasco s'attarde sur le bandage qu'elle porte au front, soupire et se penche vers Djib.

— Tu vas la rappeler, Samia ?

— Je t'ai dit d'oublier mon nom.

— Putain, je t'ai dit que j'étais désolé !... Tu crois que je m'en veux pas ?

— Me soûle pas, Vasco.

Du fond de sa colère, Djib ne comprend toujours pas comment tout ça a pu déraper si vite.

Enfin, si. Il y a toujours une fille dans l'histoire, avec Vasco, quand ça tourne mal. Une fille. Un autre mec. Et Vasco... À chaque fois, Vasco – le poing dressé et les neurones en cale sèche. Déjà tout môme, au parc en bas de la cité, il s'attaquait à ceux qui voulaient piquer son goûter à Djib...

Et voilà, encore une fois. Il a fallu que ça arrive aujourd'hui, dernier jour de bahut.

Comme toujours, ça commençait bien, pourtant. Vasco était déjà en vacances, sa première année de CFA sous le bras, celle-ci ayant oscillé entre « *médiocre* » et « *progrès mais peut mieux faire* ». Il était venu chercher son pote à la sortie. Au programme de la soirée : tournoi de FIFA et du son.

Djib, lui, terminait l'année sur les rotules, après une histoire stressante avec une fille « chouette mais caractérielle » et un passage en première S obtenu à la sueur du front. Et pour tout dynamiter : ce gars de première STMG, Malik, un chaud, beau gosse, le genre qui n'hésite pas à tenter sa chance avec des filles casées.

Le dernier jour de l'année... celui qui libère. Dans sa classe, peu avaient tenu jusqu'au bout de la journée – occasion trop belle de s'offrir un aprem de vacances avec un peu d'avance, surtout que la plupart des potes restaient convaincus que la seconde était « la dernière année tranquille, avant les choses sérieuses ».

Pour Djib, pas question de sécher : il devait bien ça à sa prof de maths, elle ne l'avait jamais lâché et sa mère l'aurait fait culpabiliser... « Il ne faut jamais décevoir ceux qui croient en toi. » Encore raté, pour le coup...

Tout est allé très vite.

Le soleil bien haut, les grilles ouvertes... Enfin la quille ! Deux-trois cahiers voltigeaient, partout des sourires, on se parlait de ce qu'on allait faire de l'été, qui s'annonçait étouffant sur toute la France.

Et, du côté des platanes... il y avait Malik – qui draguait Samia ouvertement. Logique, Djib est intervenu. Il avait attendu les lèvres de sa nana toute la journée, elle devait partir au bled d'ici deux jours et il était à cran.

Très vite, un cercle s'est formé autour d'eux et les sacs à dos sont tombés au sol.

Il ne faisait pas le poids, Djibril, avec ses petits muscles secs ; Malik avait presque une tête de plus, et son nez cassé trahissait l'habitué de la castagne. Malik a envoyé une bonne secousse à Djib. Samia gardait les mains crispées sur sa bouche, ses copines piaillaient, ça criait de partout.

Et bien sûr, c'est là que Vasco a débarqué, la clope coincée aux bords des lèvres, les poings déjà serrés – des poings furieux, dont les jointures se sont mises à cogner Malik avant même un « qu'est-ce qui s'passe ? »

Vasco, il tape fort. Sauf que Malik savait se défendre... et surtout, que Djib ne pouvait pas décemment laisser son pote lui sauver la mise devant Samia. Qu'est-ce qu'elle penserait ? Un copain de Malik est entré dans la danse – Vasco lui a fait regretter l'idée. Et ensuite, avec Djib, ils se sont concentrés sur le don Juan. Ils ne lui ont pas fait de cadeaux.

Le gardien a appelé les flics.

Retour sur le banc.

Djib cherche l'apaisement en caressant son afro. Dans ses souvenirs de môme, sa mère faisait comme ça, à une époque où elle pouvait encore s'y risquer sans que cela ne gêne ni l'un ni l'autre.

— Tu me fais la gueule, hein ?

Djib ne répond pas.

— Je vois bien que tu me fais la gueule.

Vasco baisse la tête. Il a perdu de vue son araignée, elle a dû se planquer derrière la caméra, là-haut.

— Vos parents arrivent, fait un policier.

D'un coup, Vasco a la gorge asséchée. Ses mains se mettent à trembler toutes seules et s'empourprent comme si elles portaient les stigmates des coups qu'il a balancés. Ses mains... Vasco pense à son père.

Ce père qui arrive du bout du couloir, avec sa mère. Derrière sa moustache, on dirait que son visage entier refuse le moment. Digne, il avance. Digne et raide. Les semelles de ses souliers cirés claquent sur le carrelage.

Le commissariat, ça commence à devenir un lieu de rendez-vous, entre eux... La dernière fois, c'était il y a six mois : Vasco avait fait le mur pour rejoindre une fille à une soirée, vu qu'*on ne sort pas le samedi soir* sous le toit paternel... et il avait fallu que les agents de la BAC leur tombent dessus au moment où, blottis l'un contre l'autre avec une 8.6 dans la main, ils laissaient la désobéissance prendre tout son sens.

Cette fois-là encore, Vasco avait juré sur l'honneur de se tenir à carreau...

Il baisse les yeux. La honte est trop forte et le poids du regard aussi.

De son côté, Djib reconnaît alors les pleurs de sa mère, accompagnée de deux de ses sœurs. Elle approche à son tour, soutenue par les frangines. Et le fixe, muette. Abasourdie. Djib se détourne.

Ils sortent tous ensemble. Dehors le soleil décline mais brille encore, les filles sont en jupe, on boit des verres en terrasse, des gamins jouent avec l'eau de la fontaine sous les yeux des parents. Les deux potes ne dévient pas de la trajectoire qui les ramène au parking.

2

Malik a porté plainte.

Comme pour une réunion de crise, les parents de Vasco et la mère de Djib se sont rassemblés dans la cuisine exiguë. La consternation mène le combat avec la colère – et la tristesse, embusquée pas loin derrière. La mère de Djib est assise, éreintée. Par ses journées de ménage, forcément, mais surtout par ce fils dont elle attend tellement, celui qui a le même visage que l'homme qui l'a abandonnée avec les enfants, il y a cinq ans. Son Djibril. Un bon fils pourtant, un frère responsable, mais un garçon. Et les garçons…

Le père de Vasco vide son verre de vin et le pose sur la table en formica. Il a fait ce même geste sur cette même table, il y a trente ans, le jour où Lina et lui sont arrivés en France, jeunes mariés s'exilant loin de leur petit village.

La mère de Vasco ressert du jus de fruits à Fatoumata ; malgré les cernes qu'elle a sous les yeux du soir au matin, elle est consciente qu'à deux, c'est plus facile.

Ils discutent depuis une heure. Ils font face.

— Et dans tout ça, comment va Hugo ? demande Fatoumata.

— Ça va. Lui, c'est juste qu'il ne sait pas se taire. Il a des mots plein son carnet, mais au moins il est calme.

Les garçons sont dans la chambre de Vasco, ils guettent. Djib n'a peur que d'une chose : le renvoi. Ça reviendrait à dire au revoir au dossier parfait nécessaire à sa prépa... pas possible, putain. Pas possible ! À sa droite, Vasco bâille en passant les mains derrière sa tête – fausse tentative pour paraître détendu. Et à sa droite à lui, Hugo, dix ans et fou de son frère, l'imite aussitôt, récoltant un clin d'œil en récompense. Le pauvre petit ne doit pas bien comprendre pourquoi l'ambiance est si tendue, ce soir.

Vasco chuchote :

— Tu l'as rappelée, Samia ?

— Elle veut plus me voir, elle dit que je suis immature.

— Désolé, vieux. T'as même pas eu le temps de concrétiser, du coup.

— Moi, au moins, j'ai eu une histoire avec autre chose que ma main droite.

Vasco lui tape sur l'épaule :

— Vraiment désolé. Je te jure, je pensais que ça aimait les durs, les filles comme Samia.

— Les filles comme... Qu'est-ce que tu veux dire là ?!

« *Tourne ta langue, tourne ta langue* », pense Vasco.

Gêné, il pointe du doigt son poster de Manchester et improvise :

— T'as vu, Ronaldo a planté quatre fois, hier ?

— Tu sais que je m'en tape ?

— Tu sais que t'es pas obligé d'être agressif ?

17

— Et toi, tu sais que t'as foutu ma vie en l'air ?!

— Arrête, frérot, exagère pas.

— Il a porté plainte...

Pour bien montrer que ça ne l'atteint pas, Vasco s'affale sur son lit défait.

— T'inquiète, je t'ai dit que je prendrais tout pour moi. T'as rien fait, Djib, c'est moi qui ai déconné. Il va se passer quoi, sérieux ? Malik joue les chauds, genre il connaît du monde ? Je leur pisse dessus. Et pour le bahut ? On était dehors. Au PIRE du PIRE, on va ramasser des merdes de chiens au parc des Lavandières un samedi après-midi, basta.

Pas de réaction, son pote reste muet, crispé. Vasco inspire et reprend à voix basse :

— Je suis vraiment désolé...

Djib est soulagé de l'entendre prononcer ces mots-là – ça lui fait pas de mal de se remettre en cause de temps en temps, à ce foutu flambeur. Et en même temps, s'il est honnête avec lui-même, il sait qu'une part de lui devrait le remercier : l'autre allait le démolir.

En réalité, il est inquiet pour eux. Inséparables même dans la merde : si l'un tombe, l'autre lui tend la main ; alors, si les deux s'écroulent... Stratégie « à la Vasco » : *On trouvera bien quelque chose.* C'est la même rengaine depuis la petite section.

Et puis, au fond, il ne pense plus trop à Samia et à Malik ; il pense à sa mère, et il s'en veut. Tête baissée, il passe son doigt dans la poussière tassée entre les magazines éparpillés sur le bureau. Il est mal. Incapable de rester en place, aussi – machinalement, il se défoule sur la balle anti-stress en forme de ballon de foot de son pote.

De son côté, Vasco contemple son étagère vide... là où sa télé trônait tout à l'heure encore avec sa Playstation. Quand son père lui a confisqué le tout, en rentrant, il se doutait bien que ce n'était que le premier round. La suite a claqué comme une gifle : pas de vacances au bled cet été. Entrailles secouées immédiatement. Son père a été catégorique, et même si cela l'attriste sûrement de savoir que son aîné ne verra pas ses grands-parents, il ne transigera pas... *Un voyou ne rentre pas au Pays.*

Ça, Vasco a plus de mal à encaisser. Pas d'après-midis au bord de la rivière à siroter du Sumol en mangeant Pica-pau, pas de ce soleil qu'on ne voit jamais ici, pas de nuits chaudes de bals, pas d'oreilles qui sifflent après avoir dansé jusqu'à tard avec les filles et les potes qu'on ne voit qu'une fois par an...

Tout défile : l'odeur du cochon à la broche, la bière qu'on boit en douce entre cousins après avoir ramassé les patates avec les vieux, sa main qui plonge sous le tee-shirt de Maria avec qui il aurait *tellement* voulu aller plus loin cette année, les blagues nazes de son grand-père, marmonnées par-dessus sa canne quand il l'aide à rentrer les moutons... Rien, rien ; il a tout foutu en l'air et c'est sa faute.

En croisant son regard dans la glace, il voudrait mettre une droite à ce petit mec en débardeur à la tronche arrogante.

— Ils causent, fait soudain Djib en tendant l'oreille.

Le père de Vasco s'est resservi un verre. Il réfléchit.

— Il leur faut du plomb dans la tête. Qu'ils comprennent. Lina, tu le sais, à leur âge, si j'avais fait le quart de ce que font ces enfants...

— Ce ne sont plus des enfants, le coupe sa femme.

Le père boit une gorgée.

— La vie est facile pour eux, ils ont tout ce qu'ils veulent. Nous, on a dû vivre avec rien.

Fatoumata connaît leur histoire, elle ressemble à la sienne. Il n'y a pas que l'amitié de leurs fils qu'ils ont en commun, ces voisins de HLM. À leur arrivée en France, Lina avait dix-sept ans, José vingt ; ils ont fui la misère, leurs parents étaient soulagés de les voir tenter une vie meilleure loin de ce Portugal rural d'après Salazar...

— Ça n'a rien à voir, José, tu le sais.

— On respectait nos parents. Eux ne respectent rien. Avec tout ce qu'on fait pour eux... On se sacrifie. On ne leur demande rien, simplement se lever et aller en cours ! Moi, je me tue pour ce gosse tous les jours.

Il tape sur la table, grimace – son épaule le lance au geste d'humeur de trop.

— On fait du mieux qu'on peut. Ils sont turbulents mais pas mauvais, objecte sa femme en s'essuyant les mains sur son tablier après avoir découpé des beignets dans un plat.

Rituel immuable : manger accompagne les joies et les peines, dans cette maison, et une amie de longue date doit toujours trouver quelque chose dans son assiette.

Avoir manqué est devenu besoin d'offrir.

Lina envoie un signe de tête à Bintou et Assma, les deux jeunes sœurs de Djib que leur mère a embarquées avec elle. Assises sagement sur des tabourets, elles hochent la tête et, après avoir reçu l'approbation de leur mère, se jettent sur ce goûter somptueux.

— Chercher son fils au commissariat..., enrage José. Quelle honte ! On dirait le « preto » du troisième, ce bon à rien. C'est ça qu'il va devenir, mon fils ? Un bon à rien qui passe son temps à se plaindre et à attendre les aides !? C'est mon fils, ça ?

— José !

Lina a les sourcils froncés. Fatoumata ne relève pas, elle se contente d'essuyer les grains de sucre collés aux lèvres de sa plus petite.

— Le mal est fait, dit Lina – en montrant au passage, d'un seul coup d'œil, son désaccord sur le nouveau verre de vin que son mari se verse. Maintenant, il faut qu'on décide ce qu'on va faire d'eux. Comment on va les *aider*. De toute façon, ils devront assumer leurs actes ; et si Vasco doit payer quelque chose, j'irai chercher jusqu'au dernier centime de son Livret.

José préfère détourner le regard. La voix de Fatoumata s'élève alors, à mille lieues du ton rond et enjoué qu'elle adopte habituellement. Si lasse...

— Djibril n'a pas réussi à trouver de job pour l'été, je n'ai pas de congés avant mi-août et je ne peux pas lui demander de garder ses sœurs... Il l'a déjà tellement fait ! Il faut qu'il révise. Sa prof de maths lui a dit : « La première S, il faudra redoubler d'efforts. » Avec la maison de quartier, ses sœurs vont pouvoir partir une semaine chacune en colonie. Mais lui...

Lina finit d'essuyer la vaisselle. La salade est déjà lavée, les patates épluchées et elle a sorti des gésiers du congélateur. Elle sait que José et les garçons raffolent de ce plat.

Dans la chambre, les deux potes ont l'oreille collée à la porte tandis que Hugo s'est allongé à plat ventre sur la moquette, petit Indien qui prend son rôle à cœur.

— Qu'est-ce que je vais faire...

Face aux larmes de sa mère, la petite Bintou lui tend un morceau de beignet. Fatoumata feint un sourire et amène le petit visage tout rond contre elle.

Lina s'assoit, prend la bouteille de vin rouge pour s'en servir un fond. À la guerre comme à la guerre.

— Il n'y a qu'une solution. Il faut qu'ils partent demain...

José et Fatoumata restent pendus aux lèvres de Lina. Côté ados, c'est la montée de stress.

— Écoutez-moi bien. Zé', ressers Fatoumata, son verre est vide.

Pendant qu'il s'exécute, elle reprend :

— J'ai beaucoup réfléchi, il faut qu'on fasse quelque chose. Je refuse qu'on dise que je ne m'occupe pas de mon fils. Il faut que ces enfants *comprennent*, cette fois. Voilà ce que je vous propose : j'ai parlé à Armando. Il est prêt à nous aider.

Surpris, son mari plisse les yeux. Armando, c'est l'ami d'enfance qu'on a au téléphone de temps en temps, qu'on ne voit plus mais qu'on garde dans son cœur. C'est tout un pan de sa vie, de son histoire.

« Sapato Branco », qu'on l'appelait à cause de la seule paire de chaussures blanches et usées qu'on lui connaissait quand il arpentait les pavés du village. Cet ami avec qui ils sont montés en France il y a trente ans... Rémanence d'une autre vie. Pas de papiers, une langue à apprendre, s'intégrer. Faire le larbin des Français. Tout devoir à ce pays. Oui, il se souvient : ils avaient fait une étape dans le Centre, Armando n'avait pas continué le voyage. Avec sa fiancée, ils avaient réussi à trouver du travail chez un bourgeois local. Femme de chambre et jardinier. José, bien incapable de situer la région sur une carte, se remémore les paysages, plus verts qu'au Pays où le soleil brûle tout l'été ; et les gens, la méfiance parfois, leur gentillesse aussi. Des gens de la terre, comme chez lui.

— Armando est boulanger dans une petite ville de la Nièvre.

Lina poursuit d'une voix calme :

— Armando et Louisa ont eu leur fille quelques mois après leur arrivée en France, et puis leur patron est mort. Ils se sont retrouvés sans rien et ont vécu des moments très durs. Il a fini par monter son affaire. Il m'a parlé d'une femme qui les avait aidés. Une travailleuse sociale de la DDASS qui accueille des enfants depuis des années.

— Tu veux mettre nos gosses à la DDASS ? Tu plaisantes, j'espère !

José est raide, il tremble. Fatoumata écoute son amie. Dans la chambre, les deux copains ont échangé un regard mêlant incompréhension et terreur. Ils le savent, la mère de Vasco est capable de tout.

— José, je t'ai dit de ne pas m'interrompre. Armando m'a donné le numéro de cette dame, Marie. J'avais besoin d'aide, de parler, je me disais… qu'elle devait en avoir élevé, des ados compliqués.

Le front de José se barre d'une ride. Lina sait ce qu'il pense : « *Besoin de personne pour éduquer mon fils* ». Elle reprend :

— Nous avons beaucoup parlé. C'est une dame d'une grande bonté. Très à l'écoute. Son mari est un éleveur à la retraite, il a 80 ans. L'hiver dernier, une de ses granges s'est effondrée pendant une tempête. Il attendait les beaux jours pour la réparer, mais seul, il n'aura plus la force. Marie m'a proposé de prendre les garçons et de leur confier la tâche de réparer la grange. Sa maison est grande, m'a-t-elle dit, il y a du travail. Ils se rendront utiles. Je pense que cela peut leur faire du bien. En attendant la suite…

José se frotte le visage. Il sait que sa femme a raison. Fatoumata prend la main de Lina.

Dans la chambre, Djib sent la colère envers son « frangin de cœur » monter dans ses reins.

Un quart d'heure après, les valises sont sur les lits.

3

L'épaisse porte du laboratoire de boucherie se referme derrière Dylan.

Il se retrouve sous le soleil, ses incisives plantées dans sa lèvre inférieure. Il aurait bien voulu la claquer plus violemment, tout envoyer voler, mais le lourd mécanisme a ridiculisé sa colère, et c'est sans un bruit qu'il atterrit dans la rue.

Face à lui, le petit pont sous lequel coule la rivière maigrelette où il irait bien plonger. Il arrache une cigarette à son paquet, se l'enfourne dans la bouche, ses doigts agités et couverts de coupures peinent à gratter la pierre du Bic quasi mort.

Après la première bouffée, il cure un de ses ongles, puis deux – ils sont perpétuellement salis par le sang, les éclats d'os, les gerçures dues à la chambre froide et aux longues heures de découpe. Les découpes. Un geste en boucle, et cette phrase de base : *Applique-toi. Applique-toi.* Un frisson de rage le prend, il jette son calot de boucher au sol, essuie nerveusement ses mains sur son tablier constellé de taches rouges.

— T'as fini ? On y retourne ?

La voix le fait sursauter. Monsieur Moreau se tient à quelques pas, ses larges mains sur les hanches, le menton en avant.

Dylan fuit le regard. Il baisse la tête et joue avec les gravillons du bout de sa Nike Air.

— Je t'ai posé une question, Dylan. On y retourne ?

— C'est bon.

— Non, c'est pas bon. T'as un agneau en travail et tu vas aller le finir. On n'abandonne pas son poste comme ça. On en a déjà parlé !

— Je fais de la merde, de toute façon.

— Alors applique-toi.

Tout le temps, tout le temps, Monsieur Moreau le lui répète. S'appliquer, exécuter les gestes encore et encore... Il s'en fout, là, il veut une autre clope, une bière, être seul.

— Dylan, on a dit qu'on réessaierait de te passer en boutique... C'est ce que tu as demandé, non ? La clientèle ?

Dylan ne répond pas. Il écrase son mégot, suit la fumée des yeux. Avec la chaleur à crever, un goût de cendrier reste au fond de sa bouche et il a une boule dans la gorge, celle qui empêche de parler. Celle qui prend le dessus quand tout déborde.

— C'est bon... Je m'en fous.

— Non, tu ne t'en fous pas. Premièrement tu ne me parles pas comme ça, deuxièmement tu me regardes !

Il y a moins d'un mètre entre l'ado et l'imposant boucher, Dylan sent son haleine dans son cou.

La voix claque :

— J'ai dit : tu te retournes, et tu me regardes !

Dylan écrase ses molaires, tient deux secondes et finit par plonger ses yeux bleus dans ceux, furieux, de son patron.

— Tu veux aller en boutique ?

— Oui, mais...

— Y a pas de mais, que du travail. Comment je fais pour te laisser aller en boutique si tu me bricoles des découpes pareilles ? Les clients ne vont pas te demander que du bœuf sous prétexte que tu aimes le travailler. Tu connais le prix de la viande, tu es là pour apprendre. Et respecter ceux qui t'apprennent les choses.

— Je sais. Je sais.

— Alors si tu sais, fais-le. Dylan, je suis très patient, on en a déjà parlé. Ça va bientôt être les vacances pour toi, il faut vraiment que tu réfléchisses à tout ça. Moi, je suis prêt à t'accueillir à nouveau en septembre, mais il faut que tu changes d'attitude. Sinon, je ne pourrai pas continuer... J'ai beaucoup de demandes.

Dylan ressent les coups habituels dans son ventre, comme des crochets au foie. Il ne peut plus ouvrir la bouche, plus communiquer. Ses yeux mouillés de rage reviennent sur Monsieur Moreau, lequel coiffe sa moustache dans ce geste qu'il a toujours quand il réfléchit. Monsieur Moreau, c'est un roc, il ne laisse rien transparaître. Un homme, quoi.

— Qu'est-ce qu'on fait, Dylan ? On y retourne ?

Le jeune regarde trois canards batifoler dans les nénuphars, à deux pas de la Boucherie Moreau. C'est le genre de truc qui le ferait bien marrer, d'habitude. En face, derrière sa fenêtre, il sait que la vieille Lebeau n'a rien perdu de leur échange. Il a envie de lui faire un doigt, de jeter une pierre dans son putain de carreau.

— Dylan ?...

Le bout de la cigarette consumée lui brûle la bouche, il la crache et en profite pour ramasser son calot.

Quand la journée se termine, Monsieur Moreau lui serre la main de façon plus appuyée qu'à l'accoutumée, l'obligeant à lui faire face.

Dylan se traîne un peu, il va attendre sa sœur sur les marches de l'église, à l'ombre. François, l'autre apprenti, le salue et grimpe sur son scooter. Dylan lui répond, puis regarde sa vieille 103 fatiguée.

Deux vieilles toutes penchées passent devant lui, luttant pour tirer leur cabas. Il leur dit bonjour.

Jessica arrive – en retard, bien sûr. Elle a encore dû taper la discute avec un mec. Ça fait plusieurs mois que Dylan ne va plus l'attendre devant le bahut, c'est parti en vrille trop de fois. Il s'est fait une raison, sa sœur plaît aux mecs.

Remarque... À voir sa jupe trop courte, son décolleté, ses baskets à paillettes et sa frange au ras des yeux dans l'espoir de passer pour une Parisienne, il n'a pas trop de mal à comprendre. Elle a les joues bien rondes d'une fille du pays et de bons petits jambonneaux, sa Parisienne de sœur. Vrai que pour autant, elle est belle. Paraît que la mère lui ressemblait au même âge.

Elle arrive, lui sourit, dévoilant ses dents du bonheur, le détail qui achève les mecs quand ils ont bloqué sur sa bouche.

— Ça va ? Excuse.

— Ça va...

Il lui tend son casque.

— Putain, qu'est-ce qu'y fait chaud. On se baque en rentrant ?

— Bah, j'ai pas trop avancé sur mon rapport de stage. C'est la quille la semaine prochaine.

— Oh, steup', je veux pas y aller toute seule ! La dernière fois, je suis sûre d'avoir vu le fils Martin me mater.

— Arrête de mythonner, marmonne Dylan en enfourchant sa meule. Y a personne qui vient à la rivière. Tonton dit qu'il y a même pas de poissons, c'est pour ça qu'il va toujours m'emmener dans un autre coin.

Il démarre.

— T'as acheté le pain, Dylan ?

— Meeerde, j'ai zappé... C'est vrai, Tata m'a demandé.

— Petite tête, se moque Jessica en tapant le casque de ses ongles vernis et travaillés comme de la haute orfèvrerie.

Elle attrape le grand sac à dos enroulé sur le porte-bagages.

— Faut en prendre combien ? marmonne Dylan en cherchant le billet qu'on lui a confié ce matin.

— Je sais pas, qu'est-ce qu'elle t'a dit ?

Il bugue... Impossible de se souvenir.

La sœur souffle. Et puis elle saute du scooter, fonce à la boulangerie et revient avec six baguettes qui dépassent du sac.

— J'ai trop hâte d'être en vacances !! Lionel part pas, cet été.

— Tu vois toujours ce mongol ?

Jessica lui pince le dos.

— Je l'aime pas, il te traite mal.

— Je suis assez grande...

Dernièrement, côté cauchemars, Dylan n'a eu que l'embarras du choix pour foutre ses nuits en l'air : celui où sa sœur tombe enceinte, celui où on les place à nouveau en foyer, celui où on les rend à leur mère...

Il pousse les gaz et rejoint la départementale, dépasse un tracteur en pleine artère principale. Une fois libéré de la circulation, il peut enfin foncer pour rentrer à Passy.

4

Vasco et Djib n'ont toujours pas compris comment ils se sont retrouvés là, devant le petit portillon couvert de fleurs de la dernière maison d'un lieu-dit perdu au milieu de la campagne. Ou plutôt, ils ont trop peur de comprendre... et en réaction, ils restent figés face à la grande bâtisse parcourue de lierre, pendant que le père de Vasco fait son dernier rapport par téléphone à sa femme.

Ils se sont levés tôt pour éviter les bouchons de l'A86. Sur le seuil de la porte, Fatoumata a serré fort son fils dans ses bras – lui qui n'est jamais parti en colo a trouvé la situation paradoxale. Et puis, en descendant les escaliers sales de l'immeuble, ils ont croisé le voisin du second, occupé comme d'habitude à prendre son café et à fumer sa cigarette. José s'est enfin adressé à son fils, pour lui infliger :

— Tu veux finir comme ça ?

Ensuite, Hugo les a salués depuis la fenêtre de sa chambre, tout sourire, avant de brandir les manettes de la Playstation. Tête levée vers le ciel, Vasco a laissé filer un « petit batârd ». Il allait lui manquer terriblement, ce frangin collant.

Et il a repensé aux paroles de sa mère.

— Grandis… Rends-toi fier, rends-nous fiers.

Sa mère, capable de mettre des mots sur cette montagne qui pèse sur lui. Impossible de faire machine arrière.

Ils ont pris la route, sous le cagnard, avec les K7 de Pimba de son père comme ultime punition. Après avoir enfin échappé à l'engorgement de la capitale, ils ont filé sur une autoroute déserte plantée d'arbres dont les noms, que José s'escrimait à leur énumérer comme dans un musée, ont vite échappé aux garçons.

Pause pipi aux abords de Nevers, dont la zone industrielle a rappelé à Vasco la même laideur plate que celles qu'ils ont l'habitude de parcourir dans l'ennui de certains dimanches. En plus vert. L'impression générale est d'être au cœur d'un reportage de France 3.

Derrière leur cité, quand on s'éloigne, ça respire un peu la cambrousse, mais là c'est « vraiment » la campagne. Il n'y a rien à des kilomètres à la ronde, et dans les villages traversés, c'est souvent une succession de volets fermés et de panneaux « à vendre ».

Pour Vasco, l'expression « *au milieu de nulle part* » était jusque-là associée à son village portugais, sorte d'endroit bucolique qui n'existait que pendant les semaines où il venait vivre un été en boucle sur la terre de ses ancêtres… Il se voit forcé d'élargir son champ lexical.

Le trajet a ensuite vu valser les bleds aux noms bizarres, il a fallu patienter et se farcir bien des tracteurs ou des engins agricoles, déchiffrer des pubs d'un autre temps sur des façades en pierre, jusqu'à ce que le GPS du père finisse par ânonner : *Vous êtes arrivé à destination.*

Le panneau du lieu-dit dépassé, ils ont roulé au pas devant les cinq maisons largement espacées les unes des autres, puis José a arrêté la Mercedes devant la dernière maison. À quelques mètres du panneau de sortie.

Il est nerveux, lui aussi. Il s'apprête à confier son fils à des inconnus.

Son orgueil en a pris un coup, et pourtant, en accord avec sa femme, il veut croire que cela sera bénéfique. Il ne doit pas baisser les bras – en tout cas, il veut avoir tout essayé avant de se résigner...

Mais il y a ces mots qui font peur, aussi : *la DDASS, famille d'accueil, enfants à problèmes...* Il ne sait pas si c'est une bonne idée de plonger ces deux ados déjà bien agités dans ce genre d'environnement...

Il s'en veut de penser comme ça. Après tout, ces gens n'étaient pas obligés de leur proposer de s'occuper de leurs fils. C'est surtout qu'il a peur de juger, et d'être mal interprété. Pas facile, en plus, de parler de choses aussi délicates dans une langue qui n'est pas la sienne. Lina s'exprime mieux en français, lui a moins de moments pour pratiquer, sur les chantiers.

Et puis, alors qu'il attend, voiture garée sur le bas-côté, il se rend compte qu'il se sent également gêné de rajouter du travail à ces braves gens. 80 ans pour le monsieur, ce n'est plus tout jeune pour gérer autant d'enfants, surtout d'après ce qu'on dit sur eux. Sa compagne a

60 ans d'après ce qu'il a compris, vingt ans d'écart entre eux… Il n'a pas posé de questions.

Mais tout de même, leur imposer les deux, c'est presque humiliant. Déjà qu'ils élèvent ceux des autres pour de *vraies* raisons, alors que son môme à lui… José jette un coup d'œil aux deux potes, on dirait des petits garçons pétrifiés, à mille lieues de l'image d'ados rebelles et hâbleurs qu'ils véhiculent à longueur de temps. Il sourit, malgré lui.

La maison paraît grande, un corps de ferme aux volets bleus, protégé de l'extérieur par une haie. José a sonné et puis, comme personne n'est venu, il s'est permis de fureter. Il a vu une petite cour, deux immenses tables de jardin accolées, et il a dénombré au moins dix chaises en plastique, des jouets au sol, des ballons, un parasol comme celui dont il a équipé sa maison au Pays, un barbecue et une allée de pelouse qui s'éloigne vers ce qui semble être un grand jardin.

Il doit faire bon vivre, ici. C'est un peu perdu, mais c'est calme. Pas de problème de voisinage. Pas de jeunes en bas qui traînent, pas de traces d'incivilités dans l'escalier. Lui, en comparaison, il compte les jours jusqu'à la retraite, quand ils repartiront au Pays. Enfin, s'ils ont réussi à faire quelque chose de leurs enfants.

De l'autre côté de la petite route communale, une étable pour l'instant désertée, au bord d'un champ très étendu et vallonné qui court vers des bosquets touffus. Il imagine bien un cours d'eau dans le contrebas et croit apercevoir également des rails de chemin de fer.

Mains dans le dos, il s'avance à côté de la maison : il remarque une grande cour, un hangar dont le bardage est vermoulu et la peinture écaillée, accolé à deux granges. Si l'une tient encore debout, l'autre est partiellement détruite, son toit est enfoncé, il y a du bois et de la tôle partout, le tout envahi par la végétation sauvage qui reprend ses droits.

En effet, ça fait du travail…

Les garçons n'ont pas bougé, ils restent plantés sous l'ombre d'une armée de tournesols fièrement dressés.

José regarde tout autour d'eux ; le jaune des foins se fond dans le vert des pâturages, le petit vent fait du bien. Rien à voir avec la fournaise du Pays, mais l'été s'annonce quand même particulièrement chaud. Au loin, la petite route plonge en douceur pour remonter jusqu'à eux.

Cela fait presque un quart d'heure qu'ils sont là sans avoir vu trace d'âmes qui vivent, lorsqu'une voiture apparaît enfin.

Une BX. Elle ralentit et s'engage dans la cour en charriant de la poussière. Une antique BX bleue !

Vasco se sent aussi tendu qu'avant d'aller aborder une fille et Djib, comme un matin d'examen sans avoir révisé. Les portières s'ouvrent…

… et c'est toute l'arche de Noé qui sort de l'habitacle.

C'est sans fin.

D'abord un garçon et une fille aux traits identiques, d'une dizaine d'années ; ils cavalent dans des bermudas qui ont déjà dû connaître bon nombre de propriétaires. Puis viennent un, deux, trois enfants : deux filles de huit neuf ans et un petit gars plus jeune, tous maghrébins, José n'en revient pas. Tous ces mômes se suivent en âge… La fratrie hilare, trio de bouches édentées, rejoint les petits jumeaux. Un ballon vole dans l'air et déjà, les rires et les cris couvrent le silence campagnard.

José écarquille les yeux quand il voit, ensuite, deux adolescentes sortir à leur tour de cette pauvre BX qui, à chaque délivrance, reprend quelques centimètres à la pesanteur.

La première fille a les cheveux courts, un sarouel et une brassière – de loin, il aurait pu la prendre pour un garçon ; elle tourne la tête vers lui et les garçons, puis leur sourit poliment avant de se diriger vers le coffre de la voiture.

La seconde est habillée beaucoup trop court, selon les critères de José. Il jette un regard à son fils, dont l'expression a déjà changé. À tous les coups, cet imbécile est en train de bomber le torse.

Vraiment, ce n'est pas correct… Non seulement sa jupe est trop courte, mais le maquillage dont elle a affublé son visage poupin – et joli, il veut bien l'admettre – est du plus mauvais goût. Son petit sac à main pendu à l'épaule, elle ne fait pas attention à eux et s'en va vers la maison.

Enfin, le dernier occupant à l'arrière s'extrait : c'est un jeune de l'âge des garçons. Blond, cheveux courts, en survêtement et débardeur, diamant dans l'oreille et mains dans les poches, il rejoint la fille aux cheveux courts près du coffre et attend. Ses yeux cernés ne quittent pas le sol. Il leur accorde finalement un regard, s'attarde sur Djib, renifle, met sa main en porte-voix avant de crier :

— Hey, les petits, venez aider ! Jessica, amène-toi aussi !

La fille en mini-jupe lève les yeux au ciel, elle poursuit son chemin sans même se retourner.

36

À l'inverse, les cinq petits accourent. Commence alors un ballet digne d'un numéro de cabaret, une chaîne pour décharger le coffre entre rires et habitudes parfaitement huilées.

Puis le conducteur sort. José s'avance en passant ses paumes sur sa chemise repassée du matin, légèrement fripée après les quatre heures de route.

Sacré bonhomme, le vieux. S'il a 80 ans, on lui donnerait facilement dix de moins ! On devine la musculature sèche d'un corps que le travail a entretenu et sollicité. Ses yeux plissés et son visage buriné rappellent à José son acteur préféré : Clint Eastwood, dont il n'a jamais raté un film depuis son arrivée en France, et dont il regarde encore les classiques sur ses vieilles VHS.

L'homme sourit, lui tend sa main – dans cette poigne, c'est la force tranquille et la générosité de son propre père que José ressent.

— Enchanté. Albert Favre. Bienvenue chez nous. Vous avez trouvé facilement ?

Il roule les r et bouffe l'entame des mots, José n'est pas habitué à son accent, un comble pour lui qu'on ne doit comprendre qu'une fois sur deux. Il répond oui de la tête.

Alors que les gosses courent entre la voiture et la maison, les bras chargés de paquets de Sopalin, de litres de lait et de boîtes de pâtes et de riz, sa femme arrive à ses côtés. Si elle tend la main à José, le clin d'œil qu'elle adresse est destiné aux deux jeunes, toujours en retrait.

Petite, ronde, son visage respire la bonhomie.

— Bonjour, je suis Marie. Vous voulez un café ?

5

— Ils arrivent tous avec une histoire. Et nous sommes là pour les accompagner, et les aider à écrire cette histoire.

Marie Favre est en tête de table, souriante – elle a répété trois fois qu'elle ne veut pas entendre parler de madame, ici tout le monde l'appelle Tata.

Elle leur a servi un reste de bœuf carottes d'une de ces gamelles gigantesques dans lesquelles la mère de Vasco mijote elle aussi les plats familiaux le dimanche, quand tout le monde débarque.

José boit une bière, Vasco et Djib s'hydratent la gorge avec du jus de pomme, toujours aussi raides, on jurerait deux enfants de chœur au matin de leur première cérémonie. On a mis sur la table assez de gâteaux et de boissons pour satisfaire une colonie de vacances.

Albert, jambes tendues, regarde sa femme en plissant les yeux et épluche une pomme à l'aide du couteau qu'il a tiré de sa poche. José a presque le même, avec lequel il coupe sa viande depuis ses 15 ans. Le couteau qu'il a hérité de son père... et qu'il serait bien en peine de léguer à son fils, vu son comportement.

Il se sent étrangement proche du vieux couple. Les rires d'enfants et le chant des oiseaux aidant, il n'aurait qu'à fermer les yeux pour se croire au Pays. Ce qui le frappe le plus, c'est la joie, qui semble déborder de cette maison et fait écho dans toutes les pièces et le jardin, où la petite fratrie et les jumeaux provoquent un tsunami dans une piscine gonflable.

— Depuis 1976, j'ai accueilli cinquante enfants. Je crois qu'ils sont huit à être au chômage, aujourd'hui.

Elle regarde son mari qui acquiesce.

— Armando, votre ami... Je me suis occupée de leur fille aînée, Zilda. Une merveille, cette enfant. Aujourd'hui, ça va beaucoup mieux pour eux, c'est l'essentiel. Là, ce sont peut-être mes derniers, je crois bien qu'on veut me mettre à la retraite. Les trois petits, j'ai élevé leur père, un placement de Paris. La mère est décédée juste après la naissance du dernier, Kamel. Je les prends à toutes les vacances. Farah et Sirine sont très douées à l'école.

La cadette, trempée, entre à cet instant. Elle sautille en laissant ses petites traces mouillées sur les dalles et vient embrasser Tata avant de piocher goulûment dans un gâteau au yaourt. Elle repart comme si de rien n'était, soudain pourchassée par Gaétan, le garçon des jumeaux et son pistolet à eau.

— Les jumeaux, Gaétan et Gwen, c'est différent. Un placement judiciaire, pas administratif. Ils ont été retirés à leurs parents très tôt. Maltraitance, violence... ils ont vécu des choses très, très dures. On a dû beaucoup travailler. À cause des textes de loi, ils ont failli être confiés à une autre famille, mais avec les éducateurs et les juges, on a finalement réussi à poursuivre le placement. On a vraiment voulu éviter les foyers. C'est un peu délicat en ce moment, car les parents vont sûrement retrouver leurs droits, le juge devra statuer à la rentrée, et les enfants sont perturbés. Les visites en famille sont toujours compliquées, surtout pour la petite. Gwen a dix ans et elle a complètement renié sa mère. Pour Gaétan, c'est différent, les parents voulaient un garçon, pas des jumeaux... Il est très attaché à eux. Malgré tout.

José a les épaules lourdes. Un goût acre dans la bouche. Face à lui, Tata ne fait pas le catalogue des saloperies que la vie peut infliger à un enfant, elle ne cherche aucunement à ce qu'on s'apitoie sur leurs sorts, non ; calmement, elle les raconte, tout en faisant attention à ce que les enfants restent en dehors de ces échanges.

— Ils sont bien ici, à Passy. On vieillit, c'est vrai, mais Albert se lève toujours à 5 heures pour leur faire du pain. Et il est bon le pain de Tonton, hein ?

Elle fait un clin d'œil au petit Gaétan qui passait par là et dont la réponse est immédiate : il croque dans une grande part de tarte aux pommes avant de rejoindre les autres en courant.

José n'en revient pas. Il écoute depuis tout à l'heure cette petite dame lui parler de ces vies massacrées sans qu'elle y mette le moindre pathos... À vrai dire, la rudesse de ce qu'ont vécu ces mômes semble impossible à concevoir, au vu de leurs visages illuminés. Il se dit qu'en un sens, elle ne devrait pas raconter toutes ces vies à des inconnus.

Mais autour d'eux, les enfants virevoltent sans faire attention aux discussions des adultes.

Djib est mal à l'aise. Leur réalité, sa réalité ; tout tourbillonne. Il reconnaît certains mots, des émotions. Bien sûr, la dureté de leurs vies n'a rien à voir avec la sienne, et pourtant… Il sent monter en lui beaucoup de compassion et de tristesse.

Vasco, lui, essaie surtout d'être le plus discret possible quand il mate celle qui semble s'appeler Jessica – justement, elle passe devant eux avec une bassine de linge qu'elle va étendre au fond du jardin. Elle a troqué sa jupe pour un short, très court lui aussi. Trop court pour empêcher ses fesses rondes d'être bientôt le seul centre d'intérêt de Vasco.

Le manège du garçon n'échappe à personne – et certainement pas à son père, qui lui envoie des œillades assassines.

— Et il y a les grands, Dylan et Jessica. Ceux avec qui vous allez passer le plus de temps, les garçons. Je crois que tu sais déjà qui est Jessica, Vasco ?

— Euh… Je sais pas… Euh… Oui, Madame.

— Appelle-moi Tata.

— D'accord, madame. Enfin, j'veux dire…

Djib fait la grimace, il a honte pour son pote.

— Pour ces deux-là, ça a d'abord été un placement administratif. Leur mère les a eus très jeune. Elle a fait des mauvaises rencontres, c'est devenu un placement judiciaire : elle est allée en prison pour des histoires de drogue. Maintenant, elle essaie de prendre sa vie en main. C'est une brave petite qui a simplement du mal à s'occuper d'elle. C'est compliqué avec les enfants, surtout Dylan, il culpabilise beaucoup tout en ayant beaucoup de rancœur. Il a du mal avec l'échec, il couve une grande frustration et de la colère. On revient de loin, et là aussi, on travaille. Jessica… c'est Jessica. Le portrait de sa mère.

Albert a fini sa pomme, il replie son couteau et croise ses mains sur son ventre. Il ne quitte jamais sa femme des yeux.

Le silence retombe un instant. José ne sait quoi dire. Il a du mal à réaliser, en fait.

— Ils seront bien ici, José. Ils seront très bien. Mon Albert aura bien besoin de bras pour cette satanée grange. Chloé, ma grande, tu leur fais visiter ? reprend-elle en appelant à l'intérieur de la maison.

La fille aux cheveux courts débarque dans l'orée de la porte, un livre à la main. Djib et Vasco la regardent ; ils la trouvent mignonne, elle aussi – elle est loin des sirènes qui résonnent à chaque fois que Jessica met un pied devant l'autre, mais ils sentent tous les deux leurs joues s'empourprer.

Elle les invite à la suivre d'un signe de la main. Vasco et Djib se tournent vers José, le père approuve et Albert en profite pour lui ouvrir une seconde bière.

Chloé a des petites taches de rousseur sur les pommettes, Djib le remarque même s'il a du mal à la regarder dans les yeux. Elle garde les bras croisés sur sa brassière. De son côté, Vasco se

demande si elle n'a pas plus de pec que lui !...
Mais on ne peut pas nier qu'elle est jolie.

— Bon bah, salut, les gars. Moi, c'est Chloé.
Bienvenue chez Tata.

Sa voix sonne vraie, douce, timide mais sincère.

— Salut, moi c'est Vasco, lui c'est Djib. Excuse-le,
c'est pas sa faute s'il est noir.

Djib pousse Vasco qui pouffe.

— T'es bidon mec, arrête ça.

— Je vanne, frère...

Chloé ne réagit pas, ils traversent la grande
cuisine.

— Ben, qu'est-ce qui t'arrive, Vasco... T'as
un truc dans les fesses ? T'as vu comment tu
marches ?

Vasco se vexe un peu de la vanne de Djib, et
puis encore un peu plus quand Chloé ricane,
même si c'est vrai qu'il a un peu forcé sa
démarche.

— On mange là le matin, ou dehors s'il fait
déjà assez chaud. La vaisselle, c'est chacun son
tour, pareil pour mettre la table, le linge, passer
le balai, enfin les tâches ménagères, quoi.

Djib est calé sur le sujet, Vasco un peu moins.
Sa mère est une maniaque mais, comme il fait
mal les choses, elle préfère généralement s'en
charger elle-même (en le notifiant à voix haute,
et souvent).

Ensuite vient un salon ; la fenêtre donne sur la
route. Sur les murs, un papier peint d'une autre
époque. Les meubles sont massifs, des biblio-
thèques soutiennent des tonnes de livres aux dos
usés, une antique télé est assiégée par des mon-
ceaux de VHS, de vinyles... Les nombreux fils
électriques au sol forment un nid de serpents.

— Là, c'est le salon, on n'y va pas beaucoup. C'est plutôt la pièce à Tonton, il regarde ses vieux westerns ou ses films de guerre, il bouquine beaucoup... Nous on a la salle là-bas, venez.

Elle pousse une porte bardée d'un poster de *Terminator 2* et recouverte d'images Panini. Vasco découvre une frise chronologique de tout ce que l'équipe de l'A.J. Auxerre et l'équipe de France ont eu comme cadors dans leurs rangs depuis les années 80. Il reconnaît des visages, les coupes de cheveux sont affreuses, mais l'ensemble lui plaît.

Au fond, une grande banquette fait face à une télé ; et, vautré dessus avec une manette dans les mains, Dylan, ses yeux perdus et son diamant dans l'oreille. Sur l'écran, les deux potes reconnaissent direct un bon *REAL : BARCELONE* des familles.

— Dylan, tu sais, c'est Vasco et Djib, les Parisiens qui sont là pour l'été... Ils viennent aider à faire je ne sais plus quoi.

Il ne répond pas, les toise d'un bref regard.

— Tu pourrais dire bonjour, Dylan, merde.

— C'est bon... Salut...

Djib lève une main, Vasco plante les siennes bien au fond de ses poches et brandit ses majeurs à l'intérieur.

Chloé referme la porte en levant les yeux au ciel.

— Excusez-le, il n'est pas méchant. Il est timide.

« *Et très con, surtout, s'il croit qu'il va se la raconter longtemps avec moi* », pense Vasco.

Chloé les informe que la chambre d'à côté est celle de Tonton et Tata et lorsqu'ils arrivent au pied de l'escalier, Vasco déclare :

— Tu sais, en fait on est pas vraiment parisiens. On vient de banlieue.

— Merci, Vasco, c'était rudement utile de le préciser ! glisse Djib, provoquant un sourire chez Chloé au moment où elle passe entre eux pour grimper.

— Vas-y, arrête de te foutre de ma gueule devant elle…, dit Vasco à voix basse.

— T'oublies que je suis qu'un Noir, frérot…

— T'es con.

— Vous venez, les gars ?

— L'étage : notre royaume, annonce-t-elle.

Le grenier est aménagé et isolé, on trouve des matelas au sol, des vieux fauteuils troués et des canapés. Un parterre de couvertures pour servir de salle de sieste géante. Une pyramide de jeux de société et des coffres en pagaille. De quoi refaire l'histoire du jouet !

— La chambre rose avec les vieux posters de *Dirty Dancing* et de Leonardo di Caprio, c'est celle de Jessica et moi. La bleue avec 2Pac et Messi, c'est celle de Dylan, donc la vôtre. Et la grande avec les lits superposés, la montagne de linge sale et les affiches des Jonas Brother et de *Hanna Montana*, c'est celle des petits. Chacun a une chambre normalement, c'est la règle, mais nous on préfère faire comme ça. On joue le jeu et on fait des grands sourires uniquement pendant les contrôles. C'est simple, non ? Vous vous souviendrez ?

Vasco s'avance vers la porte distinguée de cœurs dessinés au feutre et de photos de filles.

45

— Alors moi, c'est censé être celle-là, c'est ça ?

— C'est vrai qu'on pourrait se poser la question en te voyant, sourit Chloé.

Djib donne une bourrade à son pote.

— T'es une comique, toi...

— Si tu veux du démaquillant, la salle de bains à l'étage, c'est cette porte.

Chloé a balancé ça avec le sourire. Elle lui plaît cette fille, à Djib. Cet esprit qu'on ne devine pas au premier coup d'œil, le ton amusé de sa voix. Et elle, c'est quoi son histoire ?

Vasco se penche vers Djib.

— À tous les coups, c'est une goudou...

— Putain, mec ! Toutes les meufs qui te rembarrent sont pas homo, même si elles ont les cheveux courts. T'es con des fois, sérieux.

— C'est elle qui m'a traité de pédé !

Djib préfère rejoindre Chloé au rez-de-chaussée.

Le soleil les éblouit quand ils retrouvent le jardin.

Jessica est à table en face du petit Kamel et de sa sœur Farah, emmitouflée dans une serviette et occupée à dévorer une nouvelle part de tarte.

Un homme qui n'était pas là tout à l'heure est assis à côté de José. Ses cheveux bruns et épais rappellent à Vasco les amis portugais de son père. Il se lève face aux garçons, José fait de même.

— Vasco, je te présente Armando. Tu sais, je vous en parle souvent, à ton frère et toi.

Vasco voit très bien. Dans les albums photos sur lesquels ses parents arborent les pires coupes de cheveux de l'histoire, au milieu des défilés de mariages, de baptêmes, il y a quelques clichés volants de la vie d'avant. Des poses en noir et blanc où son père, tout maigrichon, se tient bras dessus bras dessous avec ce type au milieu d'un champ.

— Enchanté, Monsieur.

— La dernière fois que je t'ai vu, tu étais plus petit que Kamel. Regarde-toi, t'es un homme maintenant. Beau comme un dieu. Ça va, fils ?

Vasco fait oui de la tête, Armando en profite pour saluer Djib à deux mains. Il a tellement entendu parler d'eux – Lina est une bavarde au téléphone.

Les ados les rejoignent à table. Albert revient avec un jambon et deux saucissons. Sa démarche est légèrement voûtée et ses vieux chaussons frottent le sol, mais il tient la pièce d'une seule main.

— Goûtez le saucisson à l'ail. Celui-là, c'est Dylan qui l'a fait ! annonce fièrement Tata.

Jessica sourit.

On goûte : entre d'épais morceaux de pain, on place de petits morceaux de jambon. Le fameux saucisson finit en tranches et dans toutes les mains, et tout le monde savoure.

Chloé est assise sur les marches. Entre ses jambes, elle câline Gaétan et Gwen. Serviettes rabattues sur la tête, ils chuchotent avec agitation, le petit se prend pour un Jedi et sa sœur pour un Ewok.

Par moments Armando et José discutent en portugais, s'en excusent, Albert et Marie ne s'en offusquent pas, encouragent au contraire les deux amis à leurs retrouvailles. En fond sonore, les rires des mômes grésillent dans les tympans – ils s'interrompent rarement, uniquement pour se transformer en gentils pugilats que Tata arbitre avec sérénité.

Vasco n'écoute que d'une oreille, trop occupé à zieuter Jessica qui joue avec sa paille. Elle l'entoure de ses lèvres et la fait courir le long de ses dents, emboîtant le bout dans une incisive. Djib connaît son meilleur ami. Le pauvre doit se sentir fébrile dans son short !

Déterminé, Vasco s'essaie à son regard le plus séducteur ; quand Jessica le remarque, il choisit d'interpréter la légère fossette au creux de sa joue comme un sourire, donc une victoire.

Au fond, s'il arrivait une seconde à oublier l'acte débile qui les a amenés ici, sa culpabilité et le travail de Titan qui l'attend loin des siens, il pourrait croire – une seconde – qu'il est en vacances. Et sur le point de vivre un des grands moments de sa vie.

6

C'est le premier soir.

Moins mal à l'aise qu'à l'arrivée, les deux amis n'en sont pas encore à être fiers d'avoir leur rond de serviette attitré.

Juste avant de repartir, José a serré son fils dans ses bras, Djib aussi. Il le sait : ce qui peut les sauver, ces deux-là, c'est leur amitié. Ensuite, José a longuement remercié Albert et Marie Favre – ils ont refusé son enveloppe, il a insisté : ça, il n'aurait pas pu le supporter. Albert a finalement cédé.

Le soleil décline, ils ont pris une douche, puis Vasco est vaguement parti en exploration dans les tiroirs des filles, sans savoir ce qu'il cherchait vraiment. À part des produits pour l'acné, des tampons et des serviettes hygiéniques, du maquillage, des crèmes de jour et de nuit, il n'a rien trouvé de très exotique… en tout cas, ni les secrets du corps féminin ni des tiroirs gorgés d'érotisme.

— Demain vous avez champ libre, les garçons. On n'est pas à l'armée, le travail débutera mardi.

Celui qu'ils appellent désormais Tonton, eux aussi, pose une pile d'assiettes sur la table.

— Je vous laisse continuer.

Djib s'exécute, Vasco en profite pour entamer le dialogue avec Jessica, plongée dans un *Closer*.

— T'es en quelle classe ?

— J'ai redoublé deux fois. J'étais en Segpa. À la rentrée, je commence un CAP esthétique. Je suis une âne, quoi...

Elle rit, dévoilant son cou. Elle sait y faire et quand elle ramène ses cheveux derrière sa nuque – Vasco croit deviner deux petits tatoos encrés assez bas sur ses seins généreux... mais il n'ose pas insister.

— Bah, tu parles à un beau gosse qu'a failli rater sa première année de CFA bâtiment.

— T'habites en cité ?

— Ouais. C'est bien, ici. Vous avez trop de chance.

— Tu parles, y a rien à faire, pas de boulot, y a que des vieux. Si t'as pas le permis ou une bécane, t'es mort. J'aimerais bien monter à Paris, plus tard.

— Paris, connais pas. J'y vais jamais. Avec Djib, le week-end, on galère sur notre banc. Après, c'est vrai que pour aller au cinéma, je suis pas obligé d'attendre la diligence une fois par mois.

— Vas-y, te moque pas.

Chloé déboule à ce moment-là.

— Ça va, on vous dérange pas ? lance-t-elle d'un ton espiègle. Tonton a demandé de mettre la table. Tata a bientôt fini les nouilles.

Jessica soupire.

— T'es chiante, meuf. On discute.

— M'appelle pas « meuf », Jess. Tu sais que je déteste quand tu fais ta racaille.

Jessica se lève brusquement et fonce dans la cuisine, manquant de renverser Djib, les mains chargées d'un plateau de verres. Au même moment, les petits débarquent en furie – comme des gremlins déchaînés, ils sautillent de partout pour poser les serviettes sur chaque assiette, puis grimpent sur leur chaise.

— C'est ma place.

— Non, c'est ma place !

— TATA !!!

Elle arrive en transbahutant une casserole assez grande pour contenir les jumeaux.

— Tout le monde à sa place. Vasco, s'il te plaît, va chercher le ketchup – appelle Jessica au passage. Chloé, commence à servir les petits... Gwen, en faisant *très* attention, tu sers tout le monde en eau. Kamel, arrête d'embêter Sirine, je sais que ce n'est pas ta serviette... mais quel bazar, qui a mis la table ?!

Chacun pointe du doigt son voisin.

À l'étage, Vasco trouve Jessica avec son frère. La tête posée sur son épaule, elle assiste à une séance de tirs aux buts fatidique.

— Jessica, y a Tata qu'a dit « à table ».

— Tu l'appelles déjà Tata, toi ? marmonne Dylan, occupé par l'écran. Meeerde, fait chier, ajoute-t-il en commentant sa fin de match, il a pas le droit de stopper sa course quand y tire un péno ! Fait chier !

— Pourquoi t'as pas plongé à droite ? reprend Jessica en se levant...

... et en prenant soin de ralentir sur le seuil de la porte, là où Vasco se trouve. Ils se frôlent. Il déglutit, elle sourit.

Vasco lui emboîte le pas, aucune envie de se trouver en présence de l'autre dingue, surtout s'il a déjà un ticket avec sa sœur. Du coup il oublie le ketchup, refait un aller-retour cuisine.

Les petits ont les visages dans leurs assiettes, l'invasion de nouilles déborde, Tonton partage des steaks hachés.

— Et Dylan ? s'écrie Tata. Il ne vient pas ?

— Il joue à *FIFA*...

Menton posé sur le poing, Jessica goûte quelques nouilles sans grande conviction.

— Ma fille, quand on vient te chercher pour manger, ça concerne aussi ton frère. Et tiens-toi droite, s'il te plaît.

Jessica ne rechigne pas, s'exécute. Tonton lui tend un morceau de pain qu'elle accepte en disant merci.

— Djibril, tu peux aller le chercher, mon grand ? demande Tata.

Djib pose sa fourchette et traverse la maison, pas vraiment rassuré. Mais il a à cœur de rendre sa mère fière, il veut que tout se passe bien.

Arrivé sur le seuil de la grande chambre, il se racle la gorge :

— Hum, euh... Dylan, y a Tata qui te demande de venir.

— Sérieux, toi aussi tu l'appelles Tata ? C'est une blague ou quoi !?

— C'est elle qui nous a demandé, tu sais.

Dylan est debout.

— Et si elle te demande de remonter dans ton arbre, t'y vas ?

— Quoi ? T'as dit quoi ? répond Djib en suffoquant, le choc et la surprise.

52

Djib serre les poings, l'autre le voit, il sourit.

— Tu m'as très bien compris. On a pas besoin de Mamadou ici, ni de toss, ni de gris, ni de voilées. Retournez dans vos cages à lapins, c'est tout ce que j'ai à dire.

— Fils de pute.

Djib sent monter la colère, il va se faire submerger. Une main se pose sur son épaule.

C'est Tonton, qui resserre légèrement sa poigne, en soutien.

— Non, Dylan. NON.

Sa voix est roulante et grave, autoritaire – définitive. Face à lui, Dylan traque Djib des yeux pour bien lire les dégâts de ses insultes sur lui ; on dirait qu'il se nourrit de sa rage.

— J'ai rien dit, c'est lui qui m'agresse ! Il débarque, avec son pote… Il est chez moi, ici.

— TU es chez moi ici, Dylan. Et sous mon toit, je ne veux pas de ces paroles-là. Tu le sais, on en a déjà parlé.

Dylan lève les mains en signe d'apaisement.

— Ça va, j'm'excuse. C'est bon.

— C'est à Djib que tu dois demander pardon. Pas à moi. Je te fais confiance, hein ? Je ne veux plus jamais entendre ce genre de paroles ici. Je n'en parlerai pas à Tata. Sors-toi ces bêtises de la tête, Dylan. Vraiment.

Tonton regarde Djib, qui a ravalé la boule dans sa gorge.

Dylan baisse les yeux.

— Scuse…

Vasco entame sa seconde platée de pâtes quand ils arrivent à table.

Quelque chose cloche, il le sent. Il a toujours été doué pour décrypter l'attitude de ses parents, et il repère tout de suite l'échange muet de Tonton et Tata. Quand il interroge Djib du regard, l'autre secoue la tête et s'efforce de sourire.

Chloé apporte les barquettes de yaourts. Elle aussi sait que cette ambiance alourdie n'est pas due à l'arrivée des deux Parisiens dans leur quotidien. Chez Tata, on est habitué à voir passer du jeune.

— T'es chiant, Dylan !

Ça, c'est Jess, à la troisième fois que son frère pique sa fourchette dans son assiette.

— Il reste de la viande si tu as faim, mon grand.

— Ça va Tata, merci. Je peux aller pêcher, demain ?

Tata regarde son mari, il donne la béquée à Farah, bien mal partie avec son yaourt au sucre.

— Oui. Tu pourras emmener Vasco et Djib, s'ils aiment pêcher ? Vous irez en vélo, il faut que Tonton regarde ta mobylette.

Dylan pince les lèvres.

Vasco et Djib se regardent. Est-ce qu'ils aiment pêcher ? Ils ne se sont jamais penchés sur la question, à vrai dire. Au bled, Vasco préfère le quad de son cousin à la canne à pêche, et Djib n'a jamais pratiqué… et surtout, pour le moment, il n'a pas envie d'imaginer passer une seconde avec Dylan.

Ils acquiescent poliment.

Après avoir débarrassé, fait la vaisselle et briqué la table, les petits investissent le fauteuil ultra-confort de Tonton pour une tournée de dessins animés d'avant sommeil. Vasco et Djib s'attardent sur la grappe de mômes autour du vieil homme, le tableau est irrésistible. Lui est concentré sur un vieux bouquin, c'est à se demander comment il fait pour respirer avec toutes ces têtes sur son torse.

Tonton et Tata. Sacrée équipe… Les photos encadrées ou posées sur les meubles montrent le couple à différents âges, et toujours, autour d'eux : des enfants, des sourires.

— Bon. On va se coucher, poto ? La route a été longue, je suis claqué.

— Pareil. Bonne nuit, tout le monde.

— Bonne nuit, les enfants.

Dans l'autre pièce, sur la banquette, Jessica et Chloé regardent *Plus belle la vie* l'une contre l'autre, enveloppées dans un plaid. Leur petite dispute semble déjà loin.

— Bonne nuit les gars, fait Chloé tandis qu'ils se dirigent vers l'escalier.

Vasco se retourne, cherche à happer les yeux de Jessica mais celle-ci est hypnotisée par le petit écran et l'ignore complètement.

Par fierté, Vasco prend bien soin de cacher sa déception. Dans la chambre, Djib et lui se mettent d'accord sur l'attribution des lits.

— Alors, tu racontes ? Il s'est passé quoi, avec Dylan ?

— C'est un putain de cistera, voilà ce qui se passe… Lui, je le sens pas, ça va être chaud.

— T'es sérieux ? Il t'a embrouillé ?

Djib raconte – et retient Vasco par le bras aussitôt, voyant que son pote part déjà au quart de tour.

Dylan arrive là-dessus. Un froid s'abat.

— Mecton, fais gaffe : joue pas les chauds avec nous. Laisse Djib peinard.

Sans réagir, Dylan s'affale sur son lit. Il planque un paquet de cigarettes sous le matelas, un briquet, balance son bas de survêt sur une pile de linge et bâille.

— Comme tu veux, « mecton ».

— Écoute, je me doute que c'est pas facile pour toi..., commence Djib.

Dylan le coupe :

— Vas-y, parle pas. Ce sera mieux. On se pieute, on dort. Commence pas à essayer de te mêler de ma vie, tout ça...

Vasco se sent des picotements dans les mains, jamais bon signe. De son côté, Djib préfère abdiquer et s'allonge.

— Mec, on a juste envie que ça se passe bien.

Mais Dylan s'est déjà tourné sur le côté, à l'abri. Il a fait abstraction du Noir et de son pote, le branleur qui passe son temps à reluquer sa sœur. Il étudie une photo récupérée sous son matelas. Elle est découpée grossièrement. Sa mère.

Avant de rabattre le drap sur eux, les deux potes cognent leur poing l'un contre l'autre, en réconfort.

7

Le portable indique 05 h 07, et Vasco a déjà l'impression d'être réveillé depuis un moment. La nuit a été chaude sous les toits... Entortillé plusieurs fois dans son drap, il s'est tyrannisé le sommeil avec une seule phrase, cogitée en boucle : *Malik a porté plainte.* Seul au fond de son lit, à écouter ronfler Djib et l'autre petit Blanc raciste...

Une détresse terrible obstrue son torse. Il a bien essayé de se fixer sur la sœur, pour changer d'humeur, mais rien à faire. Et puis au fond, il ne la sent pas cette fille, une vraie allumeuse.

Alors Vasco pense à son père, sa mère, Hugo, et tous lui manquent. Et il doit bien avouer que dans tout ce qui le rend triste, il y a aussi la perspective humiliante de sortir de cette chambre sans s'être coiffé. Merde, ses tifs ressemblent à un nid d'oiseau ! Il boirait bien un café, fumerait bien une clope, tout ce qui pourrait l'arracher à ces pensées de gamin chouineur.

Dehors le jour se lève à peine, un coq est déjà à la manœuvre. Pas de souci avec ça, il est habitué, la famille de cas soces qui habite le pavillon en face de son bâtiment en a un – la pauvre bête est déjà responsable de pas mal d'embrouilles et il s'est toujours étonné qu'on ne l'ait pas retrouvée au fond d'un ragoût.

Il attend de pouvoir sortir de son lit, remercie en pensée son frangin de cœur de lui remonter le moral grâce à son allure quand il dort, nuque tordue et filet de bave sur la joue. Une photo, une seule, et ce serait la rigolade assurée pour six mois. Il a l'air paisible, Djib.

Il avance dans le couloir. Un regard sur la chambre des petits, qui semble envahie par un troupeau de marmottes, puis il pousse la porte des filles.

Le drap de Jessica, enroulé autour de son corps.

Vasco retient sa respiration. Jolie nana, quand même. Sa table de nuit est recouverte de magazines merdiques, de boîtes à bijoux de pacotille. Posée près de son réveil, une photo d'elle et Dylan entre Tonton et Tata.

Vasco voit une de ses fesses sortir de sa culotte. Entre peur, honte et excitation, il la regarde tout entière. Il essaie d'imaginer ce qu'on ne voit pas.

Dans l'autre lit, seul le haut du visage de Chloé émerge des couvertures. Les cheveux en bataille, elle dort en chien de fusil, sereine. Des piles de livres au pied de son lit, des foulards, colliers et toute une camelote de hippie sur un buffet. Son armoire est ouverte et, comme Vasco s'en doutait, sa garde-robe, c'est la fête à la couleur.

Après un dernier long regard sur Jessica, il referme la porte.

Il tombe sur Tonton dans la cuisine. Il ne s'y attendait pas, car il n'a pas entendu le moindre

58

bruit. Le vieil homme pétrit des boules de pain. Son visage émacié n'affiche aucune trace de fatigue, il reste grave même si l'on discerne un sourire en coin.

— Bonjour Vasco, tu es tombé de ton lit ?

— Euh... Ouais... Je veux dire, oui.

— Tu as faim ?

— Oui.

— Les pains seront bientôt cuits. Les petits les adorent encore chauds. Tu veux me faire plaisir ? Va au fond du jardin et rapporte-moi quelques œufs.

Vasco se raidit. Il n'est jamais allé fouiller sous le cul des poules. Même au Pays, c'est sa mère et ses tantes qui s'occupent de ravitailler les barquettes vides. Mais bon, il imagine qu'il y a pire comme difficulté, et n'ose de toute façon pas dire non à Tonton.

Il fait frais, la rosée trempe l'herbe, un léger brouillard enveloppe la campagne silencieuse – seul ce foutu coq continue son numéro. Vasco s'en met plein les poumons, inspire comme un rescapé de la noyade, l'humus et le fumier de l'étable font un mélange étonnant. Même s'il préfère les fragrances *Lolita Lempicka* de Jessica, l'odeur de la campagne a du bon.

Il se demande comment ils vont remplir leurs journées ici, quand ils ne seront pas occupés par la grange. Il imagine mal qu'une piste de karting se trouve planquée au milieu de cette forêt, plus loin...

Le poulailler est robuste, ça couve calmement et Vasco s'en remet à son bon sens pour éviter toute prise de bec avec une de ces dames. Son petit panier sous le bras, il fait le tour de la grande bâtisse, puis s'arrête un moment devant la grange détruite. Ouais... Il n'aura clairement pas besoin de passer par le club de sport, l'an prochain : vu l'ampleur de la tâche, il va pouvoir les travailler, ses épaules. Remarquant un ballon qui traîne, il fait quelques dribbles, s'imagine aussitôt à Manchester avec un numéro 7 floqué dans le dos.

Un œuf saute du panier et se casse. Il regarde autour de lui, tente de camoufler son forfait avec du gravier et de la terre, soudain rejoint par un chat curieux qui serpente entre ses jambes. Il s'accroupit et caresse l'animal occupé à lécher l'œuf par terre.

Comme si de rien n'était, il se relève, termine son dernier dribble, tire...

... et la balle entre dans le hangar à côté de la grange. Il aurait voulu le faire exprès qu'il n'aurait pas réussi.

Il se glisse à l'intérieur.

Odeur de vieux et de moteur froid. Il y a la BX, une vieille Twingo, deux bécanes : des 103 SP, un petit scooter, des dizaines de vélos pour tous les âges, des établis de bricolage et tout un tas de matériel agricole. Trois congélateurs et, au fond, ce qui semble être une autre voiture, sous une bâche.

Vasco ne peut pas résister : les voitures, ça a toujours été son truc et il se demande encore pourquoi il ne fait pas un CAP de mécanique plutôt que d'apprendre les rudiments de ce qui l'enverra sur les chantiers, sur les traces de son père. Il ne sait pas bien pourquoi, mais c'est vrai qu'il aime farfouiller et se salir les mains.

De préférence sur des modèles anciens, classe si possible.

Quand il soulève la bâche, son cœur fait un bond.

Il la reconnaît immédiatement. C'est mieux que classe, c'est l'Eldorado. Une Ford, une Ford Mercury !! Modèle de 55, la version coupée de la Eight de 49. Il n'en revient pas de trouver une telle caisse dans un coin aussi paumé. Elle est recouverte d'une fine couche de poussière, mais ne semble pas incapable de rouler. Depuis qu'il a 12 ans, il a déjà conduit plusieurs fois, ses grands cousins le laissent parfois taquiner le volant au Portugal ; il adore ça. Il passe une main sur la peinture noire, souffle dans la poussière.

— Je croyais que tu t'étais perdu, ou qu'une poule s'était attaquée à toi.

La peur de sa vie. Tonton, dans son dos.

— Pardon, nan, c'est que… J'ai joué un peu avec un ballon, enfin… et…

— Calme-toi, Vasco, ce n'est rien.

Tonton examine le panier.

— Belle récolte. Tata et Dylan raffolent des œufs brouillés, le matin. Tu aimes les voitures ?

— Oui… Et puis celle-là, c'est vraiment la classe, quoi…

— Je l'ai ramenée de là-bas. Après la guerre, j'ai pris mon sac à dos et je suis allé voir du pays. J'ai travaillé six mois en Californie, les oranges, les vendanges, et avec quelques économies, j'ai pu me l'acheter. J'ai sillonné le continent. En 87, une pièce a lâché, je n'ai pas pris le temps de la réparer. Je travaillais beaucoup, et il y avait les enfants. À l'époque, j'étais éleveur. On vivait simplement, avec l'agrément de Tata, celui que j'ai pris et le peu de ce que je ramenais de la ferme. J'ai dû me mettre en cessation d'activité avant ma retraite. Elle est un peu rouillée, j'imagine… Y aurait bien du travail pour la remettre sur pied.

— Honnêtement, ça me ferait plaisir de vous aider. J'ai pas d'expérience, mais j'aime mettre les mains dans le cambouis.

— Il y a déjà beaucoup de travail sur la grange. Et puis tu vas me tutoyer, d'accord ? Je sais que tu le fais par respect et parce qu'on te l'a appris, mais je préférerais. Le respect se place à un autre niveau qu'un « tu » ou un « vous », chez moi.

Vasco acquiesce. Pour la voiture, il n'insiste pas, même s'il aimerait vraiment entendre le monstre ronronner.

Quand il pose le panier sur la table, un bol de café au lait lui fait de l'œil, deux beaux morceaux de pain de la première fournée n'attendent que beurre et confiture pour le régaler.

Il revient à la charge.

— Et si je me lève tôt ? En plus du travail de la grange ?

Tonton sourit tout en cherchant du doigt la fréquence de Radio Morvan sur son transistor.

— Elle t'asticote, ma Ford, hein… Tu as déjà vu le film ?

— Quel film ?

8

Vasco ressent un petit coup de fatigue au moment où la smala investit le jardin.

Le brouillard n'est plus là, le soleil commence déjà à chauffer les tournesols conquérants. Son pote le chat fouineur est allongé sur le sol, sans pudeur, et Farah et Gwen gratifient la bête de mamours appuyés.

Il est coiffé, habillé, mais se sent toujours un peu à côté de ses pompes. Il réprime un bâillement tout en faisant semblant d'ignorer Jessica qui, elle, l'ignore pour de bon, obnubilée par son vernis et sa tasse de thé.

Djib apparaît à cet instant, et devient aussitôt le centre d'attraction de la fratrie, qu'il rebaptise « Riri, Fifi et Loulou » lorsqu'ils se jettent sur lui. Les jumeaux, tout excités, se joignent aux réjouissances. Il a toujours plu aux mômes, Djib. Avec de grands gestes, il joue le monstre, les cris sont stridents.

— Quelqu'un reveut des croissants ? demande Chloé, ébouriffée, dans son tee-shirt *I love N.Y* trop grand.

Tata lui tend une assiette.

— Sors trois poulets du congél au passage, ma belle.

— Salut, Dylan ! lance Chloé à l'intéressé qui répond sans la regarder, la tête dans son matériel de pêche.

— Tonton, tu me conseilles d'aller où ? Y a plus rien en bas, et puis il paraît que c'est là que le fils Martin vient mater les grosses fesses de ma sœur... J'ai pas envie de tomber sur ce naze.

Vasco se sent brusquement à l'étroit sur sa chaise, pas sûr de réellement comprendre, très gêné pour autant.

— Vas-y toi, arrête ! couine Jessica. T'es chiant !

Ses mouvements de mains pour sécher son vernis se font plus nerveux.

Tonton temporise :

— Prends ton vélo, suis le Trait, direction Mouligny. Après le pont, tu passes la voie de chemin de fer et tu prends le champ du Roland. Là-bas, ça mord : Fassier en a rapporté un plein seau hier. Du goujon. On compte sur toi pour le repas, alors ?

Tata enchaîne, tout sourire :

— C'est dit ! Ce midi, on mange ce que Dylan nous rapporte. Donc, s'il n'y a que des patates...

Les petits crient :

— Ouais !

— Vas-y Dylan !!

— Beurk, du poisson.

— Tu pêches du poisson-chat ? Dis, tu nous en ramènes ?

— Pfff, ça existe même pas ! Moi j'veux du poulet.

Kamel pose ses petits poings sur ses hanches, l'air boudeur.

À cet instant, Djib regarde le frère de Jessica. Ce visage dur que Dylan affiche d'ordinaire, et qui paraît si peu habitué aux sourires, a changé. Son air constamment blasé, lointain, marqué par ces sempiternelles encoches au milieu des sourcils, s'est adouci. Là, il ressemble à autre chose : un ado fier et heureux. Il en serait touchant, avec ses cannes à pêche à la main, son seau et sa boîte à asticots.

Ouais, enfin... à voir. Ce petit connard l'a insulté dans ses chairs hier, et il va falloir que Djib fasse appel à tous les discours de sa mère sur le pardon pour lui parler à nouveau.

— N'oublie pas ton permis, mon grand ! Pas comme la dernière fois. Et demande à Vasco et Djib s'ils veulent venir avec toi.

Retour des encoches. C'est pas gagné...

Djib tente une diversion :

— Je pensais plutôt me promener pour découvrir les alentours, si ça ne vous dérange pas. Je pourrais prendre un vélo ?

Tata hoche la tête, même si elle sait ce qu'il en est réellement. Vasco, lui, met son cerveau en ébullition pour trouver une feinte.

— Je vais peut-être aller avec Djib, il a pas le sens de l'orientation. Il risque de se retrouver paumé à côté de la mer en moins de deux !

— On est dans le centre de la France, Vasco.

— Justement, justement... Tu sais très bien que quand je te laisse seul trop longtemps, on finit toujours par te retrouver assis au fond d'un parking, en train de compter jusqu'à 100 en te balançant d'avant en arrière.

Pendant une seconde, Djib meurt d'envie de lui lancer son croissant au visage.

Il préfère se marrer.

— Dylan, moi je viens avec toi, lance Jessica à son frère. J'ai pas envie de me coltiner les petits.

Vasco se fige direct, envoie une vague grimace gênée à son pote, et saute sur l'occase :

— Oooooh, et puis en fait !... je connais pas bien la pêche, il paraît que c'est top pour se concentrer. Sans compter qu'on est nombreux, faudra beaucoup de poissons.

Dylan soupire. Il crevait d'envie d'être seul. La boulette dans sa chaussette, la bière fraîche dans son sac...

— Alors, tu m'embarques avec toi, mec ? Je ferai comme tu me diras de faire, promet Vasco, diplomate.

Jessica remonte le zip de son sweat à capuche et, en se levant, lui adresse enfin un de ces sourires dont elle le couronnait hier. Draguer une fille devant son frère... risqué mais jouable, pour un mec comme Vasco.

— Bon bah go, je vais pas vous attendre deux plombes ! Magnez-vous ! s'exclame Dylan avec son accent traînant, un accent dont Vasco a foutrement envie de se moquer.

— Je prendrai une douche en rentrant, glisse Jessica.

Et là-dessus, elle passe devant Vasco et ramène ses cheveux pour les attacher en chignon – en découvrant sa nuque, il se dit qu'il n'y a sûrement guère plus belle chose au monde. Peut-être y déposer un baiser...

— Vous irez en vélo ? demande Tata. Cet après-midi, j'emmène les petits à Fleury.

Chloé lève la tête de son bouquin pour dire chouette, et qu'elle en sera. Entre deux phrases de son roman, elle regarde Vasco qui tente lourdement de camoufler son intérêt pour Jessica. Aussi drôle que vain.

— C'est quoi, Fleury ? chuchote Djib à Chloé en regardant son pote pédaler entre le frère et la sœur et disparaître après le portillon.

— Tu verras, c'est top. Un endroit où on se baigne.

L'idée plaît à Djib : le grand air de la nature, des activités... cette fille, qu'il trouve bien mignonne... même si les mots de Vasco à propos de ses possibles *préférences* lui ont un peu mis le doute sur ses chances avec elle.

Il demande à Tonton s'il peut appeler sa mère.

Elle décroche à la première sonnerie.

Il devine les grelots dans sa voix. Ses sœurs lui manquent, sa mère lui manque, il dit pardon encore, elle pleure, elle murmure qu'elle croit en lui. Que les bêtises avec Vasco – qui s'intensifient depuis deux ans –, c'est aussi leur faute, aux parents. Il dit non. Ce sont eux. Le diable au corps, sans pouvoir expliquer pourquoi. Ils vont essayer... Il dit *pardon, maman*, et la détresse de sa mère lui tord le bide. Alors il parle de Passy. Ils sont déjà bien, ici. Tonton et Tata sont des gens bons. À ce moment-là, il s'aperçoit que Chloé est tout près. Gêné, il raccroche.

Soudain, il se sent abattu. Sa mère qui va devoir pendant tout un été courir entre son boulot harassant et ses sœurs... Il se souvient, le lendemain du départ de son père, une tante lui avait dit : *Tu es l'homme de la maison, maintenant*. Il avait dix ans. Il s'apprêtait à aller jouer au parc avec son père et le ballon qu'il lui avait acheté la veille. Ce ballon, il l'a toujours. À chaque fois qu'il shoote dedans, un cri lui arrache les poumons. À chaque fois.

Allez, ne baisse pas la tête ! Il passe ses mains sur son visage.

— Ça va ? demande la petite Gwen.

Il la regarde, mignonne nénette de dix ans, sapée comme une Lolita. Pour une fois, son frère Gaétan n'est pas avec elle.

— Oui, oui. Bien sûr, ma puce, ça va. Et toi ? Tu vas faire quoi de beau, aujourd'hui ?

Elle remue sa frimousse avant de répondre.

— On va à Fleury. Tu m'paieras une glace ?

Il remarque alors les cicatrices qu'elle a sur le visage, indélébiles – son esprit refuse de mettre les stigmates en lien avec les paroles de Tata hier. Il préfère imaginer les restes d'une varicelle. Elle est tellement... innocente. Gaétan vient la prendre par la main pour la convier à une chasse aux Pokémons et Djib s'aperçoit qu'il porte les mêmes marques... et que, chose qu'il n'avait pas remarquée, il boite légèrement. Son esprit chavire. Il n'est plus seulement las, il est fou de rage.

— Elle est bizarre la loi, hein ? lui lance Chloé sans attendre de réponse. Leurs parents vont probablement les récupérer. Gaétan a eu la cage thoracique enfoncée deux fois avant d'avoir un an. Gwen ne sait faire ses lacets que depuis Noël. Tata a fait un travail de titan avec eux.

— Ça me fout les nerfs. J'arrive pas à comprendre.

— Ils vivaient dans une telle misère...

— Et on va les rendre à ces enflures ?

— C'est la loi. Ce sont leurs parents. La petite part en vrille après chaque rencontre parentale, le psy et l'éducateur font des rapports, mais c'est la loi. C'est comme ça.

Djib perd pied à nouveau.

— T'es pas sérieuse.

— Et toi, pas au bout de tes peines... Tu viens ?

Ils grimpent à l'étage. Quand elle l'invite à entrer dans sa chambre, il commence à avoir un goût étrange dans la bouche et ses gestes se font moins naturels. Chloë le remarque. Ils sont drôles, les mecs. Pour eux, discuter un moment, c'est forcément avoir l'aval pour essayer de te mettre la langue au fond de la gorge.

— T'aimes bouquiner, à ce que je vois.

— J'adore, je suis en L. J'ai eu 17 au bac de Français. Toi, t'es en S, c'est ça ?

— Ouais. Je passe en première S. Enfin, si je me fais pas virer du bahut. Je voudrais faire une prépa.

Il lui raconte ses mésaventures. Elle savait, en vérité. Elle passe son temps à discuter avec Tata.

Djib la regarde et se dit qu'elle a vraiment un sourire sublime. Le bandeau qu'elle se met dans les cheveux illumine son visage, révèle ses taches de rousseur... Craquante. Il n'arrive pas à savoir si elle fait garçon manqué ou « nature », *old school*. Et puis merde, qu'est-ce qu'on s'en fout ? Ce besoin de mettre les gens dans des moules, des cases. Il est comme ça le monde, pourtant. Vasco c'est le toss et toi t'es le noir. On passe à autre chose ?

— Et... Et toi Chloé, pourquoi t'es là ?

À peine ces mots prononcés, son côté pudique reprend le dessus et il bafouille :

— Enfin, je veux pas avoir l'air indiscret. C'est juste...

Chloé fait signe qu'elle ne lui en veut pas. Mais elle détourne la question :

— On a tous une histoire, comme Tata a dit. Moi, je vis ici à l'année, depuis six ans. Enfin, en internat à Nevers, maintenant. Et le week-end, je retrouve Dylan et Jessica. Après le bac, j'aimerais bien monter à Paris et tenter le cours Florent.

Djib cherche le bon tiroir dans son esprit chamboulé entre le sourire de Chloé, sa gêne, et sa terreur à l'idée de paraître inculte.

— Tu veux devenir actrice, c'est ça ?

Au lieu de répondre, Chloé va piocher des bouquins dans sa bibliothèque. Djib en profite pour constater que les générations de filles passées par cette chambre en ont fait un nid douillet à la gloire d'acteurs et de chanteurs beaux gosses.

Elle lui montre des livres : Molière, Shakespeare, Feydeau, Beckett, Ionesco, Koltès, Lagarce…

— En fait, j'adorerais mettre en scène.

— Carrément ?

— Pourquoi pas ? C'est là où tu contrôles. Et c'est là où tu donnes vie.

— J'avoue…, fait Djib, les yeux rivés sur ces livres qui l'ont martyrisé depuis le collège.

— T'as l'air cool, comme mec. Ça te dirait de m'aider ?

Djib n'est pas du genre à refuser. Et puis, s'il est honnête, il sait que les taches de rousseur et les yeux clairs de cette fille sont pour beaucoup dans sa réponse.

— OK, mais à faire quoi ?

Elle lui propose de la suivre jusqu'au grenier. Là, elle fouille un grand coffre et en sort des costumes de différentes tailles, des accessoires. Elle passe à une armoire pleine de vieux vêtements, déplie des grands draps sur lesquels a été peint ce qui ressemble à des décors.

— Depuis qu'on est tout jeunes, avec les enfants qui passent ici, on organise des spectacles pendant les vacances d'été. On fait ça pour Tata et Tonton, ils invitent des amis. C'est moi qui les mets en scène.

— Tu joues aussi ?

— Je suis très timide. Je compte sur le cours Florent pour progresser là-dessus ! Quand je suis toute seule, je peux passer des heures devant la glace, mais en public... c'est plus compliqué. C'est pour ça que je préfère être en coulisses. Et puis, les autres font très bien l'affaire, tu sais ! Certains sont assez doués.

— Comme... Dylan !? murmure Djib avant d'éclater de rire.

— C'est arrivé. Tu verras les petits, ils sont géniaux. Et pour Dylan... Écoute, je sais qu'il a des réactions à la con. Mais il a pris cher, aussi. Il est paumé, mais il a un bon fond.

— Ça n'excuse pas le racisme.

— Je suis d'accord avec toi. Tu veux bien m'aider, donc ? Je prépare un nouveau spectacle.

Elle lui tend un livre de poche. *La sorcière de la rue Mouffetard* de Pierre Gripari.

— C'est mon projet pour l'anniversaire de Tonton, qui tombe une semaine avant la fin des vacances. J'ai envie de transposer le conte, chacun aura un petit rôle. On s'y met ?

Djib répond oui.

Parce qu'il aime aider les gens.

Parce qu'elle lui plaît de plus en plus.

Parce qu'il veut absolument voir la tête de Vasco quand il sera obligé de fouler les planches. En costume.

9

Vasco a cassé sa première ligne, emmêlé deux fois la seconde, pêché un bout de bois puis une canette de bière et, pendant tout ce temps-là, subi les rires de Jessica. Allongée sur le dos, se reposant sur les coudes, la belle s'occupe entre moqueries, révélations croustillantes de magazines et cigarettes à la chaîne.

Dylan s'est éloigné. Il fume un deux-feuilles et se débrouille bien. Les poissons commencent à être à l'étroit dans le seau. Il ne se préoccupe pas de sa sœur et de *l'autre*. Qu'ils fassent ce qu'ils ont à faire. Lorsqu'il tire un nouveau poisson de l'eau, il sourit, joint accroché aux lèvres. Il fait attention en retirant l'hameçon. Il déteste lire, mais il a lu une fois que les poissons ressentaient la douleur et dorénavant il fait attention.

Le soleil commence à cogner, il n'y a pas tellement d'ombre, l'herbe est haute et confortable. Dylan surveille l'heure, Tonton aime manger à midi – normal, quand on se lève à 5 heures du matin.

En même temps, putain, il est bien au bord de l'eau... Il resterait toute la journée, s'il pouvait. Il a retiré ses Nike et par moments, il s'avance et laisse le courant embarquer son bouchon. Dans le pré d'en face, trois charolaises et deux veaux le matent en mastiquant.

Il tend une oreille, ça rigole derrière. Tant mieux pour eux, si ça les amuse... Dylan connaît sa sœur par cœur. Ce n'est pas son problème, tant qu'on ne lui fait pas de mal.

— Tu l'as déjà fait ? demande Jessica à Vasco, les yeux rivés sur sa réaction.

— Putain, t'es cash...

— Tu l'as jamais fait, alors !

Vasco rattrape avec peine son bouchon au vol. Pas un poisson, pas un. C'est décidé, il déteste la pêche. Attendre comme un con assis dans l'herbe, le soleil dans le cou, pendant que Mademoiselle « *je me mets du vernis en mâchant des chewing-gums* » se paie sa tête et l'allume en même temps... merci, il passe.

— Si. Bien sûr.

Il vient s'asseoir à ses côtés.

— Combien de fois ?

— Je sais pas. Merde, t'es curieuse... C'était avec une ex, ment-il. Quatre cinq fois, quoi.

Le compte approximatif amuse Jessica. Elle passe sur le ventre, soleil dans les yeux, elle met sa main en visière, parfaitement consciente de la vue qu'elle offre de son décolleté.

— T'aimes bien comment je suis ?

— Bah ouais, quand même.

— Tu me trouves pas trop grosse ?

— Nan, ça va. Dis, t'es tatouée ? ose-t-il en faisant référence à ce qui l'intrigue depuis hier.

Les tatouages l'attirent, il rêve de s'en faire un. Pas pour la mode... plutôt pour encrer en lui ce qu'il est.

— Où tu regardes, toi ! dit-elle.

Vasco sursaute en voyant Dylan marcher entre eux d'un pas décidé, gaule et seau dans une main.

— Allez, faut qu'on rentre.

— Putain, c'est quoi son problème à ton frangin ?

Dylan a déjà ramassé son vélo et remonte le champ à côté.

— Je suis sa sœur, il me protège.

— J'ai pas cette impression. Regarde, on est là, on flirte... C'est juste qu'il est vraiment chelou. Et il a insulté Djib hier, et ça, j'aime pas.

— T'es sa meuf, à ton pote ? Il sait pas se défendre tout seul ? Et puis, quoi, tu crois que je flirte, là ? Tu m'as prise pour une pute ?

Elle est debout – avec ce ton agressif, son accent ressort davantage. Il la trouve moins belle, d'un coup.

— Calme-toi, Jessica. Juste, c'est un raciste, ton frère.

Il ramasse son vélo. Elle fait de même.

— N'importe quoi.

— Il a pas eu des mots tendres hier, avec Djib.

— Il est comme moi, il a peur.

Ils remontent côte à côte. Avec ce qu'il ressent dans la nuque, Vasco sait qu'il va être bon pour le coup de soleil.

— Peur de quoi ?

— Bah, t'as vu, tout ce qu'on voit à la télé, excuse-moi mais c'est grave.

— Il veut pas te piquer ton taf, Djib. Et moi tu sais, je suis comme lui, je suis français, même si mes darons le sont pas.

— Ouais mais toi, c'est pas pareil.

— Parce que je suis blanc ?

— Nan, tu… Tu vas mal interpréter ce que je dis. Laisse tomber.

— Vas-y, dis.

— Mon frère, à Château-Chinon, il s'est déjà fait casser la gueule par des Arabes et des Noirs… Y a de plus en plus de femmes voilées dans nos rues et des fois, je le comprends. On se sent plus chez nous. Ma mère, elle arrive pas à trouver du taf, tu sais ? Hé ben elle a une voisine, la meuf tu lui vois même plus les sourcils, elle reste chez elle et elle touche deux fois plus en aides que ma mère ! Elle est toute seule, ma mère.

Vasco la regarde sortir du champ.

Près de la voie de chemin de fer, Dylan a posé son vélo et marche en équilibre en les attendant.

— Hey, Vasco, tu me suis et on passe le pont à pied, au culot, ou t'es une poule mouillée ?

Vasco les regarde, Jessica s'essaie elle aussi au funambulisme. Il ne doit pas passer beaucoup de trains ici, mais l'idée ne lui plaît pas.

— Vous me faites chier, les fafs. Je rentre.

Il ne sait pas bien ce que ce mot veut dire mais il se souvient d'une discussion entre Djib et un mec de sa classe sur des sujets similaires, et le mot revenait souvent.

Jessica est surprise d'abord, puis vexée et déçue.

Dylan se mouille le majeur et le dresse bien haut dans le dos de Vasco.

10

Sous le parasol, le repas se déroule calmement.

On dépiaute les poulets, et la friture que Dylan a rapportée le fait passer pour Achab aux yeux des petits.

Vasco rêvasse, il pense à la Ford. Apparemment, Djib connaît le film dont Tonton lui a parlé : *La fureur de vivre*. Il a l'air de bien s'acclimater, le Djib ; pas une fois il n'a recausé de Samia. Au lieu de ça il papote tout sourire avec Chloé pendant que Riri, Fifi et Loulou squattent ses genoux, préférant déguster le poulet dans son assiette plutôt que dans la leur.

Du coup il a le cafard, surtout quand Jessica commence à se dandiner sur du Beyoncé tout en débarrassant la table. Elle attrape une cuillère, s'en sert comme d'un micro et prend bien soin de remonter son épaule dénudée de façon langoureuse. En fait il ne la comprend pas, cette fille.

— Attendez qu'il soit trois heures pour aller à Fleury. Là, il fait trop chaud, leur précise Tata.

Du coup, ils se regroupent dans la grande chambre du bas aménagée en quartier général, et après une petite discussion animée, on décide de regarder *Grease* – un vieux film dont Vasco n'a jamais entendu parler, mais au vote, Chloé l'a jouée finement : avec Djib dans la poche et Dylan qui a répondu par un grognement, c'était plié. Vasco voulait *Transformers*, raté. Jessica boude un moment, son DVD de *Bridget Jones* dans la main.

Finalement Vasco trouve ça terrible, même s'il se garde bien de le dire, et quand il grimpe sur son vélo, il a encore les chansons en tête, songe à s'acheter un cuir, et n'a qu'une hâte, être à demain pour se coiffer.

Derrière lui, il devine Dylan qui pédale doucement, et puis qui accélère un peu, vient à sa hauteur et lui tend son paquet de cigarettes. Il n'essaie même pas de comprendre, accepte en levant le pouce.

Après la première côte gentille et une descente où on peut bombarder, Djib et lui se mettent dans la roue de Chloé et Dylan. Jessica est à la traîne ; les joues déjà rougies par l'effort, elle se plaint, râle de ne pas avoir pris son scooter, et puis la route est trop longue, et ces sept kilomètres sont interminables, il fait chaud, et personne ne l'attend. Son frère la remorque sur une centaine de mètres en serrant les dents, mais elle se retrouve vite en queue de peloton.

À l'avant, Djib s'en met plein les yeux. Les bottes de paille alignées dans les champs accompagnent leur procession. Parfois, un arbre planté au milieu d'un pré abrite un troupeau.

— Et tu vois, Djib, lance Vasco, ça c'est une vache.

— Ouais, mais moi au moins je sais l'écrire...

Rires. Sprint.

Par endroits, la route est abîmée et ils passent sur des plaques de goudron brûlant qui s'accrochent aux roues. Un tracteur charrie de la poussière quand ils le dépassent, le paysan les salue d'une main, ils répondent.

Djib pourrait diriger la bande, mais il préfère rouler côte à côte avec Chloé. Il découvre les paysages. Il n'y a aucun bruit autre que celui de leur respiration, les champs se déroulent à perte de vue.

L'orée d'une forêt arrive à point nommé, ils respirent à pleins poumons, s'enivrent de la fraîcheur. Ils traversent un petit patelin où deux anciens sur un banc les regardent passer, galurins sur le crâne. La petite église et son clocher en tuile sonnent la demie. Une buse s'envole devant eux alors qu'ils entament une vilaine montée le long d'un cimetière.

Jessica hoquette et termine à pied. Vasco s'arrête pour l'attendre, bon prince, heureux malgré tout de ne pas avoir à la grimper. Il est sportif mais il a surtout très chaud, et son gel lui dégouline sur le front.

Loin devant eux, Dylan donne tout pour arriver premier, Djib le talonne un moment... Il en aurait encore sous la pédale, en fait, mais préfère le *fair-play*.

— C'est encore loin ? demande Vasco à Jessica, en montant.

— Nan, putain... je suis morte. Oh, regarde, des mûres ! J'adore.

Elle balance son vélo et commence à cueillir les petits fruits noirs qui explosent sous ses doigts brusques.

— Vous venez ? crie Chloé.

— Y a un nid à mûres ! On vous rejoint.

Dylan est déjà reparti, Djib laisse à Chloé le temps de reprendre son souffle. Elle désigne Vasco, en bas :

— Il va ramer avec elle, ton pote…

— Nooon, qu'est-ce que tu vas t'imaginer ? Je crois qu'il aime vraiment les mûres…

Ils échangent un regard et tentent de rattraper l'échappé.

La vue est toujours aussi planante, l'horizon accouche sans cesse de collines massives.

— C'est quoi là-bas ? lance Djib, meilleur en maths qu'en géographie.

— C'est le Morvan. Tata nous emmène, des fois. Faut prendre la route de Moulins et tu arrives dans des forêts noires de pins. En plein milieu du parc naturel, t'as des grands lacs. C'est là-bas, le mont Beuvray…

Djib entend ce nom pour la première fois mais n'en montre rien.

Dans le fossé, Jessica utilise son tee-shirt pour recueillir sa moisson, elle en avale quelques poignées au passage, sa bouche prend des teintes violettes. Vasco la regarde du coin de l'œil et picore prudemment. Il n'a pas l'habitude de consommer ce qui ne sort pas d'une barquette.

— Je vais en ramener à Tata, on fera un clafoutis. C'est trop bon.

Un klaxon retentit et Vasco, surpris, manque se jeter dans la haie. Des cris d'enfants arrivent à ses oreilles : c'est la **BX**. Tata, souriante au volant, roule au pas jusqu'à eux.

— Y a plein de mûres, Tata !

— C'est bien, ma fille. On fera un gâteau.

— Tu vois, fait-elle à Vasco.

La voiture repart. Vasco savoure le calme revenu, en profite pour oser :

— Hey, Jess, excuse-moi pour ce matin...

— De quoi ?

Elle glisse sa récolte dans un sac et redresse son vélo.

— Bon, on y va ? J'ai envie de me foutre à la flotte.

Le pied de Vasco glisse sur la pédale.

11

Quand ils arrivent, après une dernière et longue descente salutaire pour les mollets, les petits sont déjà dans l'eau, équipés de brassards et de bouées.

Le site n'est pas grand, deux berges couvertes d'herbe avec le bras de rivière au milieu qui arrive jusqu'à un petit barrage en bois et un déversoir où les enfants peuvent patauger tranquilles. Une cabane en pierre, où un saisonnier vend du miel et des glaces. On vient ici parce qu'on connaît le coin et parce qu'on aime s'y retrouver.

Il y a dans les deux mètres de fond, ce qui oblige les grands à surveiller les petits mais permet des entrées dans l'eau fracassante – d'ailleurs, Dylan multiplie les allers retours et les plongeons périlleux.

Chloé et Djib sont sur leurs serviettes ; ils suivent les batailles maritimes des enfants. Aucun souci de toute façon, les quelques habitués du coin connaissent bien Tata, ils surveillent toujours les petits quand elle débarque. Ensuite, ils vont la voir pour tailler le bout de gras.

Justement, assise sur une chaise pliante, Tata discute avec un retraité et sa femme, à l'ombre d'un grand chêne.

Site familial, l'endroit est aussi un repaire de jeunes, filles et garçons des villages alentour se retrouvent ici pour prendre du bon temps. Il y a peu de courant et l'eau passe sous un pont depuis lequel quelques gars s'élancent pour des sauts acrobatiques. Sur la rive d'en face, les vélos et mobylettes refroidissent. Ils les connaissent, les mômes de la DDASS – ils sont au bahut avec eux –, alors ils scrutent les nouveaux.

Djib ne le montre pas, mais il sait qu'on le regarde. Vasco aussi : direct, il se recoiffe, repère les trois mecs qui le matent, découvre les deux filles, et roule des mécaniques rien que pour étendre sa serviette. Les gars d'en face fument des clopes, vident des Cocas et des bières au son des basses d'un poste de radio. Quand Jessica se décide à aller à l'eau, en maillot, il y a comme un flottement dans leurs rangs.

— C'est parti…, siffle Chloé.

— De quoi ? répond Djib.

— Tu vois la bande, là-bas ? Ils viennent de Châtillon, on les appelle « les bikers », dans le coin.

Djib ricane.

— Le grand brun là, c'est Lionel, et c'est plus ou moins le mec de Jess, aux dernières nouvelles.

Djib ne rit plus.

Au bord de l'eau, Vasco embrasse sa croix, arrose d'eau sa nuque cramée, jouant le tout dans un registre kéké pour arracher un sourire à Jess – la belle le regarde, assise sur une petite échelle qui permet une entrée moins abrupte. Elle la joue bimbo, se plie en deux pour rentrer les plis de son ventre, garde les genoux collés, ralentit ses gestes. Elle s'enfonce dans l'eau en criant.

— Ça caiiiiiille, bordel !

Vasco prend de l'élan, supplie le sol de ne pas se dérober sous ses pieds et effectue finalement le salto parfait, celui qu'il rêvait de faire. Effet garanti.

— Et donc, reprend Djib, ils sont plus ensemble ?

— Avec Jess, c'est toujours compliqué.

— Ouaip. Et si tu rajoutes notre Vasco qui se prend apparemment pour une sirène, ça risque de partir en vrille...

Chloé hausse les épaules. Elle rappelle Gaétan et Gwen, partis à la recherche d'un trésor un peu trop au soleil, et agrippe Kamel pour l'emmener dans un câlin. La peau dorée et chaude du gamin est un bonheur. Il s'échappe finalement et s'engage dans un foot avec ses sœurs.

Djib regarde les discussions qui vont bon train, là-bas en face. Ça s'agite... et même les deux filles, dont l'une est un portrait pas si éloigné de Jessica, sont à la manœuvre.

— C'est Camille et Sophie, on était ensemble au collège. Elles sont cool, mais je crois qu'elles n'aiment pas trop Jess...

Dylan vient de traverser la rivière : il arrive dans le camp d'en face. Il serre les mains aux gars, claque la bise aux filles, jette un œil rapide à Tata et pique une clope dans un paquet qui traîne.

— Au fait, j'ai apporté le bouquin, tu veux le lire ? demande Chloé.

Djib ne répond pas : il est concentré sur Vasco qui nage autour de Jess... Ça n'a pas l'air de plaire des masses au fameux Lionel.

Chloé tend le livre à Djib.

— Laisse-les. Ils sont assez grands.

Justement : Vasco et Jessica se rapprochent, s'éloignent, Vasco tente une approche sous un des piliers du pont, réclame un baiser, elle esquive en riant, le jeu dure – et c'est elle qui l'interrompt, d'un coup.

Orchestrant sa sortie, elle va s'étendre sur sa serviette. Les gouttes d'eau frétillent sur sa peau, elle se sent bien, rafraîchie, fatiguée aussi par les brasses. Le soleil la caresse, elle ferme les yeux.

— Salut, Jess, je peux te parler ? Salut, Chloé.

C'est Lionel ; ses cheveux mi-longs, son piercing à l'arcade, ses chouettes tablettes de chocolat.

Elle soupire.

— Quoi ?

— Viens, s'te plaît.

Vasco arrive près des serviettes à ce moment-là, secouant ses cheveux sur Djib, qui râle.

Il remarque Lionel... qui le dépasse d'une tête. Plus loin, un de ses potes s'est placé en renfort, rouquin au visage ravagé à l'acné.

— Ça va, mec ? lance Vasco.

— Je parle à Jess.

Chloé, mains en paravent, regarde son amie... Elle sait qu'elle jubile, à palper tout ce trop-plein de testostérone qui l'entoure. C'est plus fort qu'elle.

Finalement elle se lève, s'attache un paréo autour de la taille et commence à suivre Lionel.

— Hey, Jess, t'es pas obligée, murmure Vasco en envoyant son regard le plus menaçant à Lionel. On est bien, là.

— C'est bon, je fais ce que je veux, OK ? J'ai pas besoin d'un toutou.

Vasco se crispe à s'en démolir les dents, Djib pressent le pire et Chloé fustige Jessica des yeux, tandis que Lionel offre son plus beau sourire à son rival.

Pour détourner son attention, Djib se lève et entoure son pote d'un bras.

— Viens, je te paie une glace.

Jessica marche derrière Lionel, loin des regards. En cherchant un endroit esseulé, ils croisent Dylan... qui la considère à peine et fonce, tête baissée, résigné. Ça fend le cœur de Jessica... et puis merde, aussi, ça la fout en rogne, qu'ils soient tous là à la juger ! Elle presse le pas, rejoint Lionel.

Si Dylan n'a rien dit à Lionel, en revanche, il prend un soin particulier à heurter le rouquin et ses boutons. Bon coup d'épaule appuyé, car Dylan n'a jamais pu saquer le fils du boulanger de Châtillon. L'autre se retourne, prêt à en découdre, mais face au regard mauvais de celui qu'il appelle « le cas soce », il lève les mains. Et se hâte de disparaître tandis que Dylan tourne la tête pour regarder sa sœur suivre Lionel derrière un fourré.

Il bouillonne.

Ne peut plus penser.

Plus parler. Plus rien.

Il s'éloigne à pas rapides.

Il sent que ça monte. Ça déborde. C'est là. De toute sa rage, il frappe le panneau qui annonce l'arrivée à Fleury. Une fois, deux fois – le bruit résonne entre ses oreilles –, trois, quatre, la peau s'arrache sur ses jointures, cinq, il saigne.

— ARRÊTE !

Plantée au milieu de la route, Chloé. Il lève la tête vers elle. Honte et colère. Essuie ses larmes d'un revers du poing, laissant une traînée de sang sur son visage. Elle sait : quand il est comme ça, inutile de parler. Il n'y a que Tata ou Tonton pour le calmer. Elle le prend par la main, il se laisse faire.

Pendant ce temps, Vasco et Djib reviennent aux serviettes les bras chargés de glaces et de gâteaux. Djib pose un genou au sol pour offrir à Gwen celle qu'elle lui avait demandée et récolte un bisou.

Tata a tout suivi, rien ne lui échappe. Aussi, quand elle remarque le visage déconfit de Dylan, elle s'excuse auprès de ses amis et vient à sa rencontre. Ils marchent un peu. Ils ne parlent même pas, sa simple présence apaise l'adolescent. Elle sait ce qu'il ressent.

Et bien sûr, Jessica revient. Aux anges. Vasco encaisse mal la vision de ses doigts qui se séparent de ceux de Lionel. Le garçon semble satisfait – Vasco choisit de l'ignorer, affectant de jouer aux cartes avec Riri, Fifi et Loulou. Djib fait de même, plonge dans la lecture du livre de Gripari. Seule Chloé affiche un air franchement contrarié.

Face à ces retrouvailles glacées, Jessica pique un fard et va s'isoler sur un bord du déversoir, pieds dans l'eau. Son frère passe par là, elle le hèle. Il ne lui concède pas un regard.

Et merde. Personne ne la comprend. Tout le monde est contre elle. Elle se sent triste.

— Vasco, Djib, vous pouvez mettre le vélo de Jessica dans le coffre ? Je vais la ramener en voiture.

Sur ces mots, Tata sourit à Jessica qui la remercie silencieusement, mâchouillant son tee-shirt.

— Les enfants, commencez à ranger vos jouets.

Les mômes s'exécutent. En face une pétarade retentit, la bande quitte les lieux, les plus jeunes à vélo, les filles sur les meules, accrochées aux pilotes. Lionel démarre en dernier, non sans envoyer un signe de la main à Jessica. La goutte de trop pour Vasco, qui lui présente son majeur. Tradition oblige.

Ils font le retour en silence, c'est l'heure où le soleil se fait moins brutal, ils pédalent dans le calme et apprécient la brise. Chacun a la journée qui défile dans le crâne.

*

Home sweet home. Les petits enchaînent les douches et les coloriages pendant que Tonton termine un film de guerre en noir et blanc. Les patates sont déjà épluchées, cinq boîtes de thon attendent sur la table, deux sachets d'olives, des œufs.

Sans être inquiète, Tata se sent préoccupée par Jessica. À peine arrivée, la petite a préféré s'isoler. Elle les connaît, son frère et elle : quand ils se referment, il vaut mieux parier sur la patience et l'écoute plutôt que d'aller les travailler au corps. Elle respecte. Jessica sait que sa porte est ouverte jour et nuit.

Du coin de l'œil, Tata suit aussi Djib, qui semble se sentir déjà chez lui : sifflotant, il prend un Coca dans le frigo, va se poser dans un transat. Elle ne pourrait en être plus contente. Son copain, Vasco, est allé passer un coup de fil à ses parents. Oui... ils commencent à se sentir bien.

Vasco attend, pendu au combiné. Tombe sur sa mère – ça l'arrange. Il la rassure : tout se passe bien, une première journée riche comme une semaine, demain ils vont commencer à bosser. Sa mère est soulagée. Il lui demande d'embrasser son père et Hugo de sa part.

Ensuite il va prendre sa douche. Devant la glace, il ne peut que constater l'ampleur des dégâts de la baignade sur ses cheveux...

L'eau chaude lui fait du bien, il reste un petit moment dessous en sifflotant un air de *Grease* qui lui trotte dans la tête. Puis il coiffe ses cheveux à la mode « Zuko », s'y reprend plusieurs fois, gaspille du gel.

La porte s'ouvre soudain, sans qu'on ait frappé. Jessica.

Elle se faufile à l'intérieur – d'un regard rapide, Vasco s'assure que sa serviette tient bien à sa taille.

— Woh, doucement, j'ai presque fini.

Elle referme la porte derrière elle, une lueur étrange dans les yeux.

— Euh, Jess...

— Tu te fais belle ? J'aime bien ta coupe comme ça.

Il oublie la vanne, retient le compliment.

— J'ai pas aimé comment tu m'as parlé, tout à l'heure.

— Je sais.

Regard par en dessous. Elle affine sa moue par l'entremise du miroir.

— C'est ton mec alors, Lionel ?

— C'est compliqué.

— Tu l'as fait, avec lui ?

Il vacille un peu. Ses yeux luttent contre les lois de la gravité depuis qu'il a remarqué qu'elle n'avait pas pris soin de remettre un soutien-gorge.

— T'es gentil avec moi, Vasco, j'aime bien.

— Ouais. Et moi, je suis pas une flèche mais j'ai quand même l'impression que tu te fous de ma gueule.

— Dis pas ça, c'est pas vrai... T'es pas comme les autres. J'aime bien être avec toi.

— T'as un problème, je crois.

Elle s'approche de lui, il sent son souffle. Même dans l'eau, ils n'ont pas été aussi proches.

— Je vous connais, les garçons. Toi, tu protèges.

Délicatement elle tire sur l'échancrure du tee-shirt, Vasco recule son visage. Il n'a plus une seule goutte sur le corps.

— Tu voulais voir mes tatouages ? Je me les suis faits l'été dernier. Un pote de pote à Nevers qui veut être tatoueur. Je peux te dire, ça douille... T'aimes bien ?

Il voit maintenant une bonne partie de sa poitrine, et les taches d'encre censées représenter des coussinets de chat pour en faire une empreinte. C'est approximatif et mal réalisé. La pauvre va garder ça toute sa vie… mais jamais il n'a vu des seins aussi jolis et généreux se découvrir sous ses yeux. Jamais il n'a vu de seins pour de vrai, en fait.

— Arrête, c'est chaud là…

— Ma reum aussi, elle a un tattoo à cet endroit. On est pareilles, elle et moi.

Elle attrape doucement une de ses mains et la pose sur son sein gauche.

— Je t'aime bien Vasco, tu veux toucher ?

Ce coup-ci, Vasco est sur le point de perdre le contrôle. Il a peur qu'on les surprenne, imagine que la salle de bains échappe à l'espace-temps, se penche vers elle et l'embrasse – mais du bout des lèvres.

— Pas comme ça. Sérieux, si on se fait pécho… Je peux pas faire ça à mes darons, à Tata, ils m'accueillent… Moi aussi je t'apprécie, mais faut qu'on fasse les choses bien.

— Oh, va te faire foutre.

Elle le repousse en rajustant son tee-shirt, pire que s'il l'avait insultée.

Il se dit qu'il ne revivra peut-être jamais une occasion pareille.

Alors il la saisit par les hanches, prie pour ne pas être trop maladroit, et l'embrasse. Elle répond – et même, c'est un volcan, très vite elle prend le dessus, sa langue tourne vite, ses lèvres s'écrasent sur les siennes, elle passe une main dans ses cheveux et l'autre dans son cou, on la croirait devant des caméras. Vasco se laisse dévorer. Entre elle et lui, il y a son sexe déjà proche de la rupture. Il sait qu'elle le sent. Elle entame des mouvements de bassin qui n'arrangent rien à son excitation.

On toque à la porte. Pétrifiés, ils arrêtent tout, reprennent leurs distances. C'est Djib :

— Vasco, on va manger, tu te magnes ? T'as déjà trouvé une vieille feinte pour pas mettre la table, hein, petit salopard !

— Ouais, c'est bon, j'arrive.

— Ça va ?

Jessica étouffe un fou rire.

— Ben oui, ça va, pourquoi ? Je prends une douche...

— T'es pas en train de te...

— Vas-y, t'es relou, j'arrive.

Ils attendent d'être bien sûrs qu'il soit parti. Ils reprennent leur souffle. La vapeur disparaît doucement.

Elle s'approche de lui et l'embrasse tendrement... et enfin, il lui semble la *voir* pour de vrai.

Elle sort, il se retrouve seul. Son cœur bat toujours aussi vite. Ce soir-là, il tombe aussitôt après avoir fermé les yeux.

12

Chloé entend Kamel chouiner dans son sommeil. Elle se lève, entre dans la chambre... pour découvrir le gosse potelé pris au piège de son drap. À côté, on dort comme si de rien n'était dans une ronde de respirations quasiment chorégraphiée. Elle libère le petit, le repositionne dans son lit et dépose un baiser sur son front en sueur.

C'est vrai qu'il fait chaud. Elle vide un grand verre d'eau, s'arrête devant la chambre des garçons. Dylan dort les sourcils froncés... Qui sait quel orage s'abat sous ce crâne ? Elle l'aime autant qu'elle déteste ce qu'il crache comme bêtises inacceptables. La peine n'excuse pas tout – et pourtant, elle passe son temps à prendre sa défense.

Vasco est étendu sur le dos, bouche ouverte, loin de l'image de dur qu'il s'évertue à afficher. On pourrait presque imaginer que ses lèvres soufflent le prénom de Jessica à chaque fois que ses poumons se dégonflent. Il est chouette, ce garçon. Elle a du mal à l'imaginer en ado perturbé... surtout à côté de Dylan. Non, c'est simplement, comme beaucoup, un enfant de la casse.

Tout comme Djibril. Oui, Djib... Elle en sait plus sur son histoire que lui sur la sienne ; en discutant avec lui, elle a compris qu'il fait partie de ceux qui sont déterminés à avancer parce que c'est leur seul moyen de rendre des coups à la vie. Est-elle comme lui ? Peut-être. Elle n'y arrive toujours pas, elle, à se raconter.

Elle reste un moment à le regarder. Puis retourne terminer sa nuit.

*

Vasco se frotte encore les yeux quand Tonton sort la fournée et l'étale sur la table. Il a pris le temps de se coiffer, dehors la brume matinale donne une teinte bleutée à la campagne et se confond avec le ciel. L'air est frais.

Il a été étonné quand le vieil homme lui a dit qu'ils ne commenceraient les travaux sur la grange qu'en début de semaine prochaine. En même temps, il n'a pas insisté : Vasco est un curieux, mais il n'est pas non plus du genre à courir après le boulot. Il attendra qu'on vienne le chercher, et cela lui donnera plus de temps à passer avec Jessica.

Ce matin, Tonton lui a proposé de l'emmener aux champignons. Vasco a dit oui. Il se coupe une tranche épaisse et l'odeur l'enivre. Aussitôt lui vient une pensée pour son père qui, à force de râler sur le prix du pain, avait un jour décidé de le faire lui-même. Hugo avait fait du lobbying poussé pour la tradi, et le père avait finalement renoncé. Vasco l'aimait bien, son pain, c'est dommage.

— Avant d'aller en forêt, vous voulez pas qu'on commence à jeter un coup d'œil à la Ford ?

— Plus tard. Tu verras, je connais des bons coins. Avec les gros orages de juin et le soleil de ces derniers jours, on n'aura qu'à se baisser pour les ramasser.

— Ça, je vous crois sur parole. Moi, les champignons, à part sur ma pizza, c'est pas trop mon truc.

Tonton ouvre un pot de confiture de Tata et la tend à Vasco.

— Selon ce qu'on ramène, je verrai ce qu'on fait avec ; si la récolte est moyenne, je nous ferai une petite poêlée dont tu me diras des nouvelles. Et pour Dylan aussi, il se damnerait pour des girolles ! C'est un très bon cueilleur de champignons.

De ses yeux plissés, Tonton a bien noté la réaction de Vasco à l'énoncé du prénom.

— Il vient avec nous ? s'inquiète le jeune.

— Il a des courses à faire, j'ai commandé un jambon à son patron.

Vasco enfile des vieilles bottes en caoutchouc, un ciré, et tombe sur Djib, qui n'en demandait pas tant pour alimenter son réveil en bonne humeur. Le reste de la tribu se met à table.

— Oublie pas ton sweat, Booba… C'est hyper West Coast, comme tendance !!

— Très drôle.

Ça fait rire Chloé.

— Au fait, on bosse pas aujourd'hui ? demande Djib.

— Bah non. Pose pas de questions, profite.

Avant que Djib puisse répondre, les jumeaux Gaétan et Gwen le tirent par le coude.

— Tu me fais mon lait ?

— Nan, moi d'abord !!

Tata, en robe de chambre, son sachet de thé comme un yoyo, les calme d'un seul geste :

— Laissez-le respirer, les petits. Et n'oubliez pas que ce matin, c'est cahiers de vacances.

— Rhôôôôô !

— Il peut nous aider, Djib ?

Chloé secoue la tête en indiquant le grenier du doigt.

— Il a des choses à faire, Djib, tranche Tata.

Les mômes sont déçus : Gaétan se ferme, changement immédiat. Chloé est habituée, elle tente un peu de parlementer mais rien n'y fait.

Finalement, Djib propose un compromis, il les aide mais juste sur le premier exercice... alors seulement, le petit visage s'adoucit. Les jumeaux courent chercher leurs affaires.

— Il est très dur à gérer.

— Je vois ça. On dirait Vasco quand il me demande de l'aider à trier ses chaussettes !

— Fais gaffe, on pourrait finir par se poser des questions sur vous deux...

Djib s'étouffe dans son lait.

Pendant que la fratrie s'abreuve de dessins animés, Tonton et Vasco partent pour la cueillette. Il faut prendre la BX jusqu'à l'orée du bois de Champeau, puis le reste se fait à pied et avec les yeux. Ils vont contourner l'étang de Dli. Vasco écoute, tous ces noms franchouillards l'amusent. Il espère simplement ne pas tomber sur un sanglier. Il doit y en avoir... La campagne c'est la campagne, après tout.

Dylan gare sa 103 face à la devanture de la boucherie Moreau. C'est jour de marché, il y a pas mal de monde sur la place de l'église de Châtillon, en haut de la rue. En plus, avec la départementale qui traverse la ville, il suffit d'un camion pour congestionner l'artère et offrir du spectacle à ceux qui se posent sur leur perron.

— Bonjour, Dylan, lance Monsieur Moreau. Les vacances démarrent bien ?

Dylan répond oui de la tête, les yeux fuyants.

— Je viens chercher la commande de Tonton.

— Tout est prêt.

Son ventre se serre quand Perrine arrive depuis l'arrière de la boutique, les bras chargés de conserves. Elle aussi marque l'arrêt. Monsieur Moreau ne remarque rien. Aiguisant ses couteaux, il demande à sa fille d'aller chercher le sac pour Dylan.

À la caisse, Madame Moreau discute de la crise avec une cliente, on ne parle plus que de ça, c'est partout. Son gendre sera bientôt au chômage. Ça a commencé là-bas, chez les Américains, et maintenant ça déferle partout.

Dylan écoute d'une oreille, même s'il s'en fout. Lui sait juste que tant que sa mère ne sera pas stable, avec boulot et le reste, ils ne pourront pas retourner avec elle. Ce qu'il veut, là tout de suite, c'est que la vieille bavarde se magne, pour qu'il puisse payer et que Perrine trouve une feinte et le rejoigne derrière la Salle des Fêtes. De toute façon, ce pays part en couilles et c'est pas lui qui le sauvera.

Perrine revient, lui sourit, manque faire tomber un bocal de petits pois. Il lui sourit à son tour.

— Bonjour, Dylan, tu vas bien ?

— Oui.

— Les vacances se passent bien ? Tu profites ?

— Oui.

— Et Tata ? Tu lui transmettras mes amitiés. Tu veux autre chose ?

Il attend que la mère ait le dos tourné pour faire comprendre à Perrine que oui, il veut autre chose, elle rougit, regarde son père préparer un tournedos et hoche la tête. Dylan est content.

— Nan, c'est bon. Combien je vous dois ?

Madame Moreau lui tend la note et lui glisse, à l'insu de la clientèle :

— J'ai rajouté une terrine de François, je sais que tu les adores. Et j'ai mis un saucisson pour les petits.

Dylan ne sait pas quoi dire. Alors il se tait, et il paie.

— Repose-toi, Dylan, pour être en pleine forme en septembre... Je compte sur toi ! lui envoie Monsieur Moreau.

Dylan sourit tout en croisant les doigts pour que Perrine trouve un moyen de s'éclipser.

Il remonte à pied en poussant sa meule, le soleil cogne déjà, il reconnaît certaines têtes sur le trottoir d'en face, garde les yeux pas loin du bout de ses baskets. À côté du Maxi Marché, le marché bat son plein. Le tableau d'affichage municipal exhibe toujours les affiches – parfois déchirées – des candidats aux dernières élections cantonales. On annonce le prochain comice agricole qui aura lieu mi-août et on invite le chaland à venir célébrer la fête nationale d'ici une semaine.

Il s'arrête pour observer l'étal d'un camion boucher ; de la belle viande, là aussi. Les mains de l'artisan lui rappellent celles de Monsieur Moreau, on y lit le poids du travail, elles sont abîmées, les ongles ravagés. Il aimerait tellement réussir dans cette voie. « *Du cœur à l'ouvrage.* » Les mots de Monsieur Moreau résonnent. Lui ne voit que ses échecs, ses doutes, ses limites. Il pense au psy et à son éducateur... Le dernier rendez-vous avant les vacances n'a pas été très bénéfique. Il venait d'apprendre que sa mère avait un nouveau jules et il n'avait pas du tout, du tout envie de parler. À qui que ce soit. Il a préféré garder les mains dans ses poches et les ignorer.

Il gare la 103 à l'ombre, s'assoit à l'abri des regards, derrière la Salle des Fêtes, juste en face du petit bac à sable où les ados viennent fumer des sticks en douce sur les balançoires. Il s'en grille une, suit le vol d'une tourterelle.

Le bruit des graviers l'arrache à ses rêveries.

C'est Perrine. Son cœur s'emballe.

— Ça va ? marmonne-t-il.

— Oui, ça va. J'aide un peu le père le matin et j'ai réussi à avoir un mi-temps au Maxi, comme ça je peux aussi potasser.

— Tu t'arrêtes jamais.

— J'ai pas le choix. La terminale ES, c'est chaud.

— Tu crois qu'on pourra se voir quand même ?

Elle a le visage caché par ses longs cheveux bruns, mais il devine qu'elle sourit. Ça lui plaît.

— J'aimerais bien. Qu'est-ce que tu as, y a un truc qui te tracasse ?

Avec des petits cailloux, il vise une bouteille de Kronenbourg laissée à l'abandon.

— Chais pas, un peu. Y a deux mecs de Paris en ce moment, à Passy.

— Il paraît. Un Portugais et un Noir ?

— Ouais, j'ai déjà failli m'embrouiller avec le blakos. Je dois partager ma chambre avec eux. Ils sont pas bien méchants, et d'après ce que Tata nous a dit, c'est que pour l'été... mais n'empêche, ça soûle. Tu vois, les étrangers qui viennent bouffer le pain des Français ? Moi, je suis en plein dedans.

— Dis pas de conneries, tente Perrine. Et les petits que garde Tata ? Et les deux frères qui allaient à la même école que nous ? Y avait pas de problèmes.

— C'est pas pareil. Y a pas que moi qui pense ça. Genre ton père, tu crois p'têt qu'il te laisserait ramener un Noir ou un Arabe à la maison ?

Perrine écoute, réfléchit puis l'oblige à plonger dans ses grands yeux bleus.

— Je pense que de toute façon, mon père ne sauterait pas de joie, que je lui ramène un fils de médecin, un Noir... ou son apprenti...

Dylan essaie de lui voler un baiser, pulsion incontrôlable, elle recule en souriant.

— Et Jess, ça va ? Elle s'est vraiment remise avec Lionel ?

— Je m'en bats les couilles. Elle fait ce qu'elle veut.

Il tire trois cailloux d'un coup, sa semelle racle le sol.

Silence. Perrine pose sa main sur la sienne.

— Excuse, lâche-t-il du bout des lèvres. Tu sais… pour nous… je m'en veux encore. J'ai vraiment pas assuré.

Elle baisse aussitôt les yeux. Se sent toute chose, gênée et pudique. Pourtant, elle sait qu'il est sincère.

— Je t'ai dit que c'était pas grave.

Leur première fois, bâclée par l'empressement de Dylan… et puis son manque de confiance, sa colère ourdie dont il lui a fait ressentir la douleur – avant de se barricader sur lui même, inconsolable et honteux.

— J'suis vraiment content de te revoir…

Elle lui passe une main dans les cheveux, il ferme les yeux.

— Tu crois… Tu crois qu'on pourra essayer de le refaire ? demande-t-il. Plus doucement, enfin… Tu sais, quoi…

Elle lui prend les mains. Elle est terrorisée mais il la bouleverse, c'est comme ça. Même si Perrine a peur, ce qu'elle ressent à l'instant est trop fort, et la pousse à poser sa bouche sur la sienne.

Dylan s'abandonne. Entièrement. Il ne tente pas de se montrer impérial, ni de cacher sa joie, rien de tout cela : il la laisse mener.

Deux jeunes passent devant eux à ce moment, habillés en tenue de foot.

Jean, le rouquin plein d'acné, et Bastien, un cousin de Perrine – elle retire sa main de celle de Dylan et recule d'un pas.

— Hey, ça va ? Vous faites quoi là ? s'écrie Bastien.

Le gars a des cuisses de bûcheron et le torse large ; son père charpentier le fait travailler avec lui depuis qu'il est gamin.

Dylan est incapable de répondre, troublé par le changement de comportement de Perrine.

— Dylan est venu chercher une commande, on cause un peu.

Jean s'approche de Dylan. Il le déteste autant qu'il craint ses coups de sang. Pour lui, ce mec n'est qu'un cas social de plus, un bon à rien qui parasite et joue la victime, pendant que lui, quand il se prend des torgnoles par son vieux, doit aller au bahut en serrant les dents et sans se plaindre. Le voir avec Perrine et ses grands yeux bleus le met en rage. Il avait entendu une rumeur sur elle et Dylan, mais comme c'est plutôt la Jessica qui collectionne les bruits qui courent, il espérait que ce soit faux...

Bastien, lui, joue parfaitement la comédie :

— Au fait, Dylan, il paraît qu'il y a deux nouveaux mecs à Passy, ça vous dit un foot à Tamnay, samedi ? Genre 5-5... Je demande à Bouvier et au « Tic » d'être dans votre équipe, et nous, on se fait l'équipe de Châtillon avec Lionel, le Jean... Y a aussi le petit, là, « l'Ampoule », qui se démerde grave pour son âge ! Et moi, je ramène un pack.

Jean bloque, furieux : il aurait voulu que son pote engraine Dylan – pris en flag avec sa cousine, putain –, et au lieu de ça, il lui propose un foot ?!

— Ouais, j'en parlerai aux gars. Y a moyen qu'on vous défonce, avec Ronaldo et Makelele...

Bastien se marre, Jean n'y arrive pas.

Dylan attend qu'ils soient assez éloignés pour se lever et enfourcher la mobylette. Vexé.

— Dylan...

— Vas-y, c'est bon, j'ai compris.

— C'est mon cousin. Mon oncle est le frère de ton patron. Tu ne crois pas qu'il faut qu'on soit un peu discrets ? Et ça ne veut absolument pas dire que je ne veux pas te voir.

Dylan lutte, elle vaut plus que son caractère de merde, il le sait bien... Elle le regarde en souriant et la seule chose qu'il pense, c'est qu'il ne la mérite pas, de toute façon. Il va tout gâcher, encore une fois. Comme il a commencé à le faire quand il a été incapable de se contrôler, de lui faire l'amour correctement, puceau débile.

Il démarre. Elle le retient par le bras.

— Dylan, faut que t'y mettes du tien. J'ai envie d'être avec toi. Mais faut que tu m'aides... que tu nous aides.

Encore les reproches. Encore les « il faut ». Ils sont toujours là ! Il s'arrache à son emprise et met les gaz.

13

Vasco se répète une phrase en boucle : l'enfer du Vietnam est sûrement moins pénible à vivre que cette marche en forêt.

Non pas qu'il ne passe pas un bon moment, mais il s'est rarement senti aussi largué, paumé... inutile. À trois reprises, il a failli cueillir des champignons vénéneux, « capables de décimer une famille entière », selon Tonton, et il a sursauté plus de fois que pendant toute une vie à regarder des films d'horreur, à cause des bruits et autres cris d'oiseaux.

Tonton est en tête, il s'aide d'un bâton, le panier en osier se remplit bien, mais ce n'est pas un grand bavard et Vasco n'en est pas encore à pouvoir se délecter du charme bucolique de la forêt – au travers de laquelle, du reste, on ne voit pas grand-chose.

L'humidité est poisseuse, il ne manque plus que les serpents et les araignées, sûrement grosses comme le champignon dans lequel il shoote.

— Tu viens de taper dans un cèpe, mon garçon. C'est la deuxième fois, marmonne Tonton avec, quand même, un bon sourire.

Tout en cravachant dans le bourbier, Vasco imagine Djib en train de roucouler avec Chloé. Il se demande où ils en sont – façon de se projeter lui aussi, et de se demander si, avec Jessica, ils vont quelque part... et si cela à un quelconque intérêt.

Évidemment, dès qu'il repense à elle dans la salle de bains, tout prend du sens et il a hâte de la revoir.

— Tiens, écoute ; ça, c'est une meute de sangliers qui va charger.

Vasco se raidit. Il n'est pas beaucoup plus rassuré quand Tonton lui envoie un bon sourire.

Il ramasse un bâton, au cas où.

*

La révision des cahiers de vacances a été un moment épique : les fautes d'orthographe de Gaétan feraient passer Vasco pour un prof agrégé. En revanche, les maths, ça va.

Au final, avec un peu de mauvaise volonté et une concentration bancale, ils ont pu en venir à bout. Tout le monde peut boire un verre de jus d'orange avec le sourire.

Chloé est satisfaite du résultat, il y a eu pire. Djib, lui, est surtout soulagé d'en avoir fini avec les conjugaisons et autres moments d'éternité à voir les mômes, doigt posé sur le livre, mettre deux minutes entières à épeler le mot « mirabelle ». Ces images-là le renvoient trop à de vieux démons...

Ils marchent dans la grande cour, le copain chat les suit.

— Quand je vois la grange, je me dis qu'il y a quand même un sacré boulot... Faudrait pas qu'on tarde à commencer.

— La grange ?

— Ben oui. On est là pour la retaper.

— Moi, je l'ai toujours connue dans cet état.

Djib tique, Chloé se baisse pour caresser le chat.

— C'est bizarre...

— Tiens, coupe Chloé, faudra qu'on organise une boum pour les petits. Qu'est-ce que j'adorais, quand j'avais leur âge ! On fait des gâteaux l'après-midi, on met les spots, un bon poste et hop, on s'éclate ! Ça te dirait ?

Djib aime danser. OK, il n'est pas vraiment habitué aux soirées que certains organisent le samedi soir, vu qu'il garde souvent ses sœurs ou aide sa mère à la paperasse, mais il se verrait bien tenter le quart d'heure américain avec Chloé.

Au retour, corvée de cuisine. Pendant qu'ils épluchent une batterie de courgettes, Chloé revient à la charge :

— Bon, je te fais un résumé du bouquin et je te dis qui je vois dans les rôles ?

— Je l'ai lu, Chloé.

— Je sais, mais ça me rassure.

Djib croque un radis et se remet aux légumes pendant qu'elle s'applique à faire des gougères.

— Donc, *La sorcière de la rue Mouffetard*... On a cette sorcière qui, pour vaincre la vieillesse et redevenir jeune, doit manger une fille dont le prénom commence par un N.

— Oui, et elle choisit Nadia, la fille de Papa Saïd.

— Rhââââ, mais me coupe pas ! Tu es mon premier assistant technique, et tu auras ton heure de gloire, mais là j'ai besoin de resituer les choses à haute voix.

— Hum, et de laisser parler ton génie créateur ?

— Djib, steuplaît...

Il hoche la tête, conciliant.

— Dans le rôle de Nadia, je vois Farah. Sirine est plus timide... et pour Gwen, j'ai peur qu'elle se bloque, qu'elle n'y arrive pas avec le texte, et qu'elle vive mal le moment. Elle n'a pas besoin de ça en ce moment. Avec Gaétan, on en fera des techniciens, ils nous aideront sur les décors. Bref. La sorcière débarque donc chez l'épicier, elle demande si la petite Nadia peut lui apporter de la sauce tomate à domicile.

— J'aime bien ce passage.

— Laisse-moi finir ! tranche Chloé avant de rectifier le tir par un petit clin d'œil. Après avoir échoué plusieurs fois à faire venir Nadia chez elle, la sorcière prend l'identité de tous les commerçants du quartier et finit par lui mettre le grappin dessus. Elle l'enferme. Papa Saïd envoie alors son plus jeune fils, Bachir – là, il faut absolument que ce soit Kamel, il va être trop mignon !!

— Oui, j'imagine mal Dylan jouer le rôle de Bachir...

Chloé soupire et pointe une cuillère en bois vers Djib. Ni une ni deux, il se retrouve le nez couvert de pâte à choux.

— Cesse tes sarcasmes, j'ai dit. Je continue : Bachir déambule dans les rues de Belleville avec une petite guitare, et il se fait alpaguer par les « commerçants sorcières » qui lui demandent ce qu'il veut. Là, il leur dit qu'il est un musicien aveugle qui souhaite juste chanter une chanson. Et à la question « quelle chanson », il répond : « *Nadia où es-tu ? »*… Finalement, il pousse sa chansonnette, réussit à entendre la voix de sa sœur, assomme la sorcière et donc les 267 autres versions d'elle-même – pour ça, je tenterai un truc avec un jeu de lumières, poursuit-elle sans reprendre sa respiration. La sorcière est donc morte… mais Nadia est toujours enfermée dans le tiroir-caisse.

Djib reprend la parole, en la regardant droit dans les yeux :

— Intervient alors un marin qui passait par là. Et là, Chloé, je VEUX que ce soit Dylan… On l'habillera comme un modèle de Jean-Paul Gaultier.

Ils éclatent d'un fou rire. Gloussent encore pendant cette seconde un peu gênante, où l'on reprend ses marques.

— On est à la bourre, dit soudain Chloé. Bientôt midi et mes gougères sont pas prêtes… Passe-moi le gruyère, step. Dans le frigo.

Il s'exécute, elle reprend sans lever la tête, tout à sa tâche :

— Et donc, pour finir, le marin brise le tiroir-caisse et Nadia est sauvée. Je te verrais bien faire le décor du magasin de Papa Saïd avec les filles, qu'est-ce que t'en dis ? On prend un grand drap blanc et avec de la peinture… c'est faisable. Et je demanderai à Vasco et Dylan de préparer le décor du magasin de la sorcière avec Gaétan et Kamel. Jess et moi, on fera celui de la rue. Ça te convient ?

— T'es la boss…

— J'aime bien quand tu dis ça, sourit-elle en lui remettant une couche de pâte à choux sur le nez.

*

Vasco et Djib sont allongés sur des transats, un verre de Coca posé entre eux sur la pelouse. La tribu est partie à Fleury, mais ils ont préféré le bain de soleil. Besoin de se retrouver, aussi.

Ce soir, Tata a prévu des rifles – un genre de bingo, a-t-on expliqué à Vasco. Un jeu avec des petites fiches et des numéros qu'on tire au sort avec des lots à gagner.

— C'est quand même top, ici.

Djib sourit. Il apprécie l'ombre d'un papillon sur le mur en pierre, les grillons se dorent au soleil et il se dit qu'avoir le choix entre se rafraîchir dans la piscine gonflable ou dans la rivière en bas du champ, c'est quand même plus agréable que de rester confiné sur son mètre carré de piscine municipale des Louvrais.

— Ouais, enfin faut pas oublier le pain quand tu rentres du boulot, quoi… et je te dis pas combien de caisses tu dois cramer, avec les trajets !

— Monsieur Vasco se projette, c'est bien. Et t'as des vrais problèmes existentiels : le pain, l'essence…

— Vas-y, vanne. Moi la nuit, je sors pas ici… T'as vu les tronches de certains gars qu'on a croisés ?!

— Parce que tu sors la nuit, toi ? Genre, t'es un teufeur !

— T'en es où, avec Chloé ?

Djib remonte ses lunettes de soleil sur son front. Il est écrasé par la chaleur, la toile du transat colle à sa peau et il sait déjà que le moment de la séparation sera… déchirant.

— Comment ça ?

— Geeeeenre… Pas à moi, frérot !

— Et toi, avec Jessica ?

— Bien, bien. Ça roule.

Djib sonde son pote. Avec lui, il faut savoir lire entre les lignes : un smack, ça revient à en être déjà à choisir la couleur de la chambre.

— Et en vrai ?

Vasco se redresse, s'éponge le torse avec son tee-shirt.

— Bah... j'en sais rien. Un coup elle me bouffe la bouche, un coup elle connaît plus mon prénom.

— Fais gaffe quand même. Adolf Junior, il va pas aimer si tu te balades main dans la main avec sa sœur – et puis y a aussi l'autre, là, le beau gosse avec sa coupe de cul.

Vasco récupère un ballon de la pointe du pied et se lance dans des jongles.

— Ça va être bon, ce match dont il nous a parlé, Dylan. Trop hâte qu'on leur mette leur branlée... Imagine l'équipe de ouf : une alliance France, Portugal, Sénégal, Allemagne nazie contre les bouseux... On va les laminer !!

Djib se lève à son tour et ils partent dans des passes.

— Et la grange, au fait ?

— Vas-y, demande pas. Demain, si ça se trouve, je vais devoir faire accoucher une vache, au rythme où ça va !

— On dit « mettre bas »... C'est clair que tu passes du temps avec Tonton, j'ai remarqué ça. C'est cool, c'est vraiment un monsieur gentil.

Vasco approuve. Au final, c'était sympa, cette marche – malgré la menace des sangliers.

*

Le soir, après la poêlée de girolles et une véritable montagne de crêpes, on passe à la partie

109

de rifles. Plutôt une bonne surprise pour les gars, qui auraient cru mourir d'ennui et se retrouvent à se marrer plusieurs fois de suite.

Les petits sont fatigués de leur après-midi au bord de l'eau ; l'un après l'autre, ils s'agglutinent sur tous les genoux disponibles. Dylan s'est éclipsé dans la grande chambre pour jouer à la console.

Tonton, confortablement allongé sur son fauteuil, regarde un western avec John Wayne. Le Duke s'en sort bien, il fait aussi beau dans son bled que chez eux. Les coups de feu intéressent les garçons, qui font des allers-retours devant la télé pour voir combien d'Indiens restent sur le carreau à chaque échauffourée.

Assise dans un fauteuil, genoux relevés, Jessica mâchouille un chewing-gum sans retenue. Vasco s'est discrètement placé face à elle, et il est heureux : il a réussi à attraper son regard à plusieurs reprises. Il se nourrit le ventre des bouffées agréables que cela provoque en lui... Djib le remarque et taquine son pote du bout des orteils.

Après la partie, Vasco et Djib s'éclipsent et restent un moment près du portillon. La nuit est pleine et l'éclairage des lampadaires, très éloignés les uns des autres, plonge la campagne dans l'obscurité.

Jessica les rejoint, se cale entre eux et s'allume une clope. Aussitôt, Djib s'étire en mimant la fatigue à la perfection.

— Bon ! Moi je vais aller voir si les poules ont pondu, là-bas, là où il fait très noir...

Vasco le remercie discrètement et se tourne vers Jess :

— Ça va ?

— Ouais.

Sous sa frange, impossible de savoir ce que renferment ses grands yeux. On y lirait sans doute, plus que tout, l'ennui et la fronde, alors que Vasco voudrait n'y voir que de l'insouciance et un besoin de dire : *aime-moi*. Quand il cogite, il a du mal à ordonner ses pensées – c'est même pour ça qu'il a tendance à avancer à l'instinct plutôt qu'avec son cerveau. Moins douloureux quand il se plante.

— Je peux te parler d'un truc, Jess ?

Elle attend, recrache doucement la fumée. Au cinéma, il trouve les femmes qui fument sexy à souhait... mais là, il a l'impression qu'elle surjoue. Peut-être parce qu'il la rangerait plus facilement dans la catégorie des jeunes filles paumées que dans celle des femmes sûres de leur charme ?

Trogne de gamine, corps de femme, âme d'ado. Il ne voudrait pas la blesser, surtout pas.

— Heu... Hier, c'était comme ça... ou ?...

— De quoi ?

— On s'est embrassés, et tout.

— Tu veux coucher avec moi, c'est ça ?

Vasco se crispe, un goût étrange dans la bouche – il est pris en flag, certes, mais il avait cru y mettre les formes, donner du sens à la chose.

— C'est pas ça...

— Si. C'est toujours ça. Avec les mecs, c'est toujours ça.

— Non, mais... On s'entend bien, juste. Je veux dire... t'es avec Lionel, c'est ça ?

— Mais qu'est-ce qu'on s'en fout ? On est là, non ? Lui, il est chez lui.

— C'est pas vraiment réglo...

— Parce que t'es réglo, toi ? T'as qu'une envie, c'est que j'écarte les cuisses.

Vasco se sent virer à l'écarlate. Merci à la nuit de donner l'illusion qu'il contrôle ses émotions.

— Putain, Jess, t'es violente…

— Lionel, c'est avec lui que je l'ai fait. C'était à Pâques. Depuis, on casse, on se remet ensemble… C'est bizarre.

Telle mère, telle fille. Vasco n'a pu empêcher son esprit de lâcher le couperet. Putains d'idées toutes faites.

— Tu sais, je comprends. Des fois on veut juste s'éclater, profiter… Sérieux : on est tous comme ça, on avance dans le noir. On fait les mêmes conneries que nos vieux ont faites à nos âges, sauf que pour nous, y a tous les voyants au rouge qui nous hurlent : « *Attention, pas le droit à l'erreur, votre monde part en couilles, bouge-toi, sois responsable, sinon vous filerez des miettes aux prochains.* »

Il respire le plus discrètement possible et l'entoure de son bras. Elle se fait docile.

— On n'a rien à se promettre, c'est toi qui as raison. On est là, c'est l'été, et tu me plais. Vraiment beaucoup.

— Je suis une mauvaise fille, Vasco. Je suis comme ma mère. Elle détruit les mecs, crois-moi.

— Et ton daron ?

— Il est mort. C'est souvent à cause de ça que des mômes se retrouvent à Passy. Des accidents. Des vies de galère… Nous, on n'avait pas grand-chose : ma mère bossait pas et elle était super jeune quand il s'est tué à moto – il rentrait bourré de boîte, ça a été la fin… N'empêche, on est p'têt des gosses de la DDASS mais la mère, elle a jamais levé la main sur nous. Elle est seulement irresponsable. *Irresponsable.* Ce putain de mot, c'est les juges qui lui martèlent ça, ces bâtards. Comment tu veux qu'elle avance ? OK, elle a fait des conneries mais c'est chaud, les gens passent leur temps à lui dire qu'elle y arrivera pas.

Vasco l'invite à poser sa tête sur son épaule.

— Dylan... il est en guerre avec elle. Il lui en veut, de baisser les bras, de pas y arriver, de pas bosser, de collectionner les mecs, de rejeter la faute sur les autres, de nous obliger à grandir trop vite. Alors il en veut à tout le monde. Moi, c'est ma mère, je l'aime et je veux vivre avec elle. Je veux l'aider.

Soudain, Vasco sent que Jessica l'effraie. Ça lui fait toujours ça quand elle se révèle plus mature qu'elle ne veut bien le montrer, lucide sur elle, sur eux. Elle lui fiche la trouille parce qu'il peut mesurer sa tristesse, d'un coup, alors qu'il serait plus facile de ne voir en elle qu'une simplette midinette obsédée par l'apparence.

Là, elle le touche au fond. Et il ne peut rien faire, à part la serrer contre lui.

— Ça ira mieux.

— C'est gentil. Mais tu sais comme moi que c'est faux.

Il l'embrasse sur le front, sur la joue, et pose ses lèvres sèches sur les siennes, rebondies et accueillantes. Cette fois il veut contrôler le baiser... mais avec Jessica, on ne peut pas.

14

Les jours défilent et il n'est toujours pas question de charpenterie, encore moins de maçonnerie durant ces jours ensoleillés.

On sourit en pédalant, le front balayé de sueur, on reste des heures à barboter dans la rivière, la vie devient buissonnière et les balades le long de la voie ferrée se font aussi intensives que les séances de préparation du spectacle pour Djib et Chloé, que le jeu du chat et de la souris de Vasco et Jessica. Le soir, on enchaîne vieilles VHS et DVD, jeux de cartes. On peut brailler jusqu'à faire écho dans la nuit, ça ne gêne personne.

Après ces journées bien remplies, Vasco et Djib jouent à la console jusqu'à ce que le soleil se couche derrière le grand champ peuplé de bottes de paille. Ça vanne, ça déconne – et bien sûr, ça en rajoute des caisses à chaque fois que Jessica et Chloé entrent dans la grande chambre. De son côté, Dylan emmène souvent la colonie de petits à la pêche. Il fume ses joints pendant qu'ils traquent des écrevisses.

Dans le viseur de Vasco, il y a la Ford. Un matin, Tonton retire la bâche et, sans s'atteler à la mécanique, fait le descriptif de la bête à son jeune apprenti. De détails techniques en anecdotes, il remonte les années et embarque Vasco au volant de la Ford, sur la route 66, en Californie, dans le vieux Sud.

Vasco en prend plein les oreilles, complète le tout avec la collection de vieux 33 tours de Tonton.

La platine est antique, le son crachote, la musique a besoin d'être apprivoisée pour se laisser apprécier. C'est très loin de ce qu'il est habitué à écouter, mais peu à peu, il sent que les parties rythmiques des vieux morceaux de blues et de rock façonnent son imaginaire, s'y emboîtent. Au son de la musique qui retentit désormais non-stop dans toute la maison, les déjeuners copieux se déroulent dans un joyeux chahut, il y a toujours un grand pour remonter le moral d'un petit, et Tata est là, elle veille.

Puis vient le jour du match de foot.

Dylan en tremblerait presque, comme un gamin à qui on a promis Disney depuis des lustres. Il a chaussé des crampons et son maillot de l'AJ Auxerre.

En vérité, ce match prend déjà des allures de combat pour l'honneur... Chacun a son objectif : Vasco sait qu'il y aura Lionel dans l'équipe adverse, Djib pense à Chloé qui sera sur le bord du terrain avec Jessica, et Dylan rêve simplement de cette occasion de sentir ses poumons lui remonter dans la gorge, de tout donner et de finir mains au sol, le corps harassé et l'esprit vide, enfin. Et puis, Perrine sera là aussi.

La bande descend à Tamnay à pied. Ils sont en ligne, marchent d'un même pas.

Dans son potager, un vieil homme remonte son galurin pour mieux regarder les cinq jeunes déambuler. Plus loin, ce sont des chèvres et des moutons qui, sur leur passage, arrêtent de brouter l'herbe jaunie de leur pré.

Ils arrivent à Tamnay. Au bout de la route, on peut apercevoir le clocher qui se dresse au-dessus des toits en ardoises grises. Le terrain de foot est en fait l'endroit qui sert aussi de champ de foire : il n'y a quasiment pas d'ombre.

À l'entrée, les gros conteneurs poubelles de différentes couleurs font la joie des guêpes.

Un panneau invite les gens du voyage à passer leur chemin. Les garçons se mouillent les cheveux, s'équipent de casquettes. Jessica, elle, secoue son débardeur trop grand, les joues punies par la température. Son short est très court et elle passe son temps à tirer dessus, gênée par ses cuisses qu'elle trouve soudain énormes. Elle sait bien qu'à côté de Chloé, elle a l'air deux fois plus ronde qu'elle n'est déjà...

Les « bikers » débarquent... On les entend arriver de loin. En rang, ils investissent le champ de foire, deux mobylettes, une 80 cm3, deux scooters. Se garent pas très loin des cages – trois poteaux de bois usés par le temps, il n'en faudrait pas beaucoup pour qu'ils s'écroulent. Chloé soupire, agacée par avance à l'idée de voir le match se transformer en pugilat pour le trône de la virilité. Il y a d'abord Lionel qui descend de sa bécane, casque à la main, sourire de beau gosse et maillot du Barça, suivi de près par Jean – décidément moins chanceux question gueule

116

d'amour –, maillot de la Juve sur son corps bou-
diné. Derrière eux, Bastien pose sa meule contre
la trace et étire sa carrure de rugbyman. Il tend
son casque à sa cousine, Perrine, laquelle salue
Dylan de la main avant d'aller rejoindre Jessica
et Chloé. Dylan souffre déjà de la voir si belle
et de ne pouvoir l'embrasser.

Approche ensuite un grand gros rougeaud
avec une tête de gentil, habillé comme on le
faisait dans les quartiers il y a deux ans. Vasco
sait pertinemment que le gars n'a jamais vu un
immeuble plus haut que trois étages : il vient
de Vouavre, un petit village de la commune de
Tamnay, et s'appelle Bouvier. Il y a aussi deux
autres filles, des jumelles, les copines de Bastien
et Bouvier, elles font la bise aux filles de Passy.

Puis arrive l'Ampoule, un gosse dont le short
en jean est déchiré et crade mais pas parce que
c'est la mode. Il a un œil au beurre noir, le crâne
rasé, on ne lui donne pas plus de dix ans. Il
s'allume une cigarette et vient taper la main de
Dylan.

Le dernier est un grand type taillé comme un
cintre. Il porte l'attirail du gardien de but et se
présente sous le nom de « Tic ».

On échange des poignées de main plus ou
moins franches. Lionel et Bastien sont clairement les leaders.

Vasco remarque que Lionel bouffe littéralement Jessica des yeux, il n'apprécie pas mais
reste discret... pour l'instant.

— C'est cool d'être là, les gars.

— On fait comment, alors ? demande Dylan.
On est trois, vous êtes six.

— Et après ? Je vois pas le problème ! balance Vasco.

Il s'attire déjà les regards.

— Voilà comment je vois les choses, répond Lionel en ignorant Vasco pour s'adresser à Djib et Dylan : on part sur un 4-4, avec un remplaçant qui passera dans l'autre équipe à un moment. On fait : moi, Bastien, l'Ampoule, Jean et le Tic. Et en face, vous trois plus Bouvier – c'est le gardien de l'équipe de Châtillon, on vous fait un cadeau...

— Moi ça me va, répond Djib.

Pendant que Jessica, Perrine et les jumelles discutent à l'ombre, Chloé s'avance sur le terrain.

— Moi je veux bien en être. Comme ça, tout le monde peut jouer, et on peut se faire ce... 5-5, comme vous dites.

Les yeux s'écarquillent.

— Mais, Chloé..., tente Djib.

— Je te demande pardon ?! Vous vous amusez à taper dans un ballon pendant qu'on vous applaudit et qu'on vous éponge le front ? C'est ça qu'on doit faire ?

Vasco met une main sur sa bouche, on entend quelques pouffements.

— Hé, attends, nan, pas du tout... C'est juste, il fait vraiment chaud, et...

— T'es pas sérieux, Djib ?

Jean non plus n'a pas l'air d'accord avec l'idée : il était plutôt parti dans l'optique de la jouer très physique. Sur Dylan, de préférence.

— Le foot, c'est pas un truc de meuf, déclare soudain Dylan, cigarette au coin des lèvres, fumée dans les yeux.

118

— Arrête d'être con, toi, ça te changera ! s'interpose Jessica. Si elle veut jouer, laisse-la jouer. Je suis sûre qu'elle vous prend un par un, la meuf !

Lionel se tourne vers l'assemblée. Bastien se dit plutôt pour. Il aime bien Chloé, elle fait gouine mais elle est mignonne. Il aimerait bien tenter sa chance, un de ces quatre... Chloé attend le verdict mains sur les hanches, déjà prête à jouer...

Ça passe, au final. Tout en prenant ses marques sur le terrain, Chloé fustige Djib, qui s'excuse d'un regard.

Le ballon sort d'un sac, on se met en place. Bouvier serre la main de ses nouveaux coéquipiers et part dans ses cages.

C'est là que Jean regarde Dylan d'un mauvais air... une seconde de trop.

— T'as un problème, rouquin ? Tu veux me faire les fesses ?

Jean fait mine de répondre, mais Lionel pose direct sa main sur son torse et l'emmène dans leur moitié de terrain.

— C'est bon, les gars, on est là pour se marrer, on joue cool, on joue propre ! tonne Bastien.

Vasco fait quelques gestes d'échauffement, tandis que Djib adresse encore des gestes d'excuse à Chloé, qui lui indique du doigt un point invisible où elle aimerait qu'il aille griller en silence. Dans l'autre moitié de terrain, Lionel fait quelques jongles, le petit « l'Ampoule » se vide le nez en pressant une narine avec le pouce.

Sur la touche, Jessica a piqué une bière dans la glacière et l'ouvre en criant :

— C'est parti !!!

Châtillon a gagné le toss et engage. Lionel et Bastien sont à la manœuvre. Puissants, complices. Passe à l'Ampoule, le gosse est un teigneux, il fonce torse en avant, ballon collé au pied, élimine Chloé qui en rigole et lève les bras en criant : « You-hou ! » Petite passe à Lionel, qui accélère. Vasco vient au contact ; Lionel réussit un crochet et l'évite. Déjà un grand cri dans l'assemblée... mais Vasco ne lâche rien, il est déjà à nouveau sur lui. Cafouillage de pieds, respirations animées.

Sur l'aile gauche, Djib marque Bastien – OK, le mec est plus robuste mais Djib possède l'accélération du gars habitué à courir après le bus scolaire chaque matin, et il intercepte la passe adressée par Lionel. Chloé accélère à côté de lui, agite ses mains, saute en criant : « À MOI, À MOI ! »

Djib lève la tête, regard au loin ; à gauche, Vasco fonce vers le but, tandis qu'il se déporte sur la droite : parfait pour un relais. Dylan reçoit le ballon, joue des épaules contre « l'Ampoule », l'envoie au sol et se retrouve face à Jean... qui bloque sa course. Béquille. Dylan tombe, roule, se relève aussitôt, le menton menaçant :

— Hey enculé, reste tranquille là...

Jean montre patte blanche et sourire narquois, Bastien lui tape dans le dos pour lui signifier de baisser l'engagement d'un cran.

On joue vite le coup franc.

À chaque fois que Vasco touche le ballon, Jessica siffle avec ses doigts – ça lui donne des ailes, ça agace Lionel, on muscle la conservation et Vasco se rattrape à deux mains pour ne pas tomber, garde finalement la balle, jure, peste, file, fait un tour de passe-passe à Jean, et se présente devant le gardien. Dans l'angle, Djib est démarqué.

Vasco n'entend que les encouragements de Jessica : il tire, dévisse, la balle s'envole et va atterrir en face, dans l'étable déserte.

— Hé, j'étais là !! gémit Djib, respiration saccadée.

— Putain, t'as croqué, Vasco ! râle Dylan. Arrête de faire ton Portugais et passe le ballon !

Vasco lui fait un doigt, que Dylan balaie de la main.

Chloé déboule là-dedans :

— Les mecs, si vous avez un doute : je ne suis pas un poteau. Vous POUVEZ me faire des passes.

Ils hochent la tête, vaguement.

Dégagement à la main, Bastien, Lionel, Bastien, l'Ampoule, qui accélère – *doué, le petit*, pense Djib. Et c'est vrai, le môme court vite... mais pas aussi vite que lui. *Il est rapide, le Noir*, pense Lionel. La balle s'échappe, course au coude-à-coude, affrontement physique, Dylan récupère, Jean s'interpose, Dylan le passe d'un petit pont, il pousse son ballon, pousse, évite Bastien qui laisse sa jambe tendue en barrage, Dylan le feinte et arme, passe à Vasco qui frappe : BUT...

Dylan se jette sur Vasco, fou de joie.

Sur le côté, les filles sont debout, applaudissent.

— Putaiiiiiin ! gueule Dylan, extatique.

Djib vient leur taper la main. Dylan l'accueille avec des petits bonds :

— T'as une course de fou, toi !

— À force de courir après les gazelles, mon ami.

Clin d'œil. Dylan se marre, pique la bière de sa sœur, vide trois gorgées.

— Tu fais chier, t'as qu'à t'en ouvrir une !

Du coin de l'œil, il note que Perrine le regarde. Merde, il donnerait tout pour se pencher et l'embrasser ! Elle sait, le supplie des yeux d'attendre.

En face, ça s'organise. Lionel parle à voix basse, débit rapide, avec Jean, dont les maxillaires ne se décollent plus.

L'Ampoule engage. Bastien réceptionne. Au contact, il est difficilement prenable – un mur. Tout se joue dans les pieds. Dylan rate un tacle. Passe à Lionel, qui se décale et boularde, la balle part vite et bien...

... mais Bouvier capte sans problème. Bastien lève un pouce.

Ça commence à monter. Les corps sont brûlants, asséchés, le cœur bat entre les tempes. On joue vite, ça sprinte, glisse, tombe, peu à peu le jeu se muscle. Toujours ce 1 – 0...

Nouvel assaut de Vasco, Jean l'envoie à terre.

On siffle la faute. Jean part vider une bière pendant que Vasco se masse la cheville.

— Tu vas te calmer, le rouquin ?! braille Dylan en accourant vers lui.

Djib les rejoint vite, se place entre eux.

Reprise. Deux tentatives, des arrêts, des tirs non cadrés. Dylan défend, Chloé tape dans le ballon dès qu'il arrive près d'elle, Djib mise tout sur ses accélérations pour récupérer la balle, éviter la sortie de terrain. À chaque fois, Lionel stoppe sa course.

Contre-attaque. Lionel mène l'assaut en solo, Vasco tente de l'arrêter, contact, Vasco roule, son genou droit s'esquinte, Lionel est bien placé, il lâche un boulard et surprend Bouvier !

1 – 1.

Toisant le blessé, Lionel reçoit l'accolade de ses coéquipiers.

Chloé engage, et aussitôt les filles redoublent leurs efforts de supportrices. Sans se presser, l'air blasé, Jean s'avance pour la contrer, mais elle le surprend et se faufile en riant, il s'agace, balance un coup de bassin : Chloé tombe en avant.

Vasco ne réfléchit pas, il est déjà sur lui et le pousse des deux mains sur le torse.

— Hey tas de merde, tu te calmes maintenant ?

Jean le repousse, écarlate.

Bastien s'interpose.

— Cool, mec. Putain, on joue pépère. Gâchez pas tout.

Pendant, ce temps, Djib relève Chloé, lui demande si ça va, elle répond oui, je continue.

Jean vide une deuxième bière, balance la canette au loin… et Dylan fait pareil.

Un regard de Lionel à Bastien ; on reprend.

Dylan. Vasco. Djib. Chloé – Lionel lui prend le ballon. Bastien. Lionel. Belle défense de Djib, passe et geste technique de Vasco, un tir qui ne donne rien.

On décrète que c'est la mi-temps.

Corps et esprits sont échauffés. Assis dans l'herbe, Djib et Chloé partagent une bouteille d'eau.

— Ça commence à se durcir, je trouve, dit Chloé.

— T'inquiète, je gère. Et, tu sais quoi ? Si tu arrives à faire une vraie passe, je t'embrasse.

Il a lâché ça comme ça. Elle rougit, puis lui envoie une giclée d'eau à la tronche. Ils rient.

À quelques mètres d'eux, Vasco s'effondre à côté de Jessica. Il se vide une moitié de bouteille sur le visage et rouvre les yeux… pour voir Lionel penché vers elle, qui lui caresse la joue pendant qu'il l'embrasse.

Vasco reste figé. Elle ne lui accorde pas un regard.

Jean, à l'écart, vide une énième bière. Cherche Dylan des yeux, toujours.

Et Dylan lui rend son regard. Il s'assoit, cramé. Bras posés sur les genoux, cherche le second souffle. Jusqu'à ce qu'il sente Perrine derrière lui.

— T'es beau quand tu te concentres. T'es passionné.

— Il tise trop, le rouquin. S'il joue les mecs bourrés, je le dégomme.

Reprise.

15

La seconde période démarre fort.

On accélère le tempo. Bastien joue l'attaque, Vasco la technique, Jean la défense sévère – et les fautes.

Lionel et Vasco s'échauffent de plus en plus. Les un contre un dégénèrent trop vite, on oublie un peu trop la balle et quelques coups fusent au milieu. À chaque reprise, Vasco accroche Jessica du regard, elle l'évite.

Il y a l'Ampoule, aussi, qui s'excite. Survolté, il défend son ballon comme un pit, quitte à envoyer Chloé sur les fesses. À un moment, Djib lui dit de sortir cinq minutes pour se refroidir les idées. Son ventre se retourne quand il entend fuser :

— J't'emmerde, négro.

Le môme a dix ans, pas plus... Djib ne sent plus ses pieds toucher le sol poussiéreux. Et puis, qu'est-ce qu'il peut faire ? S'il réagit, on retiendra quoi, à part l'image du gars de banlieue qui s'en prend à un petit Blanc du cru ? Goût rance dans la bouche. Et puis, il doit aussi gérer Vasco qui accentue son marquage sur Lionel, et Dylan qui provoque Jean.

Nouvelle attaque, Bastien profite d'un cafouillage entre ces deux-là et ouvre son pied pour loger la balle en lucarne, Bouvier la touche mais ça passe : 2 – 1... Lionel se mord la lèvre inférieure quand il croise Vasco, et le choc épaule contre épaule laisse des marques aux deux.

Bastien voit tout ça. Il voit aussi, clairement, que le regard de Dylan a basculé. Il n'aime pas ça du tout. Le gars s'était pourtant calmé depuis un an ou deux – avant, c'était une furie, un danger permanent. Renvoyé de deux collèges... le cas soce violent et incendiaire.

Bastien l'apprécie pourtant, Dylan. Il le voit faire des efforts à la boucherie et se doute bien qu'il se passe un truc avec sa cousine. Il aurait tendance à lui vouloir du bien... mais son air mauvais n'augure rien de bon.

Et ça ne manque pas. Quand un ballon aérien provoque un duel entre lui et Jean, il envoie un coup de coude furieux dans le dos du rouquin, qui tombe lourdement.

— Excuse-toi, Dylan ! ordonne Bastien.

— Hey, Dylan, s'écrie Lionel. C'est un rouge normalement, ça.

— C'est bon, j'ai rien fait... C'est lui, là, depuis tout à l'heure il me chauffe et personne réagit !

Jean se redresse, la douleur l'oblige à réprimer un cri. Ce fils de pute ne l'a pas raté. Avec tous les regards braqués sur eux, sur lui, il sent la colère gronder.

Chloé se glisse entre eux, secondée par Djib, et s'emploie à capter le regard haineux de Dylan. Sur le bord du terrain, Jessica retient son souffle et Perrine sent la peur venir. Elles savent que ça va arriver. Ce n'est qu'une question de minutes. Au fond, ce match était peut-être une mauvaise idée...

— Excuse-toi au moins, sale con ! enrage Jean, les mains crispées sur le point d'impact.

— Tu m'cherches depuis le début, tu fais tout pour que je m'énerve…

Bastien lève l'index, autoritaire :

— Dylan. Franchement, au prochain geste comme celui-là, tu quittes le terrain.

— T'es qui toi, l'arbitre ?

— Dylan…, siffle sa sœur, arrête.

Conspué de toute part, Dylan envoie tout paître d'un mouvement de bras et part se replacer.

On reprend, malgré tout. Djib redouble d'efforts, courses intenses, appels de balle, passes précises, il est partout et ne se formalise pas quand Chloé, motivée mais maladroite, fait échouer deux actions de suite. Au contraire, il la motive… et ça paie : elle surprend soudain toute l'assemblée avec une passe appliquée, et permet à Vasco d'engager une course sur la droite. Il centre et Dylan reprend de volée.

2 – 2.

Explosion de joie.

Chloé exulte, elle saute sur place et se jette dans les bras de Djib qui n'en demandait pas tant.

Vasco revient bras dessus bras dessous avec Dylan, l'action est magnifique, le but splendide. Arrivé face à Jean, encore hilare, Dylan dégaine :

— Alors le rouquemoute, tu manges, hein ?

— Pfff, connard ! T'es content, tu marques des buts ?… Elle est bien, ta vie ?… Moi au moins, ma mère elle s'est pas fait baiser par un mec de 20 ans dans les chiottes du Maimon !

Trop tard : Dylan s'arrache à Vasco, se rue sur Jean, son front lui percute le visage et dans un hurlement enragé, il l'envoie au sol. Ses mains lui agrippent les cheveux, il lui écrase le visage dans la terre.

Consternation. Tout le monde accourt. Bastien, Lionel, Djib et Vasco, puis les goals. Les filles se lèvent, Jessica retient ses larmes.

Dylan, incontrôlable, roue de coups le pauvre mec.

— FILS DE PUTE ! JE VAIS TE BUTER ! JAMAIS TU PARLES DE MA MÈRE, JAMAIS !!

Énergie destructrice... Bastien peine à le contenir, Dylan s'acharne encore, même quand on le sépare de Jean – tee-shirt débraillé, il balance des coups de pied en l'insultant, le crâne éclaté par la haine.

Finalement, Chloé l'attrape par le col, lui ordonne de se calmer ; Vasco fait barrage de son corps pendant que Djib et Lionel relèvent Jean. Un long filet de sang coule de sa bouche et se mélange à la terre. L'Ampoule est galvanisé par la violence ; agité, il tourne autour des combattants et attend de voir si ça va partir en bagarre générale.

Bouvier, tout chancelant, tend une bouteille d'eau à Perrine, qui nettoie le gros des dégâts avec des serviettes. Il y a tout ce rouge qui se mêle aux larmes et à la bave. Dylan continue de s'exciter, il se débat, éructe, crache...

Alors Jessica se précipite vers lui et le gifle. Il baisse le front, rageur ; elle recommence. Là, enfin, elle capte son regard et plonge dedans.

— Arrête, Dylan. Arrête. Tu te fous dans la merde !

Le forcené se dégage, narines tuméfiées, la joue marquée. Bouillant de honte. Il crache et quitte le terrain. Perrine part à sa poursuite.

Sur le terrain, le moment est à l'accablement.

— Il est barge, murmure Lionel. Sérieux, ce mec est barge.

— Merde, Jean est pas beau à voir…, dit Bastien.

— T'as vu son nez ? Il est cassé, faut l'emmener aux urgences.

— T'es sérieux ? On va faire 40 bornes pour aller à l'hosto ?

Vasco et Djib, un peu à part, laissent la pression redescendre. Le corps est une étuve, la tête un magma. Ils sont choqués. Dylan a attaqué avec une telle *sauvagerie*. Vasco est pourtant habitué à la castagne, mais il semble n'y avoir aucune limite, avec Dylan.

Chloé, les yeux rouges et le menton déterminé, câline une Jessica en larmes.

— J'en peux plus… Je croyais que c'était fini, tout ça… Quand Jean va le raconter, Tata va avoir plein de problèmes !… P'têt même qu'ils vont le remettre en foyer… Je veux pas !

Elle sanglote de plus belle. Seuls les bras de Chloé lui sont un refuge. Face au spectacle, Lionel se masse le front, Bastien respire profondément. C'est la merde, ils le savent tous. Les jumelles ramassent les affaires, les canettes, on laisse Jean reprendre ses esprits, au sol.

Il a mal. Son nez le lance, il pleure en silence, couché sur le côté.

— Il se passe quoi, du coup ? demande Vasco.

— Il l'a vraiment abîmé, ce malade, répond Lionel.

— On va pas lui faire son procès maintenant, intervient Djib. Bien sûr qu'il aurait pas dû faire ça. La question, c'est de savoir comment on aide Jean.

L'Ampoule s'approche aussitôt, se met à tourner comme un frelon autour de Djib... On dirait qu'il le provoque, que le quota de violence n'a pas encore été atteint.

— Et toi, tu commences à me gonfler aussi, riposte Djib. J'ai pas oublié ce que tu m'as dit, tout à l'heure.

— Il t'a dit quoi ? crie Bastien. C'est quoi, l'embrouille ?

— Vas-y, ouais, dis-le...

Le gamin lève des sourcils insolents, sourire en coin.

— Il sait. C'est entre lui et moi. Et c'est moche.

— Puisque t'accuses le gosse, balance ! reprend Lionel.

J'aime pas bien le mot « négro »...

Chloé envoie son regard le plus assassin au petit, qui ricane.

— Qu'est-ce que tu racontes ? gueule Lionel. Moi, j'ai pas entendu ça, et je sais que L'Ampoule est pas du genre à...

— Ben, traite-moi carrément de menteur. J'ai quoi à y gagner, à dire ça ? Ce gamin a dix piges et débite ce genre de saloperies et c'est moi que tu traites de menteur ?

Bastien ne sait plus où donner de la tête, la situation s'envenime à nouveau car déjà Vasco entreprend L'Ampoule, qui se marre et renifle en sautillant.

— Calme-toi, Vasco, supplie Chloé.

Lionel s'interpose devant lui.

— Tu veux faire quoi, t'en prendre à un gamin ?

— À toi, si tu préfères...

— T'es jaloux, hein ?

Vasco lève les poings.

— On arrête, là ! crie Chloé.

— Lionel ? Faut qu'on y aille, déclare Bastien fatigué et triste. Le Jean vient de vomir, il s'en est foutu partout...

De quoi plomber encore un peu plus l'après-midi.

Vasco envoie un crochet dans le vide, Djib soupire.

*

Perrine trouve Dylan dans la vieille étable décrépite. Il est replié sur lui-même, fume sa cigarette nerveusement, en posant le bout rougeoyant sur des fétus de paille avant de les éteindre avec la main.

— Dylan... Qu'est-ce qui t'a pris ?

Il ne répond pas. Bloqué. La boule enfle, ronge à l'intérieur.

Elle pose sa main sur la sienne.

— Arrête, tu vas foutre le feu.

— J'm'en fous...

— Je sais que c'est faux.

— Il a parlé de ma mère. Il savait que je partirais en couilles. J'en ai pas fini. Je vais le marave.

— Ne l'écoute pas.

— Tu sais pas ce que ça fait.

— Non. Je ne sais pas.

— De toute façon, je suis dans la merde. Ce gros connard va tout faire pour m'enfoncer.

— Peut-être pas. Il va voir qu'il a été trop loin. Et tu vas lui faire des excuses.

— Jamais…

Elle attire son visage vers elle :

— Si. Quand on a fait du mal à quelqu'un, on s'excuse, tu le sais. Et on apprend de ses erreurs, on n'en meurt pas, OK ?

— Et *elle*, elle s'excuse ? À foutre la honte sur ses mômes… À s'envoyer des mecs, à pas s'occuper de Jessica ? Quand elle était avec le routier, ce porc… et l'Arabe, je l'aurais tué ce mec. Tous, ils veulent que ses fesses. « *C'est ma vie* », qu'elle m'a dit une fois, qu'il faut qu'elle avance. Qu'elle se reconstruise. Et nous, hein ? On fait quoi ? On attend ? Non… Moi j'ai pas envie de partir de chez Tata, qu'elle ait qu'à claquer des doigts pour nous ravoir.

Les mots de trop ; Dylan ne peut retenir ses larmes et comme ça le perturbe de se montrer à vif, il fuit le regard de Perrine.

Elle le serre tendrement contre elle et l'embrasse. Il blottit son visage dans le creux de son cou, enfin un endroit apaisant où la peine et la violence n'ont pas droit d'entrée. Il se sent normal au contact de sa peau, normal et amoureux. Un peu vivant…

Alors il l'embrasse avec fougue, il la presse contre lui, la fait s'allonger, il veut qu'elle sente comme il est enivré d'elle. Il glisse une main sous son tee-shirt, elle se crispe.

— Pas ici, pas maintenant, chuchote-t-elle d'une voix calme.

Il comprend. Avec elle, il veut apprendre.

16

Dylan a la moitié du visage plongée dans l'eau chaude du bain.

Il n'y a que le silence et la vapeur qui règnent dans la pièce. Et rien d'autre.

Pourtant, son hurlement immergé lui oppresse les tympans. Il ressent toujours la sensation de rage, d'urgence, ce moment où il attrape les cheveux de Jean et déchire son visage sur le sol, où il frappe et...

Dylan fronce les sourcils. Il veut la paix.

Il ferme les yeux.

Ça fait exactement deux semaines qu'il a 10 ans. Après un an de foyer, la juge a décidé de les rendre à leur mère. Elle est rentrée dans le rang depuis sa sortie de prison, a même trouvé un petit boulot. Ça va mieux.

Ce jour-là, elle a été convoquée par son chef : plan social, on ne renouvellera pas son deuxième CDD. Et comme elle bosse dans le magasin depuis moins d'un an, on la fait partir dans les premiers.

Il est tard, c'est bientôt le soir et Dylan est seul avec sa sœur dans l'appart en désordre. « *Vous êtes grands, vous attendez maman.* »

On sonne, Dylan court à la porte. C'est le voisin du dessus, le type qui sort de la chambre de sa mère de temps en temps. La cage d'escalier pue la merde de chien.

Le voisin tend un paquet de cartes Pokemon à Dylan, se dirige droit vers leur chambre.

Jessica chante et danse devant la glace de leur armoire sur du Madonna. Elle a enfilé des fringues de sa mère. Le voisin s'approche d'elle.

Dylan ferme la porte. Il prend une fourchette dans le tiroir de la cuisine. Quand il l'enfonce dans le dos du voisin, de toutes ses forces, l'autre pousse un cri. Dylan recommence jusqu'à ce que le porc s'enfuie en braillant.

L'avantage, dans l'eau, c'est que les larmes disparaissent vite.

On tape à la porte. Le petit filet de voix de Gaétan lui indique que la table est mise.

— Tonton est en train de mettre la viande sur le barbecue !

Dylan invoque Perrine dans ses pensées, il a besoin de sentir l'odeur de son cou.

Quand il arrive à table, les petits jacassent, il est question d'échanger des tours de débarrassage de table contre le choix des programmes télé. Vasco et Djib ont l'air tout penauds, éreintés par les émotions de l'après-midi. Jessica a gardé ses lunettes noires, et Chloé triture une frange de son tee-shirt.

— Dylan, tu peux aller chercher le jambon et nous montrer comment on le découpe ? demande Tata.

Il hoche la tête. Mais à mi-chemin, il se fige, la honte et le chagrin le submergent : il reste immobile, les mains tendues vers le jambon.

Silence.

Le malaise atteint la tablée, Vasco et Djib baissent les yeux dans leurs assiettes. Tata se lève, va à la rencontre du naufragé et le prend dans ses bras. Il l'entoure des siens, sans un mot.

Ça fait exactement trois semaines qu'il a dix ans.

Le break familial de l'éducateur s'arrête devant Passy, une ferme. À l'arrière du break, Dylan serre la main de sa sœur. L'éducateur se retourne, leur offre un sourire.

Et cette dame arrive devant le portillon fleuri. Mains posées sur sa poitrine, elle accueille Dylan et Jessica. Elle a le visage le plus rayonnant qu'ils aient vu de leur vie.

— Bienvenue...

Dans la cuisine, sous le lustre d'un autre âge, Dylan pleure dans ses bras comme au premier soir.

*

Tonton emmène les trois garçons dans la grange collée à la ruine.

Cette grange, c'est le lieu où la cambrousse vibre au son des noubas de la tribu. C'est aussi là où Chloé veut organiser une fête, la semaine prochaine. Il y a une échelle qui permet de monter au niveau supérieur, dont le revêtement est un parterre de foin.

Tonton ouvre une grande malle, peine à en sortir un sac de frappe, et le hisse sur une poutre.

— En cas de coup de sang, c'est là-dedans que vous cognerez. Et uniquement là-dedans. C'est compris ?

Dylan a honte ; la voix de Tonton n'invite pas à la discussion.

Les trois acquiescent. Ensuite il leur intime de le suivre, pas un ne moufte. Il leur indique les chaises de jardin en plastique, revient avec une pomme pour chacun. Quatre couteaux. Des Laguiole.

Quand il leur sourit en attrapant son couteau, les lèvres du vieil homme semblent un mince trait. Lentement, il s'empare du fruit et commence à le peler.

Les trois ados restent interdits, s'interrogent discrètement du regard.

— Les Allemands ont toujours été corrects, ici. Ils occupaient les lieux, on était très proches de la ligne de démarcation, un endroit stratégique. À partir d'ici, on prenait le maquis. C'étaient des soldats, des gaillards pris dans la guerre… Nous, on les appelait les Boches, les Schleus. Nous grandissions en temps de guerre, avec la peur et l'insouciance de la jeunesse aussi… et parfois, l'espoir que tout irait mieux. Pas question de leur laisser notre pays pour autant. Dans l'ombre, avec mes copains René et Armand, on a contacté un réseau de résistance nivernais. René a caché des Juifs, je crois, on n'en parlait pas beaucoup, on ne savait pas trop ce qui se passait. Nous n'avons pas changé le cours de la guerre. Nous voulions être utiles, sans faire de zèle et inquiéter nos familles. Armand et moi, un matin d'été 44, on a dynamité le petit pont là-bas, celui qu'il faut passer pour aller au pré du George. Des cadres de la section nous avaient montré comment procéder. Il fallait qu'on le fasse, cela s'imposait à nous.

Il s'arrête un instant, pouce sur le fruit, plante la lame et découpe un quartier. D'un mouvement de menton, il encourage les garçons à l'imiter.

— Il y a eu du dégât, des Allemands sont morts – des gradés, à ce qu'on a dit. Nous avions réussi, sans réfléchir au fait que nous aurions pu déclencher des représailles terribles. Je suis rentré à Passy dans un état second, mon père m'a regardé, il était fier, terrorisé... Je me suis assis, j'ai pris une pomme et je n'ai jamais autant apprécié, de ma vie, le fait de manger un simple fruit.

Pas un mot n'est prononcé, Vasco essaie d'être discret quand il avale la première bouchée.

— Ce n'est pas une leçon de morale, ce n'est pas une leçon de vie. Ce que je peux humblement vous conseiller, quand le torrent des émotions est trop difficile à endiguer, c'est de peser ce que vous avez comme bonheur et comme malheur, et d'essayer de les faire cohabiter. Il vous faut préserver des petits moments de joie dans le tragique de la vie, ils sont à vous.

Dylan mâche calmement, goûte la chair farineuse et le sucre qui s'en dégage, regarde Tonton. Djib est suspendu à ses lèvres.

— Vous l'avez en vous, tout cela. Ce sac plein de sable peut vous aider, ce fruit peut vous aider. Pas besoin de gravir des montagnes pour se dépasser, pour avancer, parfois une pomme suffit.

*

Le lendemain, Armando leur rend visite pour le déjeuner. Il est accompagné de sa cadette, Andréa, qui a leur âge... et qui intéresse beaucoup Vasco. D'emblée, il la salue en portugais et l'aide à se délester de ses nombreux paquets, bien content de faire autre chose que de taper le script de la pièce pour le compte de Chloé, comme Djib le lui a demandé.

Djib et Chloé ont passé la matinée à l'étage avec les petits, à bosser sur cette fichue pièce... Les effluves du repas ont finalement ameuté les gremlins, qui viennent rôder autour de la table et se taillent la meilleure place sous le parasol. Chloé descend à son tour, agacée de voir sa troupe se dissoudre à l'appel de la gourmandise. Derrière elle, les bras chargés de carnets de notes, Djib souffle, épuisé par la cadence infernale de sa metteuse en scène.

Tout le monde s'active en cuisine. On dresse les galettes aux griaudes dans un plat, Djib en salive d'avance. Il est tombé raide de ce truc local : sentir la pâte feuilletée fondre dans la bouche et laisser les petits morceaux de lard se révéler... Il se propose de couper les offrandes d'Armando, encore chaudes de son four.

Le pâtissier a aussi apporté des pâtés à la viande – pour le coup, c'est Jessica qui s'en pâmerait.

À la simple pensée d'y goûter, elle glousse... puis jette un regard sur ses hanches – aussitôt, elle culpabilise et rumine. Le monde a beau la trouver jolie, elle passe sa vie à se trouver « trop ». Et quand elle remarque Vasco, perdu à suivre les grands cils papillons d'Andréa, elle sent ses joues la piquer...

Vasco déguste une part de galette et se met à parler du bled comme s'il était expatrié. Façon d'approcher Andréa, mais pas seulement : il les aime, ses racines, même si entre fierté et revendication il se perd parfois. Andréa se raconte aussi, elle va descendre en août, ils évoquent le voyage, pourtant plus simple qu'à une époque – « l'Europe a pillé le Pays, mais au moins on a eu les routes ! » lance Vasco.

Ils rient en superposant les images qu'ils ont en tête : le trajet en voiture, l'ennui, le bonheur de la clim, les nappes sur les tables des aires d'autoroute, les pique-niques qui prennent des allures de festins, les pères qui se shootent au café pour tenir et ne pensent qu'au moment où ils laisseront les routes monotones et brûlantes d'Espagne derrière eux pour revivre, enfin, durant trois semaines.

Jessica pose brusquement une assiette devant Vasco et Andréa.

— Tiens, t'as l'air d'avoir faim !

Vasco hoche la tête d'un air gêné. Mais au fond, il jubile.

Piquée au vif, Jessica enfourne une part de galette et disparaît dans la maison. Djib et Chloé s'en aperçoivent… et préfèrent ne pas s'en mêler.

Tonton, comme d'habitude à cette heure, épluche calmement sa pomme, geste après geste, pelure après pelure, tandis que Tata arbitre une guerre qui oppose Gaétan à sa sœur pour la dernière part. Quand Armando sourit et demande à sa fille d'aller en chercher d'autres dans le coffre de la voiture, Vasco propose de l'accompagner.

— C'est Dylan qui a fait ce saucisson ? demande Armando.

— Oui, répond Tata. Il est très doué quand il se concentre, Monsieur Moreau est plutôt confiant. On travaille sur la nervosité et l'estime de soi. L'agressivité aussi. On va lui proposer de la méditation à la rentrée. Attends, je vais l'appeler. Dylan ? Dylan ?

Dylan arrive en traînant les pieds, regard défait. Le soleil l'éblouit, il se barre le front de la manette de jeu.

— Oui ?

— Il est bon, ton saucisson. Vraiment.

Dylan reste interdit un court instant.

— Bah... Merci.

— Vraiment. Tu travailles sur la galette, avec George ? Enfin, Monsieur Moreau ?

— Pas beaucoup. Il m'a déjà montré. C'est intéressant à faire, la pâte, mais c'est dur.

— Oui... C'est pas le cœur de ton futur métier, mais si un jour ça t'intéresse, viens me voir.

Armando est connu dans tout le Bazois pour ses spécialités. Il travaille comme six, frôle la liquidation tous les mois, subit la pression des banques mais ne lâche pas.

— Ah, voilà du rab' pour les affamés !

Vasco revient en héros : tous les petits forment une procession de fidèles jusqu'à lui et, quand il distribue les parts en veillant bien à donner les plus grosses aux filles, il reçoit une cascade de bisous en dédommagement.

À ce moment, Jessica traverse le jardin avec une bassine de linge à étendre. Chloé fronce les sourcils ; quand la Jess se lance dans une tâche ménagère sans qu'on lui demande rien, c'est pour qu'on la remarque.

Vasco la rejoint d'un pas nonchalant, la bouche pleine.

— Touche pas avec tes doigts tout gras.

— T'es vénère, Jess ? On dirait que tu me fais la gueule.

— Tu rêves ou quoi ? Vas-y, y a Conchita qui t'attend, vous allez pouvoir parler épilation...

Vasco a beau être choqué, il exulte trop pour relever.

— Tu me fais quoi, Jess... T'es jalouse ?

— Il est fou, lui !

Ses gestes sont maladroits, elle doit s'y reprendre à plusieurs fois pour poser un drap sur le fil, elle râle.

— Hey, attends, c'est toi qui m'as fait un plan là... On s'embrasse, et au foot tu tombes dans les bras de l'autre connard.

Jessica le repousse pour le contourner et continuer sa tâche. Elle s'efforce de garder le contrôle de sa voix, de ses émotions.

— Parle pas de lui comme ça. Tu crois quoi, de toute façon ? Toi, fin août tu rentres dans ta cité et basta, on se reverra plus, tu crois que j'ai du temps à perdre ?

— Oh, la vanne. T'es capable de choper deux mecs en même temps et tu me fais la morale ? Déjà, j'ai rien fait avec Andréa, on cause... Ensuite, on peut aussi juste passer un moment ensemble, non ? Je sais pas, moi... Genre tu fais des projets, toi !

Jessica se confronte à lui. Elle sait qu'à table, en bas du jardin, Chloé et Djib font les commères. Vaguement dissimulés derrière leurs cahiers de notes, ils jouent très mal la discrétion.

— Ça veut dire quoi, ça ? Une pauvre meuf comme moi, elle est pas capable de penser plus loin qu'au bout de la journée, c'est ce que tu veux dire ?

— Tu me fatigues, Jess. Avec toi, je sais plus quoi penser... Fais le ménage dans ta tête.

Elle plante un doigt accusateur dans son torse.

— Me dis pas ce que je dois faire, OK ? T'es pas mon père, t'es pas mon frère.

— Mais vas-y !! explose Vasco. Va baiser avec ton Lionel, là, et fais-moi des vacances. T'es pas honnête avec toi-même, c'est tout, t'es pas honnête. Tu te respectes pas, alors je vois pas comment tu respecterais les autres...

Vasco regrette déjà. Il a honte. Il a toujours eu le bagout facile mais ce n'est pas un méchant, et là il sait qu'il l'a blessée. Il jette un regard vers la tablée. Dylan écoute Armando en se rongeant un ongle.

— Jess...

Elle rembarre sa main, ses yeux débordent déjà de larmes.

— Dégage !

Elle pleure. Tout en continuant à accrocher le linge mouillé sous les rayons du soleil, elle laisse des larmes couler sur ses joues et salir son maquillage. Vasco fourre ses mains dans ses poches de short et reste planté dans son dos sans savoir quelle attitude adopter.

— Je... Je suis vraiment désolé.

Elle l'ignore. Ses épaules sont prises de légers soubresauts.

17

Dylan se réveille en sursaut. Il regarde l'heure. 03 h 12. Et cette sale impression d'avoir déjà fini sa nuit...

Tout à l'heure, Tonton doit l'emmener au marché aux bestiaux à Moulins-Engilbert. C'est un moment qu'il aime bien – Tonton y retrouve d'anciens confrères, il y a aussi des bouchers, des grossistes... et c'est surtout l'occasion d'admirer ce qui se fait de mieux en charolais.

Le Noir ronfle, dans le lit à côté. Il le regarde, c'est vrai qu'il est plutôt sympa, ce mec. Au final. Et le match de foot, c'était un bon kiff – enfin, avant qu'il ne pète un câble à cause de l'autre fils de pute.

Voilà : déjà les piques dans les reins, les mauvaises pensées.

Il respire fort, comme le psy lui a conseillé de faire. Il le fait discrètement, pas envie d'être grillé. L'autre Vasco dort comme un loir. Il doit être occupé à rêver de Jessica. Pas au bout de tes peines, le gars ! Tant qu'il lui fait pas de mal...

Si tu lui fais du mal par contre, t'auras affaire à moi.

N'empêche, le centre qu'il lui a adressé : mortel. Ils assurent au foot, les toss.

Il se lève et va aux toilettes, referme doucement la porte des filles pour ne pas les déranger et contrôle chez les petits, voir si les draps ne sont pas au sol, les doudous à l'autre bout du lit ou si Gaétan n'a pas trop la tête en bas, comme d'hab.

Dylan aime bien Gaétan, c'est un bon petit gars. Il passe son doigt sur une de ses cicatrices et se sent aussitôt envahi d'une rage intense. Tous des porcs, des monstres...

De retour dans son lit, il est pris d'une peur abyssale.

Jean. La rentrée. Le juge... Ça tourbillonne à lui donner la nausée.

La seule façon pour lui d'espérer retrouver le sommeil, c'est de penser à Perrine.

*

Contrairement à Jessica, qui fait la gueule au-dessus de ses céréales, Chloé s'est levée de très bonne humeur.

Pendant que Tonton embarque les gars pour le marché aux bestiaux, elle compte bien terminer les dialogues de chaque personnage. Avec Djib, ils sont d'accord :

La sorcière, Jessica
Nadia, Farah et Sirine, à tour de rôle.
Bachir, Kamel.
Papa Saïd, Vasco (penser à demander un pantalon et une chemise à Tonton)

144

Le Marin, Dylan (penser à le lui dire... mais pas tout de suite !)
Gwen et Gaétan, machinistes

Pour la scène où la sorcière prend l'apparence de tous les commerçants du quartier, elle décide de mettre tout le monde sur scène et de leur coller une photo de Jess en guise de masque – photocopie en noir et blanc, budget oblige. Elle compte aussi mettre les petits à contribution pour les décors dès cet après-midi. Ils n'iront à Fleury qu'à 16 heures, c'est pas la mort. Surtout avec le soleil qui redouble d'intensité depuis quelques jours... On prévoit même un énorme orage pour le prochain week-end – et forcément, comme c'est le 14-Juillet, ça alimente les discussions.

Mais avant toute chose, elle prend son vélo et file vers la mairie de Tamnay qui ouvre entre 10 heures et midi. Elle espère que Monsieur le Maire sera prêt à écouter ce qu'elle a derrière la tête...

*

La plupart du temps, quand les paysans leur parlent, Vasco et Djib ne comprennent pas un traître mot de ce qu'ils racontent. Les éleveurs débitent un torrent verbal, entre accent et patois, et avalent les consonnes tout en faisant rouler les r. Il y a des jeunes et des moins jeunes, mais la langue ne change pas tellement d'une génération l'autre.

Par moments, certains éleveurs regardent Djib un peu plus longuement que Vasco ou Dylan, mais on l'associe vite à Tonton. C'est ce qui s'est passé avec l'immense gaillard moustachu que Tonton est venu voir ce matin – la trentaine, combinaison verte, une canne qui paraît minuscule dans la main, un air d'abord renfrogné puis nettement plus sympa. Pendant qu'ils discutent âprement, les garçons se font des messes basses :

— Merde, t'as vu le golgoth ? Je suis sûr qu'il peut écraser un essaim d'abeilles avec les mains et en rire...

Dylan, lui, suit quelques tractations du coin de l'œil. Juché sur une barrière en métal, il regarde deux éleveurs échanger avec un acheteur au cul d'une bétaillère dont l'apprenti fait sortir deux bœufs robustes.

— Et ça a lieu tous les mois, le concours de Miss Bourgogne ?

Dylan se marre. Djib se retourne quand même furtivement pour voir si on ne l'a pas entendu.

— Tu sais qui achète le plus de moutons ici ? demande Dylan.

— Non...

— Tes cousins, mec. Que des Arabes.

Main sur le front, Djib pousse un long soupir.

— T'imagines bien que c'est con de dire un truc pareil, non ? Je suis aussi arabe que toi.

— Vas-y, fais pas chier, respire le bon air de la campagne. Quand vous serez dans votre clapier, ça vous manquera.

— T'es fatigant, mec... Vraiment...

— Et tu voudrais ouvrir ta boucherie à toi, dans le coin ? embraie Vasco.

Être son propre patron, *réussir :* Vasco a peu d'ambition, mais le parfum de l'argent et de l'indépendance, ça l'intéresse, même s'il sait que pour lui, c'est mal parti.

— Nan, impossible. Ils crèvent, les bouchers, par ici. En fait, pour tous les commerçants, c'est chaud. Si je suis pris dans un Hyper, ce sera déjà bien. Mon rêve, ce serait de bosser pour Monsieur Moreau. Mais de toute façon, avant, faut que j'aie mon diplôme.

— Et c'est pas chaud de bosser avec des animaux morts toute la journée ?

— T'es végétarien ou quoi ?

— Non, non. Juste, je me demande. Ça doit être une sacrée ambiance, c'est tout, des cadavres partout, les abats, l'odeur de la mort...

Dylan ne relève pas – son regard est attrapé par un taurillon au poitrail puissant. Il attend et répond :

— Moi, ça me calme. J'aime bien les découpes, le travail de la viande pour le client... Ça demande d'être précis, soigneux. De chercher la perfection. Et j'aime bien manier le couteau.

Il suit le taurillon des yeux, songeur.

— Psycho..., susurre Vasco dans son dos en vissant son index sur sa tempe.

*

Chloé distribue un exemplaire du script à chacun. À ses côtés, Djib s'applique surtout à surveiller Vasco, trop occupé à sourire à Jessica pour se concentrer.

Gwen et Gaétan sont tout fiers de voir inscrits « *chef machiniste et décorateur* » au-dessous de leur prénom.

— T'y es pas allée un peu fort, question flyers ? demande Djib à Chloé, en désignant la pile de feuilles A4 qui chantent les louanges du « formidable spectacle de la troupe Passy ».

— Ben, je me suis dit qu'il fallait marquer le coup. On n'est pas toujours vus d'un bon œil, dans le coin. La plupart des gens connaissent et respectent Tata, mais bon, il y a aussi les rumeurs et les on-dit, et donc j'ai pensé à quelque chose...

Djib la regarde – avec inquiétude.

— Je ne te suis pas du tout, Chloé.

— Hé ben, je me suis dit, faire un spectacle dans le grenier, c'est sympa, mais là on tient un truc vraiment chouette et...

— Et ?...

— Et donc, je suis allée voir le maire. Pour le jour de l'anniversaire de Tonton, il nous prête la Salle des Fêtes de Tamnay. Tout à l'heure, on prend tous nos vélos et on va placarder ça partout.

Djib marque l'arrêt, prend une affichette et remarque que oui, en effet, c'est écrit : *Représentation unique et gratuite dans la Salle des Fêtes de Tamnay-en-Bazois.*

Au même instant, Vasco fait le même constat ; il interroge son pote du regard, paniqué.

— Promis, je savais pas ! réplique Djib. Je ne suis que le stagiaire pas payé.

Jessica s'en mêle :

— T'es pas sérieuse ? Y a une différence entre faire quelque chose pour Tata et Tonton et jouer devant tout un public de vieux bouseux...

— Nan, mais vous inquiétez pas, on a encore du temps. On avancera vite sur les décors, et

148

puis bon, on n'est pas à la Comédie-Française. L'important, c'est que Tonton et Tata soient fiers de nous, non ? Et ça fera un événement sympa dans le coin...

Dylan, assis en retrait, se redresse. Il a l'air aussi emballé par les perspectives artistiques de Chloé qu'un candidat de télé-réalité au Louvre.

— Moi je le fais pas.

— Oh, s'il te plaît. T'as une seule réplique, tu parles pas et tu casses un truc sur scène... Ça devrait être faisable, nan ? Allez, c'est important pour moi.

Dylan bloque. Il a toujours du mal à lui dire non, à Chloé. Pas une sœur, mais plus qu'une cousine ; leur lien est impossible à définir. Il tient à elle, c'est le principal. Il lâche un énorme soupir.

— Merci, Dylan. Sirine et Farah, je vous propose de vous partager le rôle de Nadia – vous verrez, c'est super facile. On vous habillera pareil et ça vous fera moins de texte à apprendre, OK ?

Les deux sœurs hochent la tête.

— Kamel ? Ça te dirait de marcher sur une scène avec une guitare et de chanter : « *Nadia, où es-tu ?* »

Il croque dans son Pepito. Pour Chloé, c'est une victoire. Vasco bâille en s'étirant longuement :

— Ben c'est parfait, tout ça. J'étais parti pour passer l'été à retaper une grange, et en fait je vais juste me taper la honte devant un village entier...

— Le début de la gloire, Vasco ! sourit Chloé. Vous venez avec moi ? On prend de la colle, du scotch et on y va. On vise plutôt les affichages publics, hein, sinon on va se faire boycotter. Et après, on va se baigner à la rivière ?

Vasco regarde Jessica... Raté : il n'a droit qu'à un mouvement de menton hautain.

Ils enfourchent les vélos, encadrent les petits, et d'un même mouvement partent à la recherche des panneaux. Le peloton s'étire, on chante pour motiver les plus jeunes. Bientôt, c'est une seule voix qui s'élève dans la campagne, même Jessica et Dylan s'y sont mis.

Une famille de promeneurs salue la ribambelle. Chloé est aux anges, et Djib aime ça. Ils pédalent côte à côte.

Le boulot commence. On met Kamel et Gaétan à contribution : portés par les grands, ce sont eux qui, au milieu des mauvaises herbes et parfois des ronces, affrontent cette nature en friche pour scotcher les affiches. Chloé propose d'en distribuer quelques-unes aux commerçants de Châtillon.

En chemin, des chiens aboient derrière une clôture branlante et Djib feint de se faire courser, ce qui provoque d'abord la panique puis l'hilarité... surtout quand Dylan s'aperçoit que Vasco s'est pris la selle de son vélo dans l'entrejambe.

Dans Tamnay, il y a des gens sur leur perron mais on entend quand même la télévision crier à l'intérieur ; on regarde les voitures traverser la départementale à toute allure. Djib se dévoue pour aller proposer aux propriétaires du seul café encore debout, « LE BIENVENUE » de participer à leur effort de guerre promotionnel.

Deux types, nuque longue et débardeur, sont assis en terrasse. Leurs yeux coulent sur Chloé et Jessica. Il est 17 heures, ils s'envoient du pastis et vu l'état de leurs yeux, c'est au moins leur troisième verre. Le bitume est chaud après s'être gorgé de soleil toute la journée. Djib embarque Vasco avec lui, pendant que Dylan s'entraîne à faire des roues arrière sous les yeux d'un édenté et d'une grosse dame à la blouse fleurie et tachée.

La porte grince.

Les visages se tournent vers eux, pas très avenants.

— Putaaaaaaain..., siffle Vasco dans le cou de son pote, qui travaille son plus beau sourire commercial.

Derrière son comptoir, sous les décibels de Radio Nostalgie, une femme avec un chignon et des yeux pochés attend de voir ce que ce jeune Noir lui veut. Elle pousse son ballon de rouge d'un revers de main et pose les coudes sur le zinc sale.

— Bonjour, Madame. Avec mon ami, on voudrait savoir s'il était possible de vous remettre une affiche pour... un spectacle... qu'on organise. Ça se passera dans la Salle des Fêtes. On vient de Passy, chez Monsieur et Madame Favre.

Vasco pense aux lascars du bahut, à ce qu'ils diraient, s'ils voyaient les deux inséparables potos dans ce rade du bout du monde, en train de vanter les mérites d'une pièce de théâtre.

— Ah, c'est les pauv' mômes de la DDASS..., fait la taulière.

Silence.

Vasco grimace, puis inspire.

Feu :

— Pas tout à fait, Madame. En vérité, c'est un spectacle pour encourager la lutte contre les teubé. Vous voulez participer ? Vous êtes concernés, nan ?

— Qu'est-ce qu'y dit, le Cheyenne ? intervient un type à bacchantes couleur gitanes, bien aviné, avant de désigner les cheveux de Vasco : Tu veux que j'te scalpe ?

Vasco se passe une main dans les cheveux tandis que Djib se retient de rigoler.

— T'as dû te perdre, lance la patronne. Allez, va donc poser ton truc là. Et ensuite, toi et ton copain, soit vous consommez, soit vous dégagez.

Djib place l'affiche contre la vitrine crasseuse afin qu'on la voie de l'extérieur, en profite pour adresser un pouce levé à Chloé.

Dès qu'ils sortent, Djib éclate de rire.

— Cheyeeeeeenne… HA HA HA HA !!!

Vasco hausse les épaules, vexé.

— Il est sympa, votre QG du FN…

— Je comprends même pas pourquoi vous êtes allés là ! dit Chloé, amusée. Nous, on le sait qu'il vaut mieux éviter. Aux petites vacances, ça nous arrivait d'aller boire un verre à celui du haut de Tamnay, mais maintenant qu'il a fermé, c'est le seul repaire des soiffards, ici !

— Allez, Cheyenne, tu remontes sur ton cheval et on y va ? lance Djib. Ce soir, on se mate *Le dernier des Mohicans* !

— Hilarant…

— Hey, pour une fois que c'est pas moi qui m'en prends plein la gueule !

Ils font le détour par la rivière. L'eau est glaciale, malgré la chaleur, et seuls les plus courageux descendent jusqu'aux mollets. On décide de reporter la baignade à demain, et d'aller plutôt à Fleury. D'y faire un pique-nique, même ! On proposera à Tata. Les petits ont déjà les yeux qui brillent.

Un pique-nique... Pourquoi pas. Ils ont tout le temps, au fond, c'est les vacances. À cette seconde, Vasco s'imagine dans un flash la veille de la rentrée, le sermon parental, le sac, la trousse, la blouse... il vacille et rate sa pédale. Merde, heureusement qu'il ferme la marche ! Le groupe prend de l'avance, devant lui Gaétan s'est mis en danseuse et donne tout ce qu'il a pour ne pas perdre la roue de sa sœur.

Personne n'a remarqué son arrêt. Soudain pris d'une grande mélancolie, il regarde autour de lui. Ils sont bien, ici. Le bout de l'été est encore loin, mais déjà cette première alerte l'inquiète : non seulement il ne s'y attendait pas, mais en plus, la perspective de ne plus voir les traits mi-femme mi-enfant de Jessica le rend triste.

Il reprend la course. Pas question de finir dernier, sinon c'est corvée de vaisselle.

18

Le 14 Juillet est sans doute le seul jour de l'année où se garer dans Châtillon est presque impossible. Tonton a pris la BX et Tata la Twingo... Ils tournent depuis une heure au moins, l'un derrière l'autre. À l'arrière, les petits sont déchaînés, on leur a promis une crêpe ou une glace et ils espèrent bien obtenir les deux.

Le feu d'artifice sera lancé au-dessus du stade de foot. On vient de tout le coin, chaque communauté de communes essaie de faire valoir sa célébration de la Fête nationale. Un méchoui est organisé sur la place de l'église, plus haut. Des hordes d'enfants en short foulent déjà le parquet ciré où aura lieu le bal populaire.

On fera donc la fête tout l'été puisque cette année, dans un mois pile, le comice agricole aura lieu à Châtillon. Défilé de chars fleuris, concours de labours, fête foraine, bals, animations dans tout le patelin... L'événement n'a lieu que tous les sept ans dans le même endroit, c'est dire s'il est attendu de tout le monde, y compris des jeunes.

Vasco a décidé de la jouer *Greaser* : tee-shirt blanc sur pantalon noir. Tandis qu'il déambule en ondulant des hanches, les mélodies rock entêtantes des 33 tours de Tonton occupent une grande partie de sa tête ; le reste est consacré à Jessica et sa jupe en jean.

Chloé tient la main de Sirine qui tient la main de Djib qui tient la main de Gwen qui tient la main de son frère. La joyeuse guirlande sautille en lançant les bras en avant.

Dylan se sent nerveux. Il y a beaucoup de monde qui circule, on se montre ou on se donne à voir, commerçants et notables. Il reconnaît des têtes et voudrait repérer Perrine rapidement, puis s'isoler avec elle jusqu'à l'heure du couvre-feu (« *Rendez-vous à 23 h 15 à la voiture. Sans faute !* »)

Tous les dix mètres, Tonton et Tata sont accostés par des gens, on les salue avec une main appuyée sur l'épaule pour exprimer la joie qu'on a de les voir. Tata rencontre une collègue accueillante familiale, la dame est accompagnée de son mari, verre de rouge à la main, bedaine bienveillante. Entre deux sourires, on échange sur les difficultés de chacun, les précipices administratifs, les décrets et directives qui n'entament pas la passion mais compliquent parfois la tâche.

Vasco se coule dans les pas de Jessica. Il sait pertinemment que Lionel l'attend quelque part, à rôder avec sa bande.

— T'es canon, ce soir.

C'est sorti tout seul.

— Tu parles, j'ai grossi. On dirait un vieux boudin.

— N'importe quoi. T'es hyper jolie. Et je te dis pas ça uniquement parce que je veux m'excuser.

Ils arrivent aux abords du stade.

— Moi, je me trouve trop grosse.

155

— Arrête de te prendre la tête.

— Merci pour le conseil, Monsieur « *je passe une heure dans la salle de bains tous les jours à me coiffer* ».

— Ha ha. C'est sûr que je préfère quand t'es avec moi, dans la salle de bains...

Il lui effleure la main.

Un peu plus loin, Chloé marche d'un bon pas avec, sous le bras, sa chemise cartonnée remplie d'affiches, secondée par Djib. Pas gênée le moins du monde, elle les colle direct dans les mains des passants. Elle repère Armando en grande conversation avec un éleveur de Châtillon, se fraie un chemin jusqu'à lui, interrompt poliment la discussion.

Sourire d'Armando : ce sera mis en devanture à la boulangerie, sans le moindre problème ! Il lui conseille aussi d'aller voir Laure, la serveuse du tout nouveau restaurant « LE PRÉ VERT », dernière table de la ville avec l'auberge du Bazois. Oui, là-bas, la jeune femme blonde...

Sourire de Laure. Un spectacle pour tous, troisième âge et jeunes générations ? Elle accepte avec joie. L'homme avec qui elle est bras dessus bras dessous attrape aussi quelques affichettes pour les coller dans son bar et faire le tour des artisans qu'il connaît.

Vient ensuite Monsieur Moreau. Visage grave, il prend des nouvelles de Dylan... L'échauffourée du foot s'est répandue comme une traînée de poudre – privilège des petites villes. Chloé plaide la cause de Dylan du mieux qu'elle peut. Elle se disait bien, aussi, qu'ils avaient essuyé quelques regards appuyés et des messes basses.

Le premier feu surprend l'affluence. Plus personne ne bouge, le spectacle commence. Les petits rentrent la tête dans les épaules à chaque déflagration, les parents les rassurent en resserrant leur étreinte.

Vert, jaune, rouge, un son strident, des cris s'élèvent dès que le ciel noir s'illumine durant de longues secondes.

Vasco contemple le reflet des traînées dans les yeux de Jessica, elle est hypnotisée à chaque fois qu'une fusée éclate. Il hésite. Puis prend sa main, sans rien attendre de sa réaction. Quand la triple détonation éclaire le stade tout entier, il est bien incapable de dire si le sourire qu'elle arbore est dû au feu d'artifice ou à son geste.

Djib pense à ses sœurs. Chaque année, elles sont comme folles quand il les amène près de l'Oise pour le 14 Juillet. Blottis entre Tonton et Tata, les enfants se rêvent en astronautes flottant dans l'espace pour voir le spectacle de plus près, s'imaginent donner vie à toute cette lumière, à ces sifflements suivis de grands boums.

Chloé a le menton posé sur les mains ; seuls ses yeux suivent les fusées et clignent quand un vert crépite à la suite d'un bleu. À côté d'elle, Djib crève d'envie de simplement entrelacer ses doigts dans les siens pour lui signifier qu'il est bien avec elle… Mais non. Ils restent concentrés sur le spectacle.

On n'est pas au pied de la tour Eiffel, mais l'envie de bien faire est là.

Seul Dylan marche en traînant les pieds, la constellation de lueurs ne lui fait ni chaud ni froid. Dans le petit parc derrière la poste, il aperçoit des jeunes qu'il connaît : ils ont échappé aux parents et se retrouvent pour vider une bière ou deux, tirer sur une cigarette ou un joint. Pas question d'y aller, il sait comment on va le regarder, après ce qu'il a fait à Jean.

Bien sûr qu'il est conscient que c'est grave, que cela va attirer des ennuis à Tata... N'empêche, s'il devait le refaire, il recommencerait. Impossible de desserrer les poings quand il repense à l'altercation.

Sur un banc, il y a les jumelles. Elles discutent avec Bouvier, annoncent en criant la couleur que prendra le ciel au prochain envoi, clameur étouffée par les déflagrations.

Dylan s'éloigne. Deux mains viennent barrer son champ de vision ; il se tourne brusquement.

C'est elle... Il sent ses poings se desserrer. Elle lui sourit, pose ses paumes sur ses joues et l'embrasse. Elle a un goût sucré.

Il la serre contre lui. En silence, ils s'éloignent pour gagner la partie la plus sombre du petit parc, à côté du mur de la piscine désaffectée. Il lui propose une cigarette, elle refuse, vient se lover entre ses jambes. Adossés au mur, ils peuvent assister au feu d'artifice.

À petits baisers, il la cajole dans le cou, visage perdu dans la masse de ses cheveux. Il se dit qu'être heureux, ça doit être ce qu'il ressent maintenant.

Le final récolte des applaudissements et des hourras. Une odeur de poudre flotte dans l'air, la foule commence à remonter dans la ville pour gagner le bal. Perrine frissonne tandis qu'une légère nappe de brouillard se répand autour d'eux.

— Tu veux aller danser ?

— Je sais pas danser, moi... Et y aura tes parents...

— Tant que tu mets pas tes mains sur mes fesses devant mon père, ça peut très bien se passer.

— T'as pas envie qu'on reste là ? Tous les deux. Je suis bien.

— Comme tu veux.

Ils s'embrassent un moment, baisers doux, baisers suaves, Dylan l'amène progressivement à aller plus loin.

Quand il sent qu'elle se crispe, il s'efforce de ne pas céder à la précipitation.

— Tu veux marcher un peu ?

Ensemble, ils sortent des bosquets. Des gens ont improvisé une partie de pétanque, l'affluence est réduite puisque tout se joue désormais dans le haut de la ville. Il s'apprête à lui lâcher la main mais elle résiste, il sourit.

— Après le bac, tu feras quoi ? demande-t-il.

Déjà inquiet. Toujours inquiet, en fait.

— Fac d'éco, je pense. J'aimerais bien.

— Tu partiras ?

— Y a une UFR à Nevers.

— Et c'est pour quoi faire, après ?

— J'en sais rien du tout. Mais j'aime bien. Mes parents aussi. De la recherche, peut-être. Ou prof...

— On se verra moins.

— Ne pense pas à tout ça, Dylan. On a déjà du mal à se voir maintenant, alors profite quand on est ensemble. OK ?

Il s'arrête net ; près de la devanture fermée du Maxi Marché, au milieu des derniers petits groupes qui rejoignent les mesures d'accordéon, il voit Tonton et Tata. Entourés des enfants, ils échangent avec les parents de Jean. Les visages sont graves, Tonton baisse la tête d'un air navré. Le père, chevelure rousse dégarnie, semble canalisé par sa femme, mais on sent que la discussion est tendue. Tata est souriante, comme à son habitude, elle essaie de faire bonne figure.

Dylan halète, ça le rend ivre de colère de les voir se faire malmener à cause de lui. Perrine le comprend en sentant à quel point sa respiration s'est emballée. Elle pose sa main sur son torse.

— Calme-toi. C'est rien de grave, ils doivent simplement discuter.

— C'est pas à eux de s'excuser, c'est à leur gros con de fils, ce bâtard...

Il a les yeux braqués sur eux, le mors aux dents.

— Dylan, s'il te plaît, ne fais pas n'importe quoi. Laisse-les entre adultes, et quand ce sera à toi de t'excuser, je sais que tu le feras...

Il fait volte-face. Tremblant.

— M'excuser ? Devant ce chien qui m'a insulté ? JAMAIS.

Au même instant, Jean et Lionel se dirigent vers Tonton et Tata. Un bandage sur le nez, Jean écoute Tata. Dylan sait bien qu'elle est en train de s'excuser en son nom, et l'autre bâtard qui joue les anges compatissants...

Il en est malade, son estomac le lance, de l'acide dans la gorge, sa vision se brouille... Perrine s'affole, pourquoi maintenant, pourquoi là ? Le dérapage est trop proche.

Et puis, Tonton remarque Dylan. Tout se passe en un regard. Un sourire dégainé par le vieil homme quand il voit la main de Perrine cadenasser celle de Dylan pour le retenir. Même à cette distance, Dylan devine les traits malicieux de Tonton...

... et ce sourire lui enlève toute sa rancœur. Il repense à sa phrase, serinée tant de fois : « *Je ne fais pas les choses à ta place, je t'aide* » et lutte pour contenir ses émotions. Impossible de verbaliser ; il attend que Perrine reprenne calmement le contrôle de la marche. Et ils s'éloignent, ensemble.

Quand ils arrivent sur la place, des allées de tables chantent et discutent bruyamment. Les lampions ondulent avec la petite bise fraîche, mais déjà l'ambiance est chaude sur la piste. Les vieux classiques de l'accordéon succèdent aux reprises de standards des années 80. La buvette est prise d'assaut, on empile les gobelets vides.

Pour savoir où sont les autres, il suffit de suivre les regards des jeunes locaux, regroupés dans un coin. Lionel est entouré des siens, il ne manque que Bastien qui, verre à la main, parle à l'entraîneur de l'équipe de foot.

Sur la piste, Vasco fait ce qu'il peut pour rester en rythme, mais sa gestuelle de pantin mal articulé ne donne rien de bien probant, et de toute façon l'important est ailleurs : c'est avec lui que danse Jessica.

S'il y en a une qui attire l'attention – provoquant des froncements de sourcils chez les femmes –, c'est bien elle. Elle ondule plus qu'il ne faut, bouffe la caméra, et semble partie pour danser toute la nuit.

— Elle est pas maligne de jouer à ça, la Jess..., dit Chloé, assise avec Djib à une table où Perrine et Dylan les rejoignent.

— Bah... Y fera rien, l'autre, répond discrètement Djib. Il va pas faire d'esclandre ce soir.

Dylan tourne le dos à la piste. Il n'aime pas quand sa sœur se donne en spectacle.

— Vous buvez un truc ? demande Djib. J'y vais.

Il prend la commande et part attendre son tour dans la file d'attente. Jette un regard à Vasco, plus du tout dans le rythme à force de suivre les chaloupées de la belle. Derrière, Lionel se lève.

— On fait une pause ? halète Vasco.

— Hun-hun... Moi, je fais la fête.

Vasco rejoint la bande. Djib lui tend un Coca.

— T'as pas une bière ?

— Je suis mineur, noir, dans une petite ville paumée au milieu de la France et j'ai dû faire répéter quatre fois le mec de la buvette pour le comprendre... Je me sentais pas de la jouer comme ça.

Au milieu de l'euphorie, ils sont quelques-uns à suivre ce qui se déroule au-delà des pas de danse : Lionel traverse la piste et va se coller devant Jessica.

— Hoho..., murmure Djib.

Vasco commence à se lever, son pote le retient par le bras.

— Calme-toi, faut pas faire de scandale ici, surtout pas.

Comme Chloé remercie Djib, Dylan jette un coup d'œil par-dessus son épaule. Des histoires à propos de sa sœur, encore. Merde, si jamais Lionel lui manque de respect, c'est oublié, les bonnes résolutions : il lui fonce dedans. Il ne l'a jamais aimé, et l'autre rouquin est son meilleur pote. Raison de plus.

En plus, il s'excite, le gars :

— Jess, à quoi tu joues, sérieux ?!

— De quoi tu me parles ?

— Allez, arrête… Viens, on va se balader…

— Pas envie. Là je danse, je m'éclate.

— Mais tu me reproches quoi, sérieux ? Tu fais quoi avec le Portos ?

— Arrête, Lionel.

Le ton est irrité, mais on peut y discerner un certain amusement. Il l'attrape par le bras…

… et aussitôt, une main s'abat sur son épaule.

Vasco et Dylan sont debout.

Mais la main est celle de Tonton. Il écarte Lionel, qui se laisse faire. Tonton tend un sweat à Jessica.

— Il commence à faire froid. Ce serait bête de tomber malade.

Elle l'embrasse sur la joue, bouscule Lionel et part retrouver Vasco et les autres. Elle se sent comme soûle, dopée à l'adrénaline. Son esprit bloque toute entrée au remords. Seule compte son envie de danser, de rire et de passer un bon moment. De vivre !

— C'est décidé, les gars : je le fais, je vais défiler au Comice le mois prochain !! Trop envie. Dans un an, je pourrai me présenter pour le concours et je deviendrai la reine du Comice. Je leur laisse un an de répit, et comme Passy a pas de char, je proposerai de défiler sur celui de Tamnay. S'il faut, je les aiderai pour le décorer.

Djib a l'impression qu'elle vient de leur annoncer qu'elle a reçu un prix Nobel, tandis que

Chloé et Perrine accueillent la nouvelle avec joie, finalement heureuses de voir leur amie sourire.

Monsieur Moreau apparaît à la table. Aussitôt, Dylan enfouit sa main sous la table, loin de la cuisse de Perrine. Impossible de savoir s'il a vu – le père reste dans son rôle, rappelle à sa fille de rentrer dans la demi-heure et salue l'assemblée, avec un regard pour son apprenti.

Au moment des au revoir, Dylan se sent profondément triste, mais Perrine et lui réussissent à s'isoler pour un baiser. Trois fois, son esprit lui souffle les mots qu'il crève d'envie d'offrir à sa belle ; trois fois, il reste bloqué à la contempler. Elle l'embrasse sur le nez et se sauve.

19

Les pinceaux plongent dans la peinture avec ferveur, et ça coule, ça glisse sur les dessins de Chloé ; et peu à peu, une rue de Paris prend forme sur l'immense drap tendu au sol. Les petits ont la langue tirée – le contremaître Djib est à la manœuvre, soucieux de livrer un rendu qui plaira à Chloé, dont les cent pas, textes à la main, résonnent drôlement dans le silence de la pièce.

Dylan est en costume. Il a refusé de porter la marinière coupée aux épaules... puis accepté, puis de nouveau balayé l'idée, pour finalement succomber aux taches de rousseur de la metteuse en scène.

Gwen et Gaétan, à la régie, prennent leur rôle très au sérieux : on rentabilise le temps dévolu à chaque tâche et on ingurgite la tarte aux pommes du goûter directement dans le grenier, entre deux urgences.

Quant à Sirine et Farah, elles sont tellement fières d'avoir le premier rôle qu'elles se volent leurs répliques, se chamaillent – Vasco, en bon coach, ramène toujours l'ambiance au beau fixe avec une blague, qui généralement ne fait rire que lui.

Les journées coulent ainsi, comme la peinture sur le grand drap. Il y a les jours off, sprints à vélo, baignades à Fleury et bombes à tout va. Dylan a un jour l'idée d'utiliser la chambre à air de tracteur de Tonton pour en faire une bouée, parfaite pour des heures de bataille navale et d'arrimage de galions dont le seul but est de mettre les filles à l'eau. Les garçons la transportent à tour de rôle en se glissant à l'intérieur, ça leur donne des allures d'aliens débarqués fraîchement. Le soir, c'est barbecue, grillades et épis de maïs, balades au calme sous la lune.

Petit à petit, les journées se font cependant moins longues sans que cela soit réellement perceptible, alors que l'envie de voir s'étirer l'été grandit, elle, comme une évidence. Un manifeste qu'ils bâtissent ensemble.

*

Le matin de la grande boum organisée pour les petits, Vasco se lève encore plus tôt que d'habitude. Dans le noir complet.

Il déjeune avec Tonton, savoure le pain chaud – le mélange du beurre salé et de la confiture maison l'a rendu accro à ce rituel, quitte à faire une croix sur deux à trois heures de sommeil de plus. Puis il sort.

Toujours pas de travaux de charpente à l'horizon, au fait – *ne dis rien, trace ta route*, se dit-il. Tout en faisant quelques pas dehors, il se livre à une petite auscultation personnelle : bronzage au top, muscles tendus grâce aux kilomètres qu'ils avalent à vélo… pas mal ! *Profite un max*, pense-t-il quand il arrive devant la grange où dort la Ford.

S'il l'a souvent convoitée des yeux, examinée, il n'a pas encore osé fouiller le moteur.

Ce matin, c'est décidé, il passe aux choses sérieuses. Tonton a accepté, tout à l'heure. Sans faire de commentaire, c'est l'avantage avec lui : pas besoin de se répandre en conversations. À force de marcher ensemble dans les bois pour la cueillette aux champignons, de nettoyer le poulailler ou de tondre la pelouse, ils ont fini par établir une communication non verbale.

Il scrute, touche, la sort dans la cour. Il sait bien qu'il ne pourra pas la faire vrombir au premier coup et surtout sans les conseils avisés d'un connaisseur en la matière, mais au fond, c'est surtout prétexte à se mettre au volant, à sentir le vieux cuir, effleurer le bois...

Il profite du fait qu'il ne fasse pas encore trop chaud pour la briquer : jet d'eau, huile de coude, polish, il est perfectionniste jusque dans l'art du chiffon. Dans la tête, ces musiques d'une époque dont il n'imaginait même pas l'existence avant d'arriver ici. Lui, il vit dans le monde d'après, celui où on a envoyé deux avions s'écraser sur deux tours.

Jessica débarque, bas de pyjama *gorgeous* et capuche de sweat sur la tête. Un bol de céréales dans les mains, maquillage de la veille pas encore enlevé. Il trouve ça terriblement craquant, comme s'il tombait sur Cat Woman sans la moitié de son costume, éreintée par une nuit de haut vol.

— Tu fais quoi ? demande-t-elle, la bouche pleine de Miel Pops.

— J'aide Tonton. Tu sais, je maîtrise bien en mécanique, j'ai déjà retapé des caisses au bled.

Et comme il galère un peu, bah, je lui file un coup de main.

— Elle fait pas beaucoup de bruit, pour une voiture...

— Ha ha. Tu grimpes ? Je t'emmène à L.A.

Jessica s'installe à ses côtés. Quand le soleil sera au zénith, le cuir des sièges deviendra une torture.

— Tu sais conduire ?

— Bien sûr.

— J'ai trop hâte. Pouvoir bouger un peu.

— Pour faire quoi ?

— Je sais pas. Mais au moins, je pourrai bouger.

— Dis, je peux te poser une question ?

Il la regarde via le rétro. Ses doigts encerclent toujours le volant avec conviction.

— Quoi ?

Elle mâche la bouche ouverte. Sans son rouge à lèvres, il se demande s'il n'a pas plus envie de lui manger la bouche, en fait.

— Tu vas encore rester longtemps chez Tata ? Si ça me regarde pas, tu me le dis, hein...

Jessica prend son temps pour répondre. Surprise par la question, en réalité.

— Ça dépend.

— C'est-à-dire ?

— Maman doit trouver un taf, payer ses loyers, montrer qu'elle est capable de gérer deux ados... Elle a eu 32 ans au printemps. Si déjà elle arrêtait de traîner en boîte au lieu d'aller aux rendez-vous de Pôle Emploi, ce serait pas mal.

Jessica rigole.

— Des fois ça va, des fois c'est chaud. Moi, j'aimerais bien. Je veux dire, je suis bien chez Tata, bien sûr, mais elle me manque. C'est ma mère, quoi... Au moins, là on est vraiment chez des gens chouettes – on a été dans une famille où c'était l'horreur. Dylan était ingérable, il devenait vraiment con, il passait des heures sur l'ordinateur devant des trucs violents, des vidéos de hooligans, des trucs de nazi ou je sais pas quoi.

— Il est hardcore, ton franglin...

— Il refuse en bloc. Il est tellement convaincu que la vie est moche, qu'elle n'est faite que pour lui réserver des misères... On a été séparés un moment, c'était horrible, moi je foutais plus rien au collège, lui il pétait des câbles en foyer.

Elle est prise d'un frisson. Se recroqueville et s'enfonce dans un silence pesant. Vasco n'est pas un grand expert dans ce genre d'échanges, il tapote de l'index le volant. Finalement, il laisse « le King Vasco » prendre le contrôle :

— On n'a plus d'essence, chérie, va falloir passer la nuit au milieu de ce désert. J'espère qu'il n'y a pas de familles de dégénérés dans le coin.

Elle sourit.

— Le coup de la panne ? Bien essayé.

D'elle-même, elle pose sa tête contre son épaule. Il reste absolument immobile, pour ne pas la gêner.

Djib et Chloé arrivent dans la cour à ce moment-là.

— Tu nous emmènes ? demande Djib.

— Vas-y, grimpe, mais mets un truc sur mes sièges pour pas les salir...

— On va où ? lance Chloé en claquant la portière.

— Memphis !

— Ooooh, monsieur a des lettres, depuis qu'il écoute du rock'n'roll. Et c'est où Memphis, Vasco ?

— Je t'emmerde.

— Je m'occupe de la playlist ! déclare Chloé.

Vasco regarde ses amis dans le rétro et se passe une main dans les cheveux.

— Ah, nan : dans ma caisse, c'est moi qui mets la zik…

Chloé lui envoie gentiment une chiquenaude dans le cou.

— Pour ce soir, je veux dire ! La boum des petits.

Vasco accroche le regard de Djib dans le rétro.

— Frère, tu te rends compte que si on nous entendait parler de « boums » au bahut, ce serait fini pour nous, hein ?…

— Vous êtes vraiment nazes. Cet après-midi, je leur fais essayer des costumes. J'aurai besoin de toi, Djib.

Vasco lâche un « coin coin » étouffé. Djib envoie un coup de genou dans le siège, Vasco ricane… Jessica reprend : « coin coin ». Chloé lève les yeux au ciel.

Ils restent un moment dans la voiture. Moteur éteint. Ils sont déjà bien loin, pourtant.

Un quart d'heure plus tard, ils voient Tonton traverser la cour en poussant une brouette remplie de bûches. Le silence, dans la voiture, prend des allures de recueillement.

— C'est vraiment quelqu'un de bien, dit Vasco.

Il se sent gêné de lâcher l'évidence naïve, mais il a trop besoin de partager sa pensée. D'ailleurs personne ne le charrie ; les filles regardent le vieil homme avec tendresse, ses bras sont minces mais chaque muscle bouge quand il vide le chargement sur le tas de bois collé à la façade.

— Comment ils se sont rencontrés ? demande Djib. Il est quand même vachement plus vieux qu'elle. Enfin, depuis que je suis là je me pose la question.

C'est Chloé qui leur raconte. Tonton est né dans cette maison, il a grandi aux champs avec son père. Pendant la guerre et l'Occupation, il a participé à quelques opérations clandestines. Un jour il a raconté à Chloé qu'ils avaient eu de la chance, lors de la retraite des Allemands, et qu'il s'en était fallu de peu pour qu'un village du coin ne subisse la même horreur qu'à Oradour...

Vasco la coupe :

— Oraquoi ?

— Oradour, dans le Limousin, Vasco. Un village rasé par les Allemands à la fin de la Seconde Guerre mondiale.

— C'est bad...

— Oui, c'est le mot ! ricane Djib en mettant un taquet à son pote. Excuse-le, c'est pas le genre de questions qu'on entend à « Qui veut gagner des millions »...

— Hey, une fois j'ai été jusqu'aux 48 000 euros ! riposte Vasco, sans dissimuler sa fierté.

— Sérieux ? Beau gosse ! dit Jessica. Moi je suis trop nulle, ça me soûle ce jeu.

Chloé et Djib les laissent terminer, elle reprend :

— Et donc, à la fin de la guerre, il est parti aux États-Unis. Il y est resté dix ans. C'est à son retour, à presque quarante ans, qu'il a rencontré Tata, enfant de l'Assistance au parcours violenté, analphabète. Elle avait 18 ans, il est tombé amoureux, il lui a appris à lire et à écrire, il l'a épousée. Et très vite, Tata a voulu s'occuper d'enfants, de jeunes. La vocation nécessaire et vitale. Ils n'ont jamais eu d'enfants. Si, en fait. Cinquante-trois.

Vasco n'en mène pas large. Dans la cour, Tonton passe sa main sur son front, le copain chat vient se frotter entre ses jambes. Tata passe près de lui, escortée par tous les petits, les bras chargés de lampions et de ballons à attacher dans la grange. Leur échange de regards est un hymne, celui qui emmène la vie où elle devrait être, contre vents et marées.

*

La grange est apprêtée pour concurrencer les plus grands dancefloors de la capitale ! Une table a été dressée et les mains fourchent déjà abondamment dans les saladiers de bonbons et de gâteaux, tandis que la chaîne hi-fi brasse les compiles de Hits.

Pour les mômes, devenir grand, c'est ça : s'agiter dans la moiteur de la grange, pénombre secouée par l'éclairage coloré des spots, et voir la nuit s'emparer de la campagne calme. Sirine et Farah dansent en se tenant les mains ; entre eux, Gaétan fait le malin, la bouche chargée de Smarties, et les accompagne dans leur fou rire. Assise sur un banc, Gwen secoue la tête et regarde Kamel vider des hectolitres d'Ice Tea tout en courant sans but sur la piste de danse.

Les grands jouent la carte de l'amusement complice, faussement blasé, et s'efforcent scrupuleusement de camoufler leur excitation. Dylan gobe des M&M's, et s'amuse à embêter Gaétan en le prenant pour cible, façon sniper, toutes les cinq minutes. Jessica décide d'aller danser et s'éclate sur la piste avec les petits, devenant rapidement leur égérie. Même Djib ose quelques pas, plus à l'aise dans l'intimité de la grange que sur le parquet du bal du 14 Juillet. Vasco fait tourner les petites sœurs, Kamel agrippé sur le dos, tout en lâchant de discrets « Fais gaffe à mes cheveux ».

La joie avale les minutes et les heures. À un moment, Tonton apporte une pile de pulls car dehors, la température baisse – puis il retourne à son western.

Discrètement, Dylan sort un pack de bières de derrière un ballot de paille. Il fait un petit signe à Jessica, qui frappe dans ses mains et lance les petits dans un concours de vitesse, histoire de les laisser enflammer davantage la piste et leur taux de sucre. Leurs joues sont rouges et les rires deviennent incontrôlables.

Les bières sont tièdes, mais tous les cinq sont d'accord pour trinquer. Chloé regarde Djib, clairement pas habitué, qui ingurgite une gorgée pleine de mousse et manque de s'étouffer dessus. Vasco brandit sa canette vers Dylan, assis, une cigarette éteinte coincée entre les dents ; ils cognent leur bouteille – et aussitôt, Dylan tape le cul de la sienne sur le goulot de celle de Vasco. Vieux truc, mais ça marche toujours.

— Putain, mes pompes, t'es relou !

— C'est pour rire, mon petit Portos !

— Pauvre con, dit Vasco en souriant.

Dylan lève sa bière en direction de Djib. Ils trinquent en silence. Jessica en distribue déjà une autre à son frère et Vasco. Chloé, elle, sirote avec une grimace.

La ferveur monte encore avec l'alcool, Vasco sent la chaleur se fondre en lui, et son attirance pour Jessica devient de plus en plus difficile à réprimer. Chloé danse avec Djib et les petits, tous deux s'embarquent dans des chorégraphies bon enfant, le volume de la musique couvre presque les conversations.

Vasco sort pour pisser. Il a tapé une cigarette à Dylan et part s'isoler dans les fourrés ; juste devant lui, c'est ce champ gigantesque dont le sol brille en pleine journée comme s'il était recouvert d'or... Il est maintenant éteint, plongé dans l'obscurité totale. Ça ficherait presque la trouille.

Il fume sans les mains, tangue très légèrement, et comprime sa vessie quand il entend des bruits dans son dos : Dieu sait quelle bestiole peut rôder dans le coin à cette heure-là !

C'est Jessica, capuche rabattue, frange au bord des yeux, bière dans la main et sourire taquin. Vasco se presse de finir. Déstabilisé, il crache la fumée en toussant avant de faire face à peu près dignement.

— Ça va ?

— Oui... On marche un peu ? J'ai la tête qui tourne.

— T'as rien bouffé, aussi.

— Je fais un régime.

— Pfff. Et tu bois de la bière... Tu serais belle même avec le bide de mes oncles.

— Vas-y, t'es con. Te moque pas.

Ils s'enfoncent dans le noir, nuit étoilée mais sans lune. Vasco n'attend plus : il passe une main sur ses reins et l'attire contre lui. Avant qu'elle puisse réagir, il plaque ses lèvres sur les siennes. Remercie le pouvoir désinhibant de la bière tout en anticipant la gifle à venir.

174

Au lieu de ça, elle se coule dans ses bras, laisse tomber la canette et emploie ses mains à faire de son cou une zone d'abandon total. Ils s'assoient sans cesser de s'embrasser, cherchant le sol à tâtons, écartant ce qui pourrait les déranger. Leurs baisers sont parfois brutaux, et puis la sensualité revient. Vasco doit s'y reprendre à deux fois pour accéder à sa peau, puis remonter de son petit bourrelet jusqu'à l'un de ses seins, protégé par son soutien-gorge.

Il respire fort et par les narines, elle l'embrasse dans le cou. Sentant qu'il galère un peu à comprendre le mécanisme du sous-vêtement, elle réprime un sourire et se contente de lui caresser la main, le bras. Il se plaque contre elle, et peut alors pleinement caresser cette poitrine qu'il a tant imaginée, il essaie d'être doux. Malgré le noir il discerne sa beauté et ses formes. Les deux petits tatouages lui semblent soudain être la chose la plus excitante qu'il ait jamais vue.

Elle se couche, il s'allonge doucement sur elle.

— Je te kiffe trop…, dit-il, les yeux fermés.

— T'es gentil.

— Nan, je te jure, je t'ai dans la peau.

— Pour de vrai ?

— Ouais… J'ai envie…

Elle lui pose son index sur les lèvres.

— Alors laisse-moi faire, si tu m'as vraiment dans la peau…

Elle le fait asseoir, lui caresse l'entrejambe tout en fouillant dans la poche de son sweat, sa jupe roulée à mi-cuisses.

— T'es un vrai, Vasco. C'est pas pour rien si on s'est rencontrés…

Elle sort une épingle à nourrice, son briquet et une cartouche d'encre de stylo plume.

— Euh, tu fais quoi là ?...

La pression sur son sexe l'empêche presque de respirer, il ne comprend pas du tout où elle veut le mener.

— Ma mère avait fait ça avec mon père, quand ils avaient notre âge.

— Ça quoi ?

— Laisse-moi faire...

— OK, Jess, mais ralentis parce que j'vais... Enfin, doucement quoi...

Les yeux de la belle brillent d'une lueur étrange – la bière coule derrière, mais il y a autre chose. Elle l'embrasse, lui offre un instant de répit... le temps de chauffer l'aiguille. La lumière du briquet les éblouit, puis il peut l'envisager tout entière. Elle plante l'aiguille dans la cartouche, Vasco cligne des yeux.

— Mais... tu te balades toujours avec de l'encre et une épingle à nourrice ? Tu me fous les jetons, Jess !

— Chut...

Elle est à genoux, près de son épaule gauche, il sent son haleine alcoolisée contre lui. Il marque l'arrêt.

— Tu m'aimes ou pas ? demande-t-elle à voix basse.

Vasco déglutit lentement. Une bière, il veut une bière. Même de l'eau ferait l'affaire, il veut s'hydrater la gorge et se verser le reste sur la tête. Il se décontracte malgré tout, ouvre la main, et serre les dents quand l'aiguille troue son triceps. Une suée galope en lui, coupant radicalement son excitation.

C'est douloureux, elle creuse en lui et la pointe ardente est un supplice. Elle fait vite. À la boucle du J, elle ajoute le petit trait pour parfaire la lettre capitale et essuie le sang qui coule de la blessure avec un mouchoir. L'encre se diffuse sous le derme, et la douleur se fait moins vive, quoique constante.

— T'as eu mal ?

— Nan.

Il contrôle mal sa voix. Elle sourit et l'embrasse passionnément.

— Là, tu m'as dans la peau. Même si on se revoit plus jamais, tu te souviendras de moi. Tu sais, y a pas deux filles comme moi dans le monde. Maintenant, si tu veux...

La tête lui tourne. Il ne sait plus, ses pensées se désagrègent, la lésion est à vif, il pense à l'infection mais son corps déjà s'enflamme à nouveau quand elle déboutonne son jean.

— J'ai pas... J'ai pas pris de...

Elle ne lui laisse pas le temps de finir et colle sa bouche sur la sienne. Sa langue le rend fou. Elle commence à masser son sexe dur et il ne faut qu'une longue minute, délicieuse, pour qu'il jouisse dans un grognement impossible à contrôler. Il la prend contre lui et court après sa respiration. Ailleurs.

Ils restent longtemps comme ça. La musique s'échappe de la grange, on entend des rires. Pourtant, durant tout ce temps hors du monde, ils n'ont rien entendu d'autre que l'écho de leurs souffles. Cette impression de se connaître en un été comme en une vie.

20

Quand Tata rentre des courses, Vasco et Djib viennent d'appeler leurs parents. Ils s'attendent à tout, sauf à voir Gwen débouler dans la maison, larmes de rage et cris d'animal blessé, avant de s'enfuir à l'étage.

Sans voix, les deux potes attendent des explications de Chloé qui arrive derrière avec les provisions. Gaétan marche à côté d'elle, les yeux rouges. Tata rejoint la petite dans la salle de bains où, barricadée, elle hurle et pleure à chaudes larmes.

— Merde... Il s'est passé quoi ?

Chloé semble désemparée. Vient enfin Dylan, les yeux sur ses Nike, son casque à la main. Djib l'interroge du regard ; Dylan secoue la tête, ouvre le frigo et prend un Coca.

— Ils ont croisé leur éduc à Nevers. Y a de grosses chances qu'ils soient rendus à leurs darons d'ici la fin de l'année.

— Gwen est en morceaux, murmure Chloé. Résultat : tout le boulot de Tata s'écroule comme un château de cartes. C'est toujours pareil. Après, elle se mure, et Tata se retrouve au pied de la montagne. Ce système est tellement mal fait.

Les deux garçons se gardent bien de faire la moindre remarque. Comme Gaétan se réfugie devant la console, Dylan le rejoint avec la volonté de lui changer les idées. Il cale le petit mec contre lui et lui fait une démonstration de FIFA digne d'un soir de Champion's League.

Pendant que Djib emmène Chloé faire un tour, Vasco range les courses et vide le lave-vaisselle.

L'ambiance à table est chamboulée par les grands yeux de Gwen, furibonds. Et ses poings qu'elle semble incapable de desserrer. À part Sirine, Farah et Kamel, dont les chamailleries sont les mêmes qu'à l'accoutumée, chacun reste silencieux. Les couverts heurtent les assiettes et les grillons peuvent s'en donner à cœur joie. Prostrée face à son steak-frites, Gwen mène une guerre contre elle-même mais rien n'y fait, l'humeur ne changera pas.

Tata décide de l'emmener à Baye, avec Gaétan – un étang plus grand que Fleury, avec une plage de sable, un marchand de churros et des planches à voile. De quoi les dépayser... même si elle brandit cette carte exotisme avec parcimonie : les distances sont longues, et elle ne peut emmener la tribu complète que sur des petites distances.

Gaétan, déjà en maillot de bain, reçoit ce moment privilégié comme un cadeau tombé du ciel ; il presse sa sœur. La coquille tient encore le coup.

Depuis la cour, Tonton fait un signe aux garçons, il a besoin d'aide pour le bois. Et comme Djib, avant d'accourir, envoie un petit regard en douce à Chloé, Vasco laisse partir un nouveau « coin coin » remarqué par Dylan, qui se marre.

N'empêche, Vasco n'en mène pas tellement plus large quand il croise le regard de Jessica, occupée à lire *Closer* sur son transat, cuisses dorées, l'œil louvoyant entre les potins et lui. Il crève d'envie de s'allonger près de sa tatoueuse... mais on ne dit pas non à Tonton. Pour camoufler son nouveau blason, Vasco a troqué son débardeur pour un tee-shirt – il n'a rien dit à Djib. Il est encore habité par ce moment où le plaisir fou a succédé à cet épisode si douloureux et bizarre... pendant lequel il a rarement ressenti autant d'amour, paradoxalement. Il y va, mais l'humeur est ailleurs.

Gants sur les mains, ils se mettent à l'œuvre. Dylan sifflote, passe les morceaux à Tonton, le bois miaule quand on le découpe ; de leur côté, Vasco et Djib remplissent les brouettes et, comme deux métronomes, enchaînent les allers-retours à la grange, les bras couverts de sciure collée par la sueur. Les corps sont mis à l'épreuve, mais aucun ne veut être celui qui se plaindra en premier.

Pour se motiver, Djib et Vasco engagent une course de brouettes... Elle s'achève lorsque Vasco tente l'aspiration par la droite et renverse tout son chargement au sol. Tonton n'a pas besoin de les regarder pour qu'ils s'empressent de tout remettre en ordre, s'accusant l'un l'autre tout en empilant les bûches.

— Il fait trop chaud, depuis quelques jours... Je crois que ça va vraiment péter, un de ces quatre.

— Pourquoi tu restes en tee-shirt, alors, Mister « j'ai les épaules les plus rondes de la téci » ?

— T'occupe.

— Vas-y, balance...

— Sérieux, Djib : tu dis rien et tu me donnes ta parole, hein ?

— Bah, bien sûr, Vasco, c'est moi !

Vasco soulève sa manche... et Djib hallucine. Son pote a un J tatoué sur le triceps !! La zone est rouge, le bleu taulard ressemble à une blessure boursouflée.

— Mais t'es un malade... Elle va te tuer, ta mère !

— C'est pas moi. Tu rigoles ou quoi ? Je suis pas assez con pour me faire ça !

— Bah... alors...

— C'est Jessica, pauvre naze. L'autre soir. On s'est isolés et... Voilà, quoi...

Djib ouvre grands les yeux ; il voudrait s'essuyer le front mais le gant est rêche.

— Tu veux dire que... tu l'as... enfin, vous avez ?...

Vasco ne répond pas. Le souvenir sera impérissable, mais il ne sait pas bien s'il en est sorti en bonhomme ou encore en puceau.

— En fait, on s'est bien chauffés, et elle m'a...

— Elle t'a quoi ? ânonne Djib, suspendu à ses lèvres.

Vasco regarde par-dessus son épaule et fait le mouvement avec la main.

— Ooooooh, bâtard...

— Je me doute que ça te chagrine, vu que toi et Chloé, vous en serez encore à savoir si vous faites votre truc en rimes ou pas pendant que nous, on baisera comme des fous dans la paille.

Djib lui bourre l'épaule du poing.

— Parle pas mal, frérot, tu... Oh, pardon !

Livide, Vasco s'est penché, main crispée sur l'épaule.

— Putain, je douille...

— T'es sûr que c'est pas infecté ?

— Arrête, tu vas me porter la poisse.

— Sérieux : dès que t'as de la fièvre...

— Vas-y, arrête, je te dis. Ça va bien. Aïïïïe !

Djib reprend la brouette à deux mains.

— En tout cas, ça a l'air dangereux la branlette, dans le coin.

Ils font encore une demi-douzaine d'allers-retours entre la remorque et la grange, puis Tonton lève la main, leur signifiant que le travail est accompli.

Tous ensemble, ils traversent la route et descendent à la rivière. Tonton marche lentement, chaque pas semble lui coûter mais il ne dit rien. Il regarde Djib et Dylan s'élancer dans l'eau sans attendre, pestant à grands cris contre la température glaciale.

— Tu vois, y a du bon après le boulot, Djib ! lance Dylan entre deux grandes gorgées d'eau. C'est pas aussi dur que cueillir des noix de coco mais c'est physique, nan ?

Djib avance vers lui, menaçant.

— Mec, je croyais que t'avais fini avec tes conneries.

— Ça va, je déconne... Merde, on peut rien dire, sérieux.

— *Rien dire ?* Putain de raciste ordinaire, garde tes vannes pourries pour tes potes au bistrot.

Tonton se place entre les deux. Son corps est marqué par le labeur de l'après-midi, la fatigue noue son visage et on y lit aussi de l'agacement.

— Stop, Dylan. Tu ne commences pas. C'est compris ?

Dylan hausse les épaules, l'ongle du pouce coincé entre ses canines.

— Et tu t'excuses, s'il te plaît.

— C'est bon, pardon…

On en reste là. À l'étage, par les traversières, on entend Chloé mener sa petite troupe.

Le soir, la tribu voit les sourires revenir. Gwen a passé un bel après-midi avec son frère – en plus de la baignade, ils ont pu faire un tour de poney et manger une gaufre « grosse comme un bateau pneumatique », rapporte Gaétan.

Mais cette fois, c'est Dylan qui a du mal à avaler ses macaronis au fromage : Tata lui a appris que samedi, il allait rencontrer Jean et ses parents, avec elle. Et qu'il devrait lui présenter ses excuses… et qu'alors seulement, les parents classeraient l'affaire sans suite. Faire preuve de bonne volonté et d'éducation. Accepter ses erreurs et avancer. Dylan en a des crampes à l'estomac, Tata le sait. Après le repas, elle l'emmène marcher.

21

Dylan déteste tout ce qu'il voit dans cette pièce. Du papier peint au mobilier du salon, du lustre à la vaisselle, tout est vieux et ringard. Ça pue l'humidité, la poussière – et surtout, ces odeurs lui rappellent un passage en famille-relais calamiteux... un de ceux dont il ne voudrait jamais se souvenir.

Il cisaille l'intérieur de sa bouche avec ses dents. Mains cachées sous la table, il s'écorche le pouce avec l'ongle de son index. Aux murs et au-dessus des meubles, Jean est sur toutes les photos, en enfant de chœur, en short près d'un étang, entre ses deux gros parents... Où qu'il soit, son visage dégoûte Dylan.

Face à lui, la version nature, avec nez cassé : le rouquin est assis à côté de sa mère, raide, coudes posés sur le chêne massif de la table. Elle fait sa bourgeoise, la boulangère, gilet endimanché sur les épaules, chignon haut. Les cernes sont là pourtant, et on peut facilement apercevoir sa blouse de ménagère suspendue derrière la porte. Ça pue le mensonge.

Dylan n'arrive pas à la regarder ; dès que ses yeux croisent les siens, il part se réfugier dans la pendule au coucou ridicule ou dans les bibelots sur la cheminée. Il sait qu'elle le juge, lui, le voyou, parasite, ver dans la pomme, raté...

Les muscles de son cou sont bandés à en être douloureux.

Le temps des excuses.

Tata garde un visage souriant et ouvert, elle boit son thé calmement. Tout le trajet, elle l'a encouragé, lui a rappelé l'importance pour cette famille de le voir *prendre conscience* de la *gravité* de ses actes. Quelques mots, nécessaires, cruciaux, pour en rester là et ne pas s'aventurer sur le terrain des vrais ennuis. *C'est pas grand-chose*, a dit Jessica avant de l'encourager à son tour.

S'excuser et passer à autre chose.

Oui...

Mais au fond, c'est plus fort que ça. Humiliation et colère.

Les pointes de ses baskets butent l'une sur l'autre, encaissent toute la pression née dans les cuisses, de sorte qu'il peine à rester droit sur sa chaise. Sa poitrine s'enfonce en lui, broie ses côtes, obstrue sa trachée. Les banalités qu'échangent Tata et la boulangère sévère ne sont que brouhaha pour lui, il a chaud, il se sent à l'étroit, ses intestins le tiraillent. Il voudrait que Perrine soit là.

Et durant tout ce temps, Jean le dévisage. On dirait qu'il attend le moment... où il échouera.

Dylan ferme les yeux.

Il se dresse et pousse un hurlement, long, terrible. Ça monte du plus profond de lui et il court sur Jean dans un cri de rage. Ses mains frappent, il rugit, se mord la lèvre, bave, crache, fait voler le vase rempli de pivoines, il vide son corps de toute trace d'air, il n'est plus que violence.

Il ouvre les yeux. Tous le regardent, il est toujours sur sa chaise, ses mains tremblent, son cœur s'est emballé mais le vase est toujours à sa place. Tata lui fait un sourire. Il bafouille :

— Excuse... Excuse-moi. Je suis désolé. J'aurais pas dû... agir comme j'ai fait. J'suis vraiment... désolé.

Son nez le pique, ses yeux luttent pour réprimer les larmes de frustration. Le cœur et l'esprit saturés d'émotions, il est épuisé comme après dix tours de stade. Pourtant, il est fier : jamais il n'aurait été capable de ça, avant. Sans Tata, sans Tonton, sans Perrine.

*

Ce dimanche, c'est le jour de la brocante à Tamnay – elle a toujours lieu au tout début du mois d'août.

Ce n'est pas encore le moment où on commence le compte à rebours de la fin des grandes vacances, mais déjà la moitié du chemin est parcourue. Septembre se dessine sur les pubs à la télé, la nuit commence déjà à tomber plus tôt, et on va peut-être, par moments, regarder les agendas ou les cahiers de vacances avec moins de nonchalance.

Et cependant, les après-midi au bord de la rivière continuent d'avoir un goût d'absolu.

La brocante amène pas mal de monde dans ce Bazois qui profite d'un été rayonnant ; les premiers exposants arrivent tôt, dans l'espoir de dénicher le brocanteur en goguette qui achètera tout ce qu'on a sorti du grenier. On pourra alors se mêler au flot des passants, apprécier les airs d'accordéon relayés par les enceintes accrochées aux lampadaires, et boire un verre en terrasse, le nez charmé par les odeurs d'andouillettes grillées.

Pour l'occasion, c'est tout le village qui a revêtu ses guirlandes des grands jours. Le cantonnier a fleuri le lavoir ainsi que le petit pont en pierre, et sur la grande place, des producteurs locaux se liguent aux particuliers afin de proposer leur artisanat.

Les « enfants de Passy » ont leur mètre carré attitré, comme chaque année. Ils sont face au Bienvenue, ses auvents sous lesquels les propriétaires du bar vendent des grillades.

L'organisation est millimétrée, et en un clin d'œil, les tréteaux se retrouvent bardés de cartons, de livres, de jouets cabossés, de vaisselle, d'antiquités aussi inutiles que mystérieuses.

Dylan est parfait en contremaître ; l'argent récolté permettra à la tribu de passer une journée au parc d'attractions « Le Pal », et ça, les petits aiment trop pour que le blond au diamant dans l'oreille ne joue pas le jeu en se transformant en commercial du mois. Survolté, il rebondit sur toutes les tentatives de marchandages, oublie sa timidité et s'échine à vendre une jarre fendue comme un trésor mongol.

Jessica et Chloé sont naturellement douées : elles appâtent le client avec des sourires et des verres d'orangeade – pressée par les petits, effort de guerre oblige. Et ne se privent pas de mettre à profit les deux banlieusards pour réassortir les stands. La BX et la Twingo regorgent de cartons, c'est Tata qui dirige les opérations. Assise sous un parasol, elle reçoit la visite de nombreuses personnes, les discussions vont bon train.

Vasco et Djib sont eux aussi investis dans leurs rôles. Ils ont à cœur de ne pas décevoir les filles, et puis... maintenant qu'ils sont là, autant y être vraiment.

Ce matin, Vasco a eu sa mère au téléphone : pour eux, c'est le grand départ au Pays. Il imagine le paternel excité, rameutant la famille à une heure du matin pour rouler de nuit et éviter les bouchons. Ils étaient déjà près de Bordeaux quand elle l'a appelé, bientôt la moitié du périple accompli. Il a parlé à Hugo. Il lui manque, ce petit crevard... son insolence et sa répartie.

Djib, de son côté, a écouté sa mère lui répéter qu'elle espère le retrouver en ado mature et prêt à démarrer « une année charnière ». Il l'a poliment laissée lui charger les épaules avec le poids des responsabilités et lui a assuré qu'il avait compris. Avec la trouille d'imaginer la décevoir une prochaine fois. Ensuite, il a longuement parlé avec ses sœurs.

Il s'essuie le front, ça cogne dur.

Midi : Djib part avec Gaétan et Gwen, en mission ravitaillement. En plus du repas gargantuesque dans la glacière, il a décidé de payer une tournée générale de frites.

À la buvette, il reconnaît les culs-terreux de la dernière fois, coudes greffés à la tôle du comptoir improvisé. Il ne peine pas trop à les ignorer.

La platée de frites se marie parfaitement avec les nuggets mitonnés par Tata. Les pêches juteuses et les melons apportent la douceur après le bonheur du gras. À peine le dessert avalé, Dylan commence à s'agiter sur sa chaise : il sait que plus haut dans le village, Perrine tourne avec le camion de boucher de son père pour vendre des crêpes.

— Je vais voir un truc...

— T'es pas sérieux ! cmbraie Jessica. Nous on bosse, et toi tu pars te balader ?

— C'est bon, pas longtemps, soûle pas...

Vasco et Djib n'interviennent pas. Pendant que l'un range les couverts dans un panier, l'autre donne à boire aux petits, dont les yeux brillent devant la cagnotte qu'ils ont réussi à se faire en se séparant – parfois avec douleur – de vieux jouets usagés, de livres crayonnés et de vêtements que plus personne ne peut porter.

Dylan se mêle au flot des badauds, s'écarte pour laisser passer les voitures, la départementale n'a pas été bloquée et c'est une sacrée pagaille. S'il ne s'intéresse pas trop aux plaques 58 ou 71, dès qu'un 75 roule au pas, il gonfle les épaules, garde l'œil insolent et met une certaine mauvaise volonté à se ranger sur le trottoir. Cependant, la bonne humeur se diffuse partout sur les visages et déteint même sur lui ; discrètement, il arrache une rose d'un bosquet municipal et reprend sa marche, en sifflotant.

Il y a la queue devant le camion, on vient savourer les crêpes et les beaux yeux bleus de la fille du boucher. C'est au tour de Dylan... et même s'il se sent crétin avec sa rose cachée dans la main, il ne peut s'empêcher de sourire. Il prend soin de voir si Madame ou Monsieur Moreau ne sont pas dans le coin.

— Salut.

— Salut, Dylan. Tu veux une crêpe ? Je te l'offre.

Nan, je la paie, et...

Tout en se penchant en avant, il poursuit :

— Dis, tu veux faire un tour ?

Le visage de Perrine s'illumine, une seconde seulement.

— Je peux pas laisser le camion comme ça. On se voit tout à l'heure ?

Il lui fait un clin d'œil et lui tend discrètement la rose arrachée.

— Tiens, c'est pour toi. T'es trop belle aujourd'hui. Tu me rejoins près de la poterie ?

— T'es adorable. Je fais au mieux, d'acc.

Elle lui donne une crêpe au Nutella, il pose ses 3 euros en se disant que cette fille vaut pour tous les moments amers qu'il traîne et que peut-être, comme lui, elle est amoureuse. Sa confiance en lui-même s'effrite vite, souvent, mais les yeux de Perrine ne mentent pas. Le cœur léger et la démarche conquérante, il repart, accompagne la marche du village, va jusqu'à sourire à des clients de la boucherie qu'il reconnaît.

La poterie se trouve au bout du sentier, collée à la vieille gare de triage désaffectée. Il ralentit...

... et son ventre se tord quand il voit arriver vers lui Lionel et Jean. Ils n'ont pas franchement l'air de vouloir partager une sèche.

Dylan se raidit, sort les poings de ses poches.

— Salut, on te cherchait.

— Qu'est-ce que tu veux, Lionel ? Je veux pas d'embrouilles.

— Tu crois que tu vas t'en tirer comme ça ? réplique Jean, en grimaçant à cause de cette foutue fracture qui se rappelle à lui à chaque fois qu'il respire trop fort par le nez.

La douleur et la honte... Et tout ça, c'est de la faute de ce petit branleur, qui le provoque encore maintenant !

— Jean, je me suis excusé...

— Et tu crois que ça suffit ?

— Mais qu'est-ce que vous me cassez les couilles, là ? Si vous voulez vous sucer peinards dans le coin, je vous laisse la place.

Lionel expire calmement. Pas de bagarre, pas ici. Ils sont à l'écart mais, au moindre mouvement louche, ils deviendront l'attraction principale.

— C'est pas contre toi. Juste, tu vas nous filer un coup de main.

— Quoi ?

Lionel envoie une petite tape sur l'épaule de Jean, qui brandit son portable dernier cri. Aussitôt, les jambes de Dylan se dérobent. La photo est assez nette : un garçon et une fille, presque dévêtus, allongés dans les fourrés. Dylan et Perrine à la grotte d'Arfon.

Dylan est déjà sur Jean, heurte la main coupable, le téléphone tombe. Ils se retrouvent front contre front.

— Fils de putain, je vais te défoncer ! gronde Dylan.

Jean s'en remet à Lionel – sans lâcher l'enragé des yeux, pour bien lui dire à quel point il le déteste.

— Calme-toi, je t'ai dit que c'est pas contre toi. Allez, tu vas attirer du monde, imagine ce qui se passerait...

Dylan lutte contre sa haine. Son envie de cogner. Lionel a ramassé le portable, glissé dans sa poche.

— T'as fait ça quand, enculé ? Tu t'es bien branlé, hein ? T'es qu'une pauvre merde...

Jean a honte, c'est sûr, ça pince au fond de lui. Mais le plaisir de voir l'autre fulminer est assez fort pour l'empêcher d'y penser trop.

— Reste tranquille, Dylan, souffle Lionel. Je suppose que t'as pas envie que le père Moreau tombe là-dessus ?

Les images se fracassent en lui : Perrine, Monsieur Moreau, Tata, les petits. S'il envoie ce connard au sol, tout est foutu, et il a promis. Il crache au visage de Jean. Il a promis... Alors il fait un pas en arrière. Jean s'essuie, humilié mais serein : Lionel lui a promis qu'il aurait sa vengeance. Et Jean est habitué à encaisser sans réagir depuis qu'il est gamin. Il a appris la patience.

— Efface cette photo. Qu'est-ce que vous voulez, sérieux ? Lionel, je t'ai fait quoi ?

Il s'interrompt, reprend :

— C'est Jess, hein. C'est ça ? J'y peux rien, moi, si ma sœur joue avec toi. C'est pas mes problèmes ! Règle ça avec elle... mais t'avise pas de lui faire du mal – ça, tu le sais.

À nouveau poing dressé.

— On se calme. Jean n'aurait pas dû faire cette photo, OK, et moi je la lui fais effacer si tu me rends un service.

— Du chantage ? Va mourir, pauvre con.

— Moi, c'est au Portos que j'en veux. Alors lui et moi, on va s'expliquer, en tête à tête. Ce sale guesh m'a piqué Jess, et ça je laisse pas passer.

— Fous-lui la paix à Jess, elle fait ce qu'elle veut !

— Ah ouais ? Imagine, demain y a un gusse qui débarque et qui drague Perrine, t'aurais pas envie de le démonter ?

Dylan ne répond pas. Il a du mal à faire les connexions.

— Vous voulez quoi ?

Lionel s'avance, le soleil passe au travers des feuilles des arbres et les force tous à plisser les yeux.

— Mercredi, à Fleury, tu me l'amènes près de la grotte. Tu te débrouilles. Loin des autres... et je m'explique avec lui.

Dylan pense aux conséquences – c'est assez rare, chez lui, pour que ça ne lui contorsionne pas le bide davantage.

— Tu vas pas faire ça...

— Quoi, c'est ton pote, le Portos ? Tu veux que je te rappelle pourquoi t'as été viré du bahut à Moulins ? Le fils du bougnoule de l'épicerie ? Comment tu l'avais massacré, mec...

— Si vous vous en prenez au Vasco, ça vous retombera dessus.

— Je m'en bats les couilles. Là c'est différent, il est pas chez lui et je vais lui rappeler. Et si son pote blakos veut venir, il est le bienvenu... Deux banlieusards qui viennent foutre la merde chez nous : même si y a du grabuge, on croira qui, selon toi ? Hein ?

Jean se marre. Dylan inspire, fort.

— Et Bastien, il sait que vous me la faites à l'envers comme deux petites putes ?

Lionel reste silencieux et lui remontre le portable.

— T'as juste à m'amener le Vasco, et la photo disparaît... C'est toi qui sais...

Dylan se retrouve seul. Son moral s'effondre, il s'accroupit et doit s'y reprendre à deux fois pour allumer une nouvelle cigarette. Il se frotte brutalement le crâne, malmène son visage. Il doit continuer à empêcher les émotions de déborder, à tout prix.

Quand Perrine le rejoint, il est toujours assis contre ce chêne. Il camoufle comme il le peut l'ébranlement, se réfugie dans de longs baisers passionnés derrière les haies fleuries. Goûter au moment.

C'est le soir, lorsque tout retombe et qu'il doit en plus essuyer les reproches de sa sœur, les vannes des deux potes et les regards inquiets de Tata, qu'il sent le trop-plein annoncer la crue. Il s'enferme dans sa chambre et étouffe cris et coups de poing dans son oreiller.

22

Le combiné coincé entre l'épaule et l'oreille, Vasco tague son prénom sur un bloc de Post-it près du téléphone.

Quand la voix de son petit frangin arrive à son oreille, il ne peut s'empêcher de sourire.

— Hugo ?

— *Oui, c'est qui ?*

— C'est ton frère...

Blanc.

— *Je n'ai pas de frère, vous devez vous tromper.*

— Commence pas, Hugo. Ça va ? Pourquoi c'est toi qui décroches ? Les parents sont pas dans le coin ?

— *Ils sont partis chez Tata Fatima.*

— OK. Et toi, ça va ? Ça se passe, les vacances au Pays ?

Blanc.

— *Ouais, c'est cool. Elle est bien, ta Play...*

Vasco se redresse.

— Quoi ?!

— *Papa a bien voulu que je descende avec, comme j'allais être tout seul. Vraiment mon vieux, tu sais pas y faire avec eux...*

— Petit bâtard, t'avise pas d'abîmer...

— *J'ai paumé tes sauvegardes FIFA.*

— QUOI ?! !

— *Et hier j'ai vu Maria à la rivière, elle a un copain.*

Vasco regarde au loin. L'information ne lui fait ni chaud ni froid – il se serait pourtant attendu au contraire. Il respire calmement et fronce les sourcils.

— Tu dis ça parce que je te manque... Je te manque, hein ?

— *Vous pouvez me rappeler votre prénom ?*

Vasco ricane, imagine la bouille de ce sale môme, sa tignasse et ses grands yeux à qui on donnerait le bon Dieu sans confession. La fripouille lui manque.

— *Et alors*, enchaîne la petite voix, *vous arrivez à survivre avec Djib ? C'est comme un genre de prison ?*

— Mais nan. On devient des bonhommes, on aide, on apprend la dure vie à la campagne. On s'est même fait des potes.

— *T'as une copine ?*

Blanc.

— Ouais. Je gère.

— *Elle est jolie ?*

— Carrément. Pour qui tu me prends ?

— *Oh, y a Papa qui arrive, tu veux lui parler ?*

— Nan, je les rappellerai ce soir. En fait, j'espérais tomber sur toi. Tu me manques, petite tête. Sois sage avec les darons.

— *Toi aussi, tu me manques.*

Petit pincement au cœur quand Hugo raccroche.

*

— Non, Jess, tu te trompes de réplique !

Chloé se chiffonne le visage, excédée. Face à elle, assise sur son transat, Jessica lève les yeux au ciel.

— Meuf, c'est pareil.

— Non, ce n'est pas pareil. Et arrête de m'appeler meuf, s'il te plaît.

— Hé, j'accepte déjà de m'habiller en gitane, alors si je me plante de temps en temps, c'est pas grave.

Chloé se laisse tomber sur un transat. Malgré tout, la pièce avance : ils auront l'estrade – Lulu, un jeune éleveur membre du conseil municipal, le leur a assuré. Monsieur Moreau apportera des saucissons et de quoi grignoter après la représentation, Armando des galettes et des pâtés à la viande. Une amie de Tata, elle aussi accueillante familiale, se chargera de la boisson et un vieux copain de Tonton viticulteur dispensera les trésors de sa cave. *Au moins ça de fait*, songe Chloé. Elle veut vraiment que ce soit un moment chaleureux... Ils en profiteront aussi pour fêter l'anniversaire de Tonton. Côté costumes – sorcière, marin et petit Bachir –, tout est prêt. Côté décors, Gaétan et Gwen font des heures supplémentaires sur les patrons dessinés par Chloé, ils seront dans les temps. Tout prend forme, et au fond tout le monde joue le jeu... même la starlette capricieuse.

— Allez, on reprend. Insiste bien sur le côté comique de la réplique : la sorcière vient acheter de la sauce tomate chez le père de la petite Nadia, elle se trompe...

— Je sais, je dis : « C'est pour manger Nadia » au lieu de : « C'est pour manger des pâtes ». Ça ira, quand même.

— Oui, alors pourquoi tu te plantes depuis tout à l'heure ?

Jessica singe une grimace d'enfant.

— Le jour J, je serai prête. J comme Jess, ne l'oublie pas.

La maison est calme, Tata a emmené les petits à la piscine de Saint-Honoré-les-bains. Tonton est plongé dans l'obscurité du salon avec John Ford, il laisse le soleil décroître lentement avant d'aller au potager.

— Ils sont où, les mecs ? demande Jess.

Chloé est concentrée sur ses notes, la gomme au bout de son crayon lui laisse un goût bizarre.

— Mmm, à la rivière. Je crois que Tonton a besoin d'eux tout à l'heure.

— Tu trouves pas qu'il est chelou Dylan, en ce moment ?...

— C'est Dylan, ma belle. Tu lui as parlé ?

— Nan. En même temps je suis trop contente, avec Perrine ça a l'air de bien se passer. Il est love d'elle.

— Ils sont bien ensemble. Très beaux, en plus.

Jessica se lève et vient poser une fesse sur le transat de Chloé. Elle l'entoure d'un bras.

— Et toi ? Avec le Djib...

Une rougeur furtive apparaît sur le visage de Chloé, mais elle reste focalisée sur sa tâche, rature, réécrit, peaufine.

— De quoi tu parles ?

— Allez, pas à moi. Alors, vous en êtes où ? C'est vrai, ce qu'on dit sur les Noirs ?

— Tu crains, Jess, sérieux.

Elle s'écarte un peu, Jess se rapproche.

— Pourquoi tu me racontes pas ? Il t'a embrassée, au moins ? Remarque, avec tout ce que tu lui fais faire, c'est plutôt toi qui devrais lui faire ce plaisir.

Chloé souffle sur la frange de son amie pour plonger dans ses yeux.

— Jess, ça marche pas comme ça. Et puis, je suis super contente d'avoir rencontré un mec aussi chouette que Djib, mais c'est un copain.

Jessica défie ses yeux taquins... puis lui accorde un répit :

— On va rejoindre les mecs ?

Chloé approuve.

Au moment où elles ressortent en short et tee-shirt, un scooter se gare devant la maison. C'est Perrine : elle est en pause et ne reprend le travail qu'à 17 heures.

— Alors on t'embarque, ma belle !

Elles marchent sur la route brûlante, contournent le cadavre d'un hérisson écrasé par une voiture ; la chaleur est éprouvante. À la télé, on parle de « petite canicule ». C'est vrai que les nuits sont plus étouffantes que d'ordinaire. Comme ils dorment sous les toits, ils attendent tous le petit matin pour pouvoir enfin remonter le drap et s'offrir quelques instants de sommeil profond, dans la fraîcheur.

Excepté Vasco : lui, il se lève tous les jours aux aurores. Jessica a bien essayé de le convaincre de faire la grasse matinée, mais il est détermi-né. Ça a sûrement à voir avec Tonton – le vieux l'emploie aux travaux du jardin, pour le potager, le bois... Souvent, elle les a trouvés à discuter autour de la Ford, même s'ils ont l'air de passer moins de temps à faire de la méca-nique qu'à confectionner des ballots de paille pour les quelques moutons que Tonton possède dans un petit pré, à côté de la forêt.

Jess pense à Vasco. Elle se dit qu'elle l'aime bien, et aussi qu'il a changé depuis son arrivée. Comme s'il était investi à fond, aux antipodes de son attitude de frimeur. « *Faut bien qu'il y en ait qui bossent* », répète-t-il en faisant jouer ses muscles tout neufs, pour rire. Un peu pour l'impressionner aussi, elle n'est pas dupe. Et elle aime ça. Faire monter l'excitation, et puis jouer à avoir peur de se faire surprendre. Approcher du grand moment, celui qu'ils font reculer non sans goûter au plaisir et à la découverte de l'autre. Elle sourit en marchant, Chloé le remarque.

— Toi, par contre... avec Vasco, c'est du sérieux ? T'as pas peur de la réaction de Lionel ?

— J'ai cassé, j'en ai le droit, non ? Lui aussi, il m'a bien prise pour une conne, en juin.

— Je sais... Je disais pas ça pour ça. T'as évidemment le droit de faire ce que tu veux. J'espère juste qu'il te collera pas, comme les autres.

Référence à quelques éconduits cabossés qui ont eu du mal à faire leur deuil de quelques semaines avec Jessica. Elle montre son indifférence d'un mouvement d'épaules.

Perrine, habituée à entendre les craintes de Dylan sur tout ce qui concerne sa sœur, n'ose pas évoquer l'après-mois d'août : Jess est comme ça, elle passe son temps à vivre intensément l'instant présent. N'empêche, impossible de ne pas y penser.

— Et Dylan ? demande-t-elle finalement. Tu sais s'il est au courant que tu sors avec Vasco ?

Non, Jess n'en sait rien... et puis, il est d'humeur changeante le frangin, en ce moment. Elle ajoute :

— J'ai l'impression qu'il cache des choses.

Elle le sent à la fois complètement raide de Perrine, et capable de se renfermer sur lui-même comme aux pires époques... L'épisode du foot a laissé des traces et rameuté des démons, sûrement. Chloé et elle savent néanmoins que le regard de Dylan a changé sur Vasco et Djib, c'est déjà ça. D'ailleurs, quand ils apparaissent tous les trois en bas du pré, hilares, à s'arroser avec des pistolets à eau comme trois gosses, elles ont un seul et même sourire. Elles ont conscience qu'elles pourront toujours invoquer ce moment comme souvenir de cet été-là, pour se rappeler à quel point il était unique.

— Rhô, les cons...

— Des mecs, quoi, répond Chloé.

— Trop des gamins.

Perrine ralentit, faussement inquiète :

— Ouh là... J'aime pas comment ils nous regardent, ça sent le coup fourré.

— Ah non les mecs, pas la flotte !!

— Nan, déconne pas Dylan, fais pas le cooooon !!!

Jessica râle quand il l'asperge, essaie de se dérober – mais Vasco la prend à revers, atteint son dos nu et obtient ce qu'il voulait : un cri strident.

Les rires attirent la curiosité de quelques vaches, disséminées dans l'immense pré.

— Hey les mecs, c'est naze, on n'a même pas de flingues, nous ! piaille Chloé.

Djib lui lance son arme... s'attirant aussitôt les vannes de Vasco et Dylan, qui entonnent plusieurs « coin coin ».

On se court après en évitant les orties et les chardons.

Le plan des garçons marche à merveille : encerclées, les filles sont forcées de redescendre vers la rivière. Il y a peu de courant, l'eau n'est pas profonde, mais il faut avoir le courage de s'y mettre. Acculées, elles se retrouvent à barboter avec de l'eau jusqu'aux chevilles, façon d'habituer leur organisme à la température puisque, c'est évident, le duel final se déroulera ici.

Attaque !!! Le guet-apens démarre. Jessica lance de grands coups de pied dans tous les sens, Chloé manie son arme avec dextérité et Perrine s'essaie à une sorte de kung-fu aquatique.

Dylan s'élance et fonce sur sa belle.

— Nooon, je dois bosser tout à...

Le plaquage est maîtrisé, une immersion en douceur... mais glaciale ! Chloé et Jessica voient Perrine émerger entre rires et cris, définitivement trempée, et savent déjà que les deux autres vont utiliser Dylan et son mauvais exemple comme alibi. Vasco met en joue Jessica, qui lève les mains... et étonne tout le monde en se jetant sur lui. Les deux finissent aussi rincés.

Arme posée sur l'épaule, Djib vient à côté de Chloé :

— On les laisse s'entretuer et on se partage la tarte aux pommes, tout à l'heure ?

— Tope là ! répond Chloé.

L'eau s'évapore vite sur les corps apaisés.

Repliée sur elle-même, Perrine s'est assise dos à dos avec Dylan et tente d'amener sa respiration à se caler sur la sienne. Vasco regarde le ciel, quelques filaments de nuages ridicules y traînent paresseusement.

— Vous vous rendez compte... Ce ciel-là, on pourrait pas rêver mieux, hein ? Hé ben, même si demain il fait aussi beau, ce sera pas le même. Pas exactement, quoi.

— Qu'est-ce tu délires, toi ? demande Jessica en lui taxant une clope, sourire aux lèvres.

Les yeux convergent sur Vasco. Tout en lui posant quelques pâquerettes sur les cheveux, Djib se marre :

— Faites pas attention, c'est le Pento qui rentre à l'intérieur.

— Mais nan, vous êtes nuls !!

Il secoue la tête et poursuit :

— Je veux dire... le ciel, en fait, il est jamais identique, vous me suivez ? Donc il faut apprendre à en profiter.

— Sérieux, tu me fais peur, mec ! raille Dylan. Allez, avoue : t'as touché à la gnôle de Tonton ?

— Vous êtes pourris, qu'est-ce que vous voulez que je vous dise ?

— Moi, je comprends ce qu'il veut dire, déclare Perrine. Vivre les choses intensément, apprécier le moment... C'est ça ?

Djib profite de l'occase :

— Il sait pas lui-même, en fait.

Dans un grand mouvement brusque, Vasco roule sur le côté, montre son majeur à la bande.

— Allez, boude pas ! murmure Jessica en l'embrassant dans le cou sans que Dylan ne le voie.

Et puis, tout le monde se tait.

Apaisement, moment de stress et de plaisir à la fois. Chloé détourne les yeux de Djib et passe doucement la main dans l'herbe, le léger vent chaud est agréable. Dylan est perdu dans ses pensées. Il pense à l'ultimatum, ce foutu chantage. Tétanisé par la peur de tout gâcher, une fois de plus. C'est demain...

D'abord il se voit mal faire ça à quelqu'un de Passy, et ensuite il s'y est habitué, au Vasco. Ils vivent 24 heures sur 24 ensemble, il a l'impression de le connaître depuis toujours. Pareil pour le Djib... c'est dire.

Soudain, la voix de Vasco l'arrache à ses doutes.

— Matez-moi cette vache de killeur !!! Truc de malade, tu lui mets des ailes et elle a un premier rôle dans le *Seigneur des Anneaux* !

Le bestiau les regarde à quelques mètres, séparé d'eux par l'endroit où la rivière est au plus bas.

Dylan se redresse, crispé :

— Merde... C'est pas une vache, mec. Tu connais peut-être pas ce qu'il a entre les jambes, mais c'est pas une vache...

Chloé se rapproche lentement de Djib ; les jambes faibles, il pose les mains sur ses épaules, sans quitter du regard l'encolure, le front massif et les cornes de la gentille vache qui vient de se transformer sous leurs yeux en bête féroce.

Vasco chuchote :

— Oh putain, il vient de gratter par terre.

Dans la panique, ils ramassent leurs vêtements et remontent le pré au pas de course, embarqués entre rires et hoquets de terreur à l'idée d'être pris en chasse par le mastodonte.

Le taureau reste stoïque et broute son herbe.

Ils continuent à en plaisanter jusque tard, mimant les réactions des uns et des autres, transformant l'anecdote en instant absolu.

23

Il y a peu de monde à Fleury, mais le moindre coin d'ombre est pris d'assaut. Les parents ne sortiront les mômes que plus tard, et les vieux habitués arriveront encore après, quand la chaleur sera moins étouffante.

Dylan a convaincu le groupe d'y passer tout l'après-midi... et maintenant, ils le regardent faire la gueule sur sa serviette, mâchoire serrée.

Ce matin, l'ambiance à Passy était électrique. Gaétan et Gwen ont explosé en vol lors d'une dispute routinière de frère et sœur – leur sensibilité à fleur de peau rend vite ces situations incontrôlables, hurlements et insultes, remords carnassiers... Finalement, Tata a proposé de garder les petits à la maison pendant que les grands iraient se détendre « entre ados ».

Vasco scrute son pouce : il s'est enfoncé une écharde quand il a poncé les volets. Le petit trait noir sous son épiderme l'obsède, il imagine déjà l'amputation.

— Mais arrête donc avec ton petit bobo et viens te baigner ! se moque Jessica en étalant de la crème sur ses cuisses.

L'odeur de coco le distrait, pareil à un charme maléfique destiné à le sauver d'une blessure mortelle.

— Sérieux, ça peut être hyper grave.

Elle lui prend la main, amène son pouce à ses lèvres, l'embrasse puis le mordille.

— Ça va mieux ? Y a plus bobo ?

Vasco inspecte les alentours. Dylan écoute du rap sur son MP3 – ça fait toujours drôle de voir ce petit Blanc raciste bouger la tête sur des hymnes agressifs de mecs de cités... Il fume sa clope, nerveusement comme d'habitude, et regarde ailleurs. Quant à Djib, il joue à l'étoile de mer sur sa serviette près de Chloé, qui bouquine.

— On va faire un tour ?

Jessica le repousse du bout des doigts.

— Nan, je vais me baigner, j'ai trop chaud. Tu me gonfles le matelas ?

Vasco râle mais s'y colle...

... et les mobylettes arrivent en face à ce moment-là. Lionel et Jean. Ils se garent et s'éclipsent illico vers la maison de l'écluse, qui fait aussi bar. Vasco n'aime pas bien se retrouver à proximité de l'ex-petit copain – enfin, il espère que c'est par ce titre qu'on désigne Lionel, maintenant... À la rigueur, il aurait préféré que leur bande débarque au complet : Bastien est un mec cool, par rapport à ces deux gusses.

Ils reviennent et se postent sur le pont, pètes à la main, les yeux cachés derrière des lunettes noires.

Bah, rien à foutre. Jessica se régale du soleil sur son radeau, et Vasco est incapable de faire autre chose que de l'admirer. Elle est l'attraction générale et le sait. Elle s'étire, pense à sa fin d'après-midi, où elle ira aider les villageois de Mouligny à mettre les dernières touches au char fleuri pour le Comice. Des mois de travail pour eux, le cœur à l'ouvrage pour représenter la commune dans cette grande fête agricole.

Elle en a plié du crépon, ces derniers jours, d'abord sans autre motivation que de s'imaginer en haut, et petit à petit en se prêtant au jeu. Elle relève ses lunettes, fait signe à Vasco pour qu'il la rejoigne.

Sur le pont, Lionel crache dans l'eau et s'éloigne, suivi par Jean...

Vasco ne se fait pas prier ; il la rejoint en quelques brasses, vient poser ses bras sur le matelas pneumatique, ça tangue un peu.

— Me fais pas tomber à la flotte, hein.

Petit sourire, Vasco agite le matelas, Jessica couine.

— Arrête !

Elle se retourne sur le ventre, il en est fou et quémande un baiser. Jessica l'embrasse, et ce n'est plus Fleury mais le Pacifique, la plus belle bimbo de Malibu est raide de lui et il est le King pour toujours !

— Ils te manquent, tes parents ?

— Euh, là maintenant... pas trop ! Tu me fais une place et on rame un peu ?

Il grimpe et elle enroule ses bras autour de sa taille.

— Enfin, si, un peu. C'est normal. Ma mère, mon petit bâtard de frangin. Il doit bien se faire dorloter, au Pays. Même mon père, je pense à lui, mais ça me fait aussi des vacances de pas l'avoir sur le dos. Dans tout ça, j'ai vraiment l'impression d'avoir changé... Je sais pas trop comment l'expliquer.

Elle lui passe la main sur le ventre – réflexe, Vasco bande ses abdos.

— Oublie pas de respirer...

Elle devine son sourire, pose sa joue sur son dos humide tandis qu'il dirige leur navire, qui passe le pont.

— Ils doivent être cool, tes parents. Déjà, au moins, t'en as deux.

— Ouais, c'est sûr. C'est des darons, des fois ça va, des fois c'est chaud. Après, mon père il est jamais fier de moi. Jamais. Y a toujours un truc qui va pas, toujours un truc que je fais mal. Du coup, ça me gave.

— Moi je l'ai pas connu, le mien. Enfin, je m'en souviens pas. Il me manque. C'était un rebelle, il paraît. Dylan doit tenir ça de lui. De toute façon, si tu rentres pas dans le moule, t'es foutu.

Elle pose ses lèvres sur sa peau, ne cherche pas le baiser, plutôt le contact, s'enivrer de lui.

— Elle est comment, ta mère ? murmure-t-elle. Quand t'es malade, elle s'occupe de toi comme quand t'étais petit ?

— Elle fait tout pour nous. Et c'est vrai que je lui en fais baver. Tu sais qu'elle parlait à peine français quand elle est arrivée ? Au début, elle était bonne chez une vieille bourge, elle comprenait la moitié de ce qu'on lui demandait. Y a un truc qui m'avait bien choqué : quand sa patronne lui demandait de « faire la poussière », elle, elle savait même pas ce que ça voulait dire. Dans sa petite maison au bled, où elle vivait avec ses cinq frères et sœurs, le plancher il était toujours plein de poussière, avec le travail des champs et de la résine... Ça a pas changé en fait, c'est chez ma grand-mère.

— Carrément...

— Après, ils ont eu l'appart en banlieue. Elle m'emmenait chez ses patrons quand elle faisait le ménage. Paraît qu'une fois, j'ai ruiné un vase hyper cher.

Jessica lui donne une tape.

— Déjà tout petit, t'étais un chieur.

— C'est vrai que mes parents ont bien mor- flé. Mais bon... Vous, vous avez vraiment une vie dure.

Silence. Il enchaîne :

— Jess, tu me dis si je suis maladroit, hein...

— Pas de souci. J'ai pas honte. C'est notre vie, on avance avec. Heureusement qu'il y a Tata et Tonton. Ma mère, je sais qu'elle fait tout pour être capable de nous récupérer. De toute façon, à 18 ans, on fera ce qu'on voudra, on sera dans le grand bain...

Elle tremble, un frisson brutal. Vasco se retourne délicatement et la prend contre lui. Ils voguent au ralenti dans l'ombre des grands arbres, les abords des rives sont truffés de racines et de nénuphars. Il n'y a que le chant des oiseaux, le clapotis de l'eau et leur souffle.

— J'ai pas envie de te quitter, Jess.

— Pense pas à ça.

Elle soulève doucement le pansement qu'il s'est mis sur l'épaule et sourit devant le « J » bleuté.

— Je t'ai dit, je serai toujours un peu avec toi.

Elle enfouit ses mains dans ses cheveux et abat sa bouche sur la sienne, soudain fiévreuse. Il ne peut pas la dominer.

— Vasco !

La voix de Dylan claque dans l'air – les deux sursautent. Il leur fait signe depuis le pont.

— Merde…

— Vasco, ramène-toi, s'te plaît. Faut que je te montre un truc.

Impossible qu'il ne les ait pas vus. Vasco chuchote :

— Tu crois qu'il va vouloir me défoncer la gueule ?

— Non, tu sais, tant qu'on me respecte, il ne dit rien. Là-dessus, il est plus facile à gérer que sur d'autres trucs. Mais il fait chier, là…

Elle se penche vers Vasco, occupé à ramer docilement.

— … j'avais grave envie…

Vasco sent son cœur faire un bond.

— Sérieux ? Sur le matelas ?

— On aurait trouvé, Capitaine. Allez, rame…

Dylan les regarde arriver et les aide à amarrer. Il a l'air bizarre… vraiment tendu. Sur la rive, Djib fait des mots fléchés avec Chloé.

— Qu'est-ce que tu veux ?

— Faut que tu viennes avec moi, j'ai un truc à te montrer.

— Heu, c'est ta sœur qui me plaît, mec… Le prends pas mal, hein !

Vasco montre patte blanche après la plaisanterie, Jessica sourit pour détendre l'atmosphère… mais l'expression crispée de son frère l'intrigue. Dylan s'avance ; en fait, il semble plus nerveux qu'agressif.

— Arrête tes blagues et viens.

— Sérieux, t'es chelou là...

— Faut que je te cause en vrai. J'ai une binouze toute fraîche, je vais rouler un petit stick, on marche pas loin.

Vasco interroge Jessica du regard, elle hausse les épaules. Djib aussi suit la scène avec méfiance. Depuis qu'ils sont arrivés, Dylan est agité. Même s'ils se sont habitués à ses humeurs changeantes, il a l'air incapable de se détendre, cet après-midi, comme en lutte avec lui-même.

Lorsque Vasco enfile son débardeur et s'éloigne avec Dylan, Djib les observe ; ils passent le pont, semblent parler calmement, ils s'engagent le long du canal, sortent de son champ de vision.

— Qu'est-ce qu'il a, Dylan ? demande Chloé.

— Alors là, j'en sais rien du tout.

Jessica s'assoit à côté de son amie :

— Je pige pas ce qui lui a pris. Il reste de la tarte ? Elle est pas foutue à cause du soleil ?

*

Dylan arrive devant le petit sentier qui mène à la grotte d'Arfon, Vasco sur ses pas. Là, ils sont peu épargnés de l'étuve, même avec la relative fraîcheur du petit sous-bois. Une source file entre des pierres et une cavité creuse l'énorme rocher, semblant s'enfoncer sous la terre.

Dylan propose une bière à Vasco, qui accepte tout en se penchant sur l'eau pour se mouiller la nuque. Il ferme les yeux, se redresse et avale une gorgée à la canette. Ils parlent à mi-voix.

En remontant le chemin, on tombe sur le lieu connu de tous les couples d'ados en recherche d'un moment d'intimité. L'endroit des premiers émois, des tendresses maladroites, des instants inoubliables...

Soudain, Dylan se raidit : il regarde Lionel et Jean descendre du chemin de terre.

— C'est quoi, cette embrouille ? crache Vasco aux intrus.

Dylan est muet.

— Reste tranquille, le toss. Toi et moi, on va se parler.

— J'ai rien à te dire, moi.

Jean a peur, ça se voit. Son nez toujours pas réparé accuse des respirations profondes. Ils font les fiers mais sentent bien que tout peut partir en vrille. Lionel lève un doigt accusateur.

— Déjà, ton pote et toi vous débarquez chez nous, vous jouez les racailles de cité, et ensuite tu te tapes ma meuf ? Nan, nan... Je suis un gars cool, mais ça, je laisse pas passer.

— D'abord, tu me parles pas comme ça. Après, on est à Passy, on n'est pas chez toi. Et Jessica, elle fait ce qu'elle veut. Et traite-moi de toss encore une fois et je te fume, baltringue.

— Marrant, ça. Ton nouveau pote Dylan te la fait à l'envers et c'est moi que tu menaces ? T'oublies qu'on est à trois contre un...

Vasco examine Dylan, qui garde les yeux fixés sur le sol.

Jean ricane :

— Tu leur as pas raconté, Dylan ? Ce que t'avais fait à l'Arabe de Nevers qui t'avait regardé de travers ? Et au Noir du collège ? Un blakos et un toss s'incrustent chez toi, il se fait ta sœur devant toi et tu dis rien ? Oublie pas ce qu'on s'est dit...

Dylan encaisse, coup de rage dans le bide, le cutter dans la trachée. Lui et Vasco échangent un regard, le point de non-retour est au bout des picotements qui secouent leurs poings.

Mais la même image s'impose à eux. La promesse : Tonton qui hisse le sac de frappe, leur parle comme à des hommes. « *Si vous voulez frapper, c'est là-dedans.* »

Et ils y sont allés, à cogner dans la montagne. Sans se le dire, chacun dans leur coin. Trouver des interstices dans le quotidien face au monstre inébranlable. Qu'il soit père, mère, système, dégoût de la fatalité...

Faire cohabiter le tragique de la vie avec ces instants d'exutoire.

Échapper à la tribu et se vider de toute énergie pour ne plus garder que l'accomplissement du combat invisible.

Expulser ce qui ronge, faire sortir le cri.

Une fois, ils se sont retrouvés, ensemble. Gênés d'abord, complices dans le silence ensuite. Saluant intérieurement la coïncidence qui les avait fait se retrouver dans cette grange. La sueur comme aboutissement, à s'en briser les poignets.

Tous deux face à eux-mêmes. Ce pire ennemi.

Vasco braque son majeur sur Lionel et Jean.

— Mange ça, enculé. Tu crois qu'il m'a pas mis au courant, Dylan ? Il m'a tout raconté en chemin. Même pas en rêve, cette photo elle va circuler. Tu l'effaces de suite de ton portable.

— Sinon quoi ? se moque Lionel. Vas-y, viens prendre ta raclée, je vais te démonter.

Il lève sa garde, fait tout pour préserver sa superbe mais on le sent déstabilisé. Jean a une main dans la poche, accrochée au téléphone.

— Mec, je serais vraiment content de te montrer comment on frappe chez moi, mais j'ai promis de pas le faire.

Lionel marche sur lui, Dylan se sent prêt à exploser. Mais Vasco reste calme, puise au fond de lui-même.

— *Carailho*. Dis-toi juste que pour la première fois de ma vie, je donnerai pas le premier coup, alors fais-toi plaisir. Par contre, je te jure que si la photo sort de ce téléphone, vous aurez intérêt à baisser le regard quand vous croiserez Tonton.

Lionel empoigne Vasco par le débardeur. Il le sait, Dylan va craquer, se mettre à faire le dingue, comme d'hab… ensuite, on verra. Mais rien ne vient ; agacé, il regarde par-dessus l'épaule de Vasco – et se fige.

Jessica tient son frère par la main. Derrière eux, Djib a les sourcils froncés, Chloé et Perrine secouent la tête avec dédain.

— Perrine ?… Qu'est-ce que tu fais là ?

— On va dire que c'est le hasard. Ou bien que Jean et toi, vous puez tellement les emmerdes qu'on vous repère à cent lieues.

— Tu fais quoi, Lionel ? intervient Jessica. T'as vraiment rien de mieux à foutre de ta vie, putain ?

Vasco inflige à Lionel un sourire railleur. Djib s'en mêle :

— Lâche mon pote, mec. Sérieux, *lâche-le*…

Chloé lui fait signe de garder son calme.

— Ben quoi ? Tu leur racontes pas, Lionel ? reprend Vasco en se libérant d'un petit mouvement d'épaule.

— Lionel… Qu'est-ce t'as fait ?

Jessica est furibonde.

Jean voudrait s'enfuir, les yeux perçants de Perrine éveillent en lui autant de trouble que de honte, pire que de recevoir des coups.

Vasco ramène ses cheveux en arrière.

— Donc, tu vas même pas répondre, pas vrai ? Tu veux jouer les petits mafieux avec ton chantage de trou du cul et tu te défiles ?

— Jess, sérieux, faut que je t'explique…, supplie Lionel.

— Je suis pas à toi, Lionel, je suis à personne, OK ? Je fais ce que je veux. Pas la peine de faire des sales trucs pour me punir. Vasco, c'est quoi l'histoire ?

— Ce brave Jean a une photo de Dylan et Perrine sur son téléphone. Un truc qu'il aurait jamais dû voir – enfin, ça ne lui serait même pas venu à l'idée, s'il avait été normal. Il a menacé de la balancer à Monsieur Moreau si Dylan faisait pas le rabatteur pour qu'il puisse me casser la tête ici.

Perrine pose les mains sur son visage, choquée. Elle connaît Jean depuis l'enfance, Lionel aussi. Est-ce qu'ils sont devenus fous ?

— T'as fait ça, Jean ? Vraiment ?

La voix de Perrine tremble – ça, Dylan ne le supporte pas, il tente de s'arracher aux bras de sa sœur pour punir le rouquin mais Jessica ne cède pas ; son étreinte est ferme, elle ne laissera pas son frère s'abandonner à la vengeance.

— Lionel, t'es vraiment dégueulasse. Et toi, Jean, t'effaces ça de suite. Si tu fous mon frère dans la merde, c'est moi qui te casse la gueule.

Jean baisse les yeux. Au même moment, Perrine prend la main de Dylan ; il est au bout de lui-même. À ne pas se reconnaitre.

— Jean, je ne sais pas ce qui t'a pris... Peu importe, en fait. Efface cette photo. On se connaît depuis toujours, là je suis trop furieuse pour te parler. Mais quand tout ce sera tassé, il faudra qu'on discute, toi et moi. Je sais que tu t'en veux, au fond... Alors on passe tous à autre chose, d'accord ?

Dylan sait que c'est pour tout ça qu'il est amoureux d'elle : sa bonté, sa sagesse et sa maîtrise d'elle-même. Cette indépendance face aux émotions. Jessica le laisse aux bons soins de Perrine, il va la rejoindre pendant que sa sœur prend Vasco par la main et le ramène de leur côté.

Lionel fait un signe à Jean et ils passent au milieu de la bande de Passy, enjambent la source et se dirigent vers la prochaine écluse du canal, à quelques centaines de mètres de celle de Fleury.

Un seul et même soupir se fait entendre dans la grotte.

24

Les jours suivants, le labeur alterne avec les belles après-midis dont on voit la fin se profiler dangereusement.

Tonton montre à Dylan, Vasco et Djib comment on dresse une clôture : taquiner la masse, tirer du grillage deviendrait presque une activité sympa quand on l'agrémente de vannes et de discussions. Ils font aussi le bois des villageois les plus âgés, quelques maisons reculées des lieux-dits alentours. Si les regards sont parfois pesants, le travail bien fait leur attire les remerciements des propriétaires.

Le feulement de la scie reste longtemps dans les oreilles, alors le soir, pour l'oublier, on danse avec les petits dans la grange sur tout ce qui se présente – tant que ça s'écoute fort. Tonton a aussi l'idée de nommer des responsables pour s'occuper de l'entretien du potager. Tous les matins, Vasco, dos courbé, s'échine à concurrencer Versailles tandis que Djib s'occupe de la bassecour – il devient vite imbattable, connaît les meilleures pondeuses, s'emploie à leur concocter un nid douillet. Dylan, lui, conduit le petit tracteur ; il va puiser l'eau à la rivière avec la tonne et apporte à boire aux moutons.

Parfois ils font la route à trois, les deux banlieusards juchés sur les marchepieds. Mille fois, Vasco a supplié Dylan de le laisser conduire l'engin ; mille fois, Djib a supplié Dylan de refuser.

Et puis au milieu de tout ça, quelques tours imaginaires en Ford. S'il pouvait, Vasco passerait sa vie la tête dedans, à trifouiller le moteur.

Après ces matinées bien remplies, le midi, les trois garçons dévorent littéralement poulets ou roastbeefs patates pour reprendre des forces. Et comme les trajets à vélo amènent leur lot de fatigue, Tata consent occasionnellement à les laisser prendre les mobylettes. La horde sauvage débarque alors, inarrêtable, avec les filles derrière, on pousse les gaz histoire de jaillir hors du vent, et la route de Brinay prend des allures de route 66.

Puis c'est le jour tant attendu du Comice. Le grand moment qui marquera l'été... avant la dernière ligne droite. Restera ensuite la représentation de la pièce et une toute petite semaine encore, puis les parents de Vasco remonteront du bled et viendront les rapatrier dans le béton. On use de tous les subterfuges pour ne pas y penser.

Mi-août, après tout... il reste encore tellement de temps.

Depuis une semaine, Châtillon s'affaire pour que la région entière tourne ses yeux vers elle.

Les commerçants ont décoré leurs devantures, des chapelets de fanions colorés dansent entre les rues, mais le plus incroyable se déroule sur la place du marché : à côté du stade, une fête foraine. Une vraie fête foraine, avec de vrais manèges, les bip bip et les rires d'enfants, la mauvaise musique trop forte et l'odeur de barbe à papa. Gaétan ne parle que de ça, jour et nuit.

Promis, on ira tôt, on déjeunera là-bas et tous ensemble, on encouragera Jessica qui, même si elle n'a pas encore l'âge pour concourir au titre de reine du Comice, paradera sur le char de Tamnay et sera, de toute façon, la grande gagnante pour tous les enfants de Passy.

Le thème choisi pour le décor du char est la Lorraine. Jessica porte un costume traditionnel confectionné par les femmes du village, son jupon bleu amplifie ses hanches. Elle devra aussi porter un bonnet, comme à l'époque : pas question d'avoir l'apparence d'une jeune femme « de mauvaise vie ». Dévorée des yeux par Vasco, elle se prête de bonne grâce au jeu.

Gaétan passe tout le trajet en BX à abreuver Djib de paroles, s'enthousiasmant sur le concours de labour qui se déroule à la sortie de la ville.

— Oui, faut vraiment voir ça ! reprend Gwen, excitée elle aussi et fière des connaissances de son frère en la matière.

Elle explique en s'embrouillant un peu comment, durant le concours, les tracteurs de toutes tailles doivent labourer la terre en un temps record, occasion pour les agriculteurs et éleveurs, en plus des démonstrations, de se réunir et de vivre un beau moment.

Dans la Twingo, Dylan interpelle Vasco, perdu dans le défilement des paysages dorés et endormis. Il lui tapote l'épaule pour lui indiquer, devant eux, l'enfilade de très vieux tracteurs qui les oblige à ralentir.

— Mate-moi ça ! Les vieilles mécaniques morvandelles... Certains engins datent des années 20, des vieux Ford. Gaétan doit être dingue.

— Ah ouais ?

Vasco jette un vague regard par-dessus l'appuie-tête ; si le musée roulant est pittoresque, il y a peu de chances pour qu'il réussisse à occuper autant son esprit que les mots prononcés par Jessica l'autre jour, sur le matelas pneumatique. « *J'avais trop envie* », « *trop envie* »... Merde, il imaginait plutôt que c'étaient les mecs qui pensaient comme ça.

— Chanmé, propose-t-il poliment.

L'entrée dans Châtillon. Des champs ont été transformés en parking pour l'occasion, les bénévoles accueillent joyeusement les arrivants.

C'est un week-end déterminant pour les commerçants, toujours inquiets de la valse des volets fermés qui agite leur corporation dans les campagnes. Les habits du dimanche sont aujourd'hui de rigueur, on retrouve ceux qu'on a vus au 14 Juillet, les visages qu'on croise peu, les plus âgés et fragiles qui s'aventurent enfin sur les perrons.

Gaétan a les yeux qui brillent quand, après avoir humé l'odeur des bœufs à la broche qu'on servira sous de grands chapiteaux à côté du Maxi, il aperçoit les manèges ouverts.

Il fait l'inventaire et son sourire grandit : un manège en bois, un avec des vaisseaux spatiaux sidérants, des autos tamponneuses, une pêche aux canards, un trampoline géant avec harnais, du tir à la carabine... une *vraie* fête foraine ! Les calculs savants s'opèrent dans sa tête entre le prix d'un ticket, son argent de poche et le bonus consenti par Tata.

Gwen, elle, n'a d'yeux que pour les machines à peluches défraîchies. Les lumières au-dessus des petits marsupilamis de contrefaçon auront bien vite fait fondre son petit pécule...

Vasco trouve ça mignon, bien sûr... mais lui voit surtout des chevaux bien fatigués, des gitans taciturnes accoudés à leur comptoir, des reproductions de Bugs Bunny ou de la *Reine des neiges* sur les véhicules probablement dessinés par des aveugles, des lots nazes... Reste l'odeur de friture, à jamais alléchante.

En tout cas, il y a du monde. Sûr que c'est pas la Fête des Loges, mais il remarque une jeunesse bien plus nombreuse qu'à l'accoutumée par ici. Il y a des filles, plein de filles. Et des mecs aussi, dont certains les dévisagent. Ça devrait l'énerver, mais non en fait, pas trop.

Djib croise deux blondes habillées très court... difficile de ne pas les regarder. Dylan le prend par l'épaule, lui tourne sa casquette vers l'arrière en riant.

— Vas-y, rince-toi l'œil. C'est de la belle campagnarde comme t'en verras plus !

— Bah, c'est clair qu'elles sont pas mal...

— Les gars, coupe Chloé, quand vous aurez fini de vous « rincer l'œil »... je paie un tour de manège aux petits et après on se balade un peu ?

Cris hystériques en récompense – Djib se mord un peu la langue, propose de payer le tour suivant histoire de noyer le poisson. Durant le tour, Dylan lui lance un défi sur la machine à punching-ball qui, à la nuit tombée, sera l'attraction principale des épanchements de testostérone.

— Je suis sûr que je te mets à l'amende, Ronaldo.

— Quand tu veux, Ribery. Mais rappelle-toi, faut pas faire comme Jean et taper avec la tronche, hein ? Faut taper dedans avec le poing, tu le savais ?

Dylan hausse les sourcils.

— Bon, on va le faire, ce tour ? s'écrie Chloé. Vous aurez toute la journée pour nous prouver que vous êtes très nazes et très musclés !

En les voyant s'éloigner tous les quatre, Tonton glisse sa main dans celle de son épouse. Dylan encercle les deux banlieusards de ses bras et ils avancent en chœur. Impossible de ne pas voir les doigts de Djib effleurer ceux de Chloé, impossible aussi d'entendre ce qu'ils disent, mais c'est un grand et beau rire qui s'élève de leur groupe.

25

Vasco et Djib sont certains d'avoir ingurgité l'équivalent d'un troupeau de charolais, ce midi. Sous les yeux écarquillés des autochtones, ils ont multiplié les allers-retours jusqu'aux tables gigantesques où l'on découpe la viande, avalant assiette sur assiette, fermant les yeux de bonheur à chaque fois qu'un morceau de gras tendre se mêlait au jus et à la croûte salée.

Un délice. Le dos chauffe sous les auvents, les bouteilles de Pouilly noir et blanc passent de main en main au milieu des discussions animées et des éclats de voix rugissantes...

Dylan s'est servi un nouveau coup de rouge en douce, il mâche la bouche ouverte et se marre aux vannes de Djib et Vasco.

— Pas mauvais, le Burger King du coin...

— Vous voyez la vieille qui louche, là-bas ? Je crois qu'elle serait pas contre un mariage arrangé entre mon Djib et sa fille, là, avec la veste polaire...

— Z'êtes cons, les mecs ! rigole Chloé.

Et elle ressert tout le monde en dessert. Djib refuse en levant une main ; il est clair que le bœuf, les flageolets et les crapiaux sont en train de faire connaissance dans son estomac et que ça ne se passe pas forcément bien.

— Je ne mangerai plus jamais de ma vie...

— Djib, t'as bâfré ce que je mange en un an ! s'écrie Chloé.

Un énorme bonhomme moustachu à sa gauche part d'un rire goguenard :

— Beh, v'là un vrai Bourguignon ! Tu veux goûter ? C'est comme du Coca, mais sans les bulles !

C'est Lulu, l'éleveur de Mouligny ; il tient dans sa main une bouteille dont l'odeur suffirait à anesthésier un soldat des tranchées avant une amputation à la scie. Djib refuse poliment.

Brusquement, Dylan s'illumine : Perrine les rejoint. Sans effort ni chichis, elle attire les regards des garçons et les sourires des adultes. Leurs pieds se retrouvent sous la table.

— Qu'est-ce que ça fait du bien de voir tout ce monde.

— Un vrai succès, confirme Chloé.

— Le temps y fait, aussi. L'année dernière à Biches, ça avait fini sous l'orage : des mois de boulot gâchés.

Le clan quitte la table – Djib se masse le ventre, titubant et pris d'une seule envie, croiser ses doigts derrière sa tête, s'étendre sous l'ombre d'un pommier et dormir... dormir un siècle. Ils aperçoivent Tonton et Tata à une autre tablée, toujours entourés, Gaétan leur fait de grands signes.

— Il a repris trois fois de la viande ! crie Gwen, radieuse.

— Comme moi, mon petit pote ! Tope là ! répond Vasco.

On se détend un peu les jambes, et puis on décide de la suite du programme. Djib irait bien voir le concours de labour, mais Dylan est surtout tenté par les exposants de produits du terroir, et notamment le concours de boudin. Le labo de Monsieur Moreau lui manque... Il espère ne pas avoir perdu la main.

Vasco, c'est le défilé qu'il ne raterait pour rien au monde. Avec la foule, trouver un bon spot pour assister au spectacle – enfin, voir Jessica – pourrait vite devenir compliqué.

Le trajet jusqu'aux abords de la ville où se déroule le concours leur permet de digérer en douceur. Derrière ses lunettes de soleil, Djib regarde danser vaches et moutons dans les prés.

Là encore, la foule est dense – on reconnaît les officiels à leurs costumes et aux écharpes qui se détachent du lot. Dans le champ, la compétition est intense mais bon enfant : les charrues creusent les sillons et charrient terre et poussière, on applaudit par petits groupes. Gaétan, agrippé aux barbelés pour ne rien perdre du spectacle, a dans les yeux la même lueur que devant *Iron Man 2*. En revanche, Gwen s'ennuie, alors Djib lui propose d'aller cueillir un bouquet de fleurs, et Chloé se joint à eux. Vasco décline l'invitation en bâillant. Les pâquerettes, tout comme les tracteurs, l'intéressent nettement moins que sa meuf sur un char.

Enfin, ils décident de retourner au centre-ville. La bonne nouvelle, c'est que les façades des maisons procurent une ombre salvatrice ; la mauvaise, c'est que Vasco vient d'apercevoir Lionel, Jean et toute la clique.

Bastien les salue, les jumelles viennent faire la bise à Perrine et Chloé, puis elles font le point sur les vacances. Les coups d'œil échangés entre les garçons sont chargés, mais tous restent à bonne distance, chacun d'un côté du trottoir.

Et puis d'un coup, la clameur monte au son de l'accordéon, les différentes sonos des chars projettent hymnes et musique traditionnelle, la France et ses régions défilent. Agitation dans la foule, les petits gardent les yeux levés à s'en tordre la nuque, on applaudit le spectacle, on se penche vers son voisin pour souligner le sérieux du travail accompli. Dès que des membres d'un même village reconnaissent leur char, les voix chantent plus fort sur son passage, les appareils photo apparaissent.

Perchés sur les remorques décorées, les participants déguisés distribuent des cotillons ou des lots de ballons gonflables, tout sourires. Coiffes bretonnes ou bérets limousins, tous encouragent l'affluence à nourrir la liesse.

Bien sûr, le char où trônent la reine du Comice et ses dauphines reçoit un accueil spécial. Les garçons sifflent, Djib se marre en voyant quelques femmes rappeler leurs maris à l'ordre. La reine salue la foule, un bouquet à la main, sourire calibré, impeccable dans son rôle malgré la chaleur. Vasco la trouve mignonne, la potiche, mais sa muse à lui arrive sur le char suivant : Jessica leur envoie un baiser, offre des clins d'œil et des sourires enjôleurs.

— Trooooop beeeelle, laisse filer Vasco pour lui-même.

Dylan lui bourre l'épaule gentiment, hèle sa frangine, fier d'elle. Et très vite, toute la tribu de Passy se déchaîne – Chloé lance un « hip hip hip » repris par quelques spectateurs.

En face, Lionel et Jean ont disparu, seuls Bastien et les autres ovationnent, mains en l'air. Vasco serre les dents. Même s'il refuse de l'accepter, il sait que de toute manière, le grand brun a quand même gagné : il va rester, tandis que lui sera bientôt un chouette souvenir de vacances. Jessica... Il l'a dans la peau, oui. Et jamais il n'aurait cru ressentir un truc comme ça. Raison de plus pour nourrir de la rancœur envers son ex.

Ce pincement au cœur, il s'endort avec depuis quelques soirs, en fait. Et il sait pertinemment que Djib aussi sent la peine s'imposer petit à petit en lui. Pas besoin d'en causer, quelques regards suffisent pour tâter le pouls de l'autre.

Alors que le char quitte l'artère principale pour descendre sur le champ de foire, Vasco rumine. Qu'est-ce qu'il leur restera de ces deux mois ? Un beau bronzage, des muscles travaillés au grand air, un visage reposé et serein ? Ou plus que ça, peut-être.

*

Ils sont dans le petit parc. Chloé et Perrine, sur les balançoires, laissent leurs pieds nus frôler le sable encore brûlant. Derrière les bosquets, les parties de pétanque prennent des allures de batailles des Thermopyles. Le jour décline, les sons et lumières des attractions vont bientôt pouvoir jouer leur rôle.

Vasco a gagné un ours borgne au tir à la carabine. Djib pensait remporter une peluche à la machine à pinces et revient finalement les poches vides – au temps pour sa fameuse « théorie des probabilités infaillible »…

Après s'être bien remué l'estomac aux autos tamponneuses, ils goûtent le début de soirée calmement.

Jessica les rejoint. Fini la coiffe et le costume, elle a revêtu un petit short et son top qui prétend qu'elle aime New York.

Vasco remarque de suite que quelque chose ne va pas.

— Qu'est-ce qui se passe ? demande Perrine. T'as pas l'air bien.

Dylan se tend immédiatement.

— C'est juste l'autre, là… le Lionel. Il m'attendait à la sortie du hangar, il voulait me parler.

— Oh sa mère…, gronde Vasco, déjà debout.

— Doucement, chuchote Djib.

Jessica poursuit, survoltée :

— Sérieux, il me soûle. J'ai l'impression d'être la traînée du village. Putain, j'ai rien fait.

Sentant son *eye liner* soumis à rude épreuve, elle se mord la lèvre inférieure.

— S'il continue, on en parlera à Tonton et Tata, intervient Chloé.

Forcément, elle veut être la voix de la raison, même si elle sent bien qu'une nouvelle mèche a été allumée… et qu'on manquera vite d'eau pour l'éteindre. Dylan shoote dans les graviers, mains dans les poches de son survêtement.

— De toute façon, avec l'autre gros Jean, ils nous lâcheront pas.

Il croise les bras, s'agite, aucune position ne lui convient. Perrine lui passe calmement une main dans le dos. Et puis, la voix de Djib s'élève :

— Moi, je vous propose de passer à autre chose. On va se prendre des churros, et on claque le peu de thunes qu'il nous reste en manèges, ça vous tente ? On va pas laisser ces gars nous gâcher la soirée.

Tous le regardent un bon moment ; après une concertation silencieuse, on opte pour son idée. Il faut en profiter, dans deux jours la place sera à nouveau déserte, laissée aux cailloux blancs et aux quelques vieux qui la fouleront.

Attroupement près de la machine à punching-ball. Tous les garçons s'y essaient, du plus maigrichon au plus costaud. Vasco se sent pousser des ailes.

— Trop je le fais !! déclare-t-il en se frappant les épaules.

Djib n'est pas particulièrement motivé :

— Gaffe, frère, ça va encore partir en couilles. Regarde la tronche des mecs...

Chloé hoche la tête, elle aussi préférerait retenter sa chance à la carabine ou s'amuser sur le trampoline... mais c'est trop tard : Jessica s'est déjà penchée vers Vasco :

— Si tu gagnes, on va tous les deux dans le petit parc.

Il titube comme si le punching-ball lui était revenu en pleine tête, se contente d'acquiescer d'un air rêveur.

— OK, alors... c'est le moment de voir qui c'est le patron, hein ?... Paris... est magique !

Voyant Dylan faire craquer ses jointures, Perrine sourit. Elle n'affiche ni intérêt ni lassitude, les laisse faire leur petit numéro. Elle préfère s'occuper des churros.

C'est leur tour. Si on a reconnu Dylan, le Noir et le bronzé restent inconnus au bataillon. Un forain qui surveille l'attraction – et mesure le taux d'agressivité – prend la pièce des mains de Vasco et l'introduit dans la fente.

Vasco lève un sourcil, se recule, et lance son poing de toutes ses forces ! Le choc est brutal, impact métallique couronné d'une myriade de sons et lumières…

… et quand le chiffre apparaît, les mecs remuent les lèvres pour saluer la prestation. Certaines filles semblent impressionnées, d'autres voudraient déjà passer à autre chose. Jessica dessine un cœur avec les mains. Djib croque dans un bout de la gaufre de Chloé ; le goût sucré a au moins le mérite de l'éloigner un peu de cette ambiance de cour de collège.

Vasco frime encore un moment, embrasse son poing, puis vient se poser à côté de Djib. Chuchotements complices :

— Avoue, tu t'es ruiné la main, hein ?

— Vas-y, il est à combien de bornes, le premier hosto ?

Djib pouffe et lui offre un bout de gaufre.

À présent, c'est Dylan qui se prépare :

— C'est parti !!! France-Portugal, dernière minute de jeu, le Portugal a triché pendant tout le match mais ne peut rien faire contre la course du numéro 10 Dylan, qui drible Vasco le dernier défenseur, le pauvre pleure déjà, Dylan entre dans la surface et…

BIM.

Le même chiffre s'inscrit. Coïncidence dingue ou arnaque foraine ?

La petite foule applaudit.

— Passy en force, mon pote !

La nuit est noire. Bercée par les étoiles, la fête bat son plein en haut, sur la place de l'église, mais chacun le sait, c'est désormais le moment des intimes.

Dylan s'éloigne main dans la main avec Perrine, donne rendez-vous aux autres plus tard à la voiture. Vasco attend de les voir disparaître dans la foule pour partir dans le sens opposé avec Jessica. Eux aussi sont déjà dans leur petit monde.

— T'as pas gagné, je te ferais dire.

— Bien sûr que si, j'ai gagné. Je gagne toujours.

— Mytho...

Restés seuls, Djib et Chloé se regardent.

— J'ai gardé le fric de Vasco, tu veux faire quoi ?

*

Dylan est euphorique, il marche vite, Perrine en rit tant elle peine à le suivre.

— Pourquoi tu cavales comme ça ?

— Parce que... je sais pas du tout où on va, mais je suis bien !

Elle le retient. Ils se retrouvent l'un contre l'autre, sur le pont couvert de lierre, seuls. Le grondement des basses tape dans leurs poitrines.

Ils échangent un long baiser.

— Tu sais, mon père et ma mère rentreront vachement tard.

— T'es sérieuse ?

— T'as jamais vu ma chambre...

Ils s'arrêtent devant la boucherie, symbole de tant de respectabilité pour Dylan. Il se demande si c'est cela, réussir sa vie. Tellement de confusion en lui, toujours, entre les moments heureux...

Elle ouvre la petite porte de derrière, allume la lumière. Dylan se sent un peu comme un cambrioleur – le portrait de son patron est sur les murs, ses yeux sur lui. Ils montent le petit escalier qui grince à chaque pas. À l'étage, un énorme chat vient à leur rencontre, s'enroule entre leurs jambes.

— Voilà, c'est ma chambre.

Il hoche la tête. On dirait celle de sa sœur et Chloé, mais à l'image de sa petite amie. Il regarde tout, les murs, les meubles, les bibelots. Qu'elle pose à côté d'un cheval ou entourée de ses copines, elle sourit sur toutes les photos et dégage ce calme auquel il est si accro.

Ils s'assoient sur le lit. Dylan attrape le lapin près de l'oreiller.

— Je te présente Fluor. Je t'ai déjà parlé de lui ?

Dylan fait signe que non, il est tendu, peine à empêcher sa jambe gauche de bouger toute seule. Il a tellement envie de ce moment, et il l'a déjà foiré mille fois dans sa tête... et sans rien verbaliser, commence à se retrancher sur lui-même.

— Qu'est-ce qu'il y a, Dylan ?

— Rien. Enfin... J'ai pas envie d'être naze... C'est juste, je voudrais que ça se passe bien.

Elle lui prend les mains, les pose sur les boutons de sa chemise.

— Dylan... Je t'aime. Et on a tout le temps pour que ce soit bien, OK ? Fais-toi confiance. T'as vu les progrès que tu as faits, cet été ?

— Ouais, mais... Je veux dire, moi aussi je t'aime, Perrine... mais, dans pas longtemps tu vas retourner à Nevers, on se verra presque plus, y aura tous ces mecs brillants, tous ces beaux gosses...

— T'as pas confiance en moi, Dylan ? Tu vas me vexer.

D'un geste doux, elle lui redresse le menton.

— Je t'aime.

Ses mots se répandent en lui et répandent une belle chaleur dans tout son corps.

— T'es tellement en colère contre tout... Écoute-moi : il suffit que tu te débarrasses de tout ça, que tu me le donnes, et je suis sûre qu'on peut en faire de l'amour.

Il la prend dans ses bras, l'étend doucement sur le lit.

*

Vasco galère avec sa braguette. Au bout d'une longue minute, Jessica passe une mèche de cheveux derrière ses oreilles.

— Tu veux de l'aide ?

Tapis dans l'obscurité à l'abri des regards, couchés dans un mélange de paille et d'herbe, ils brûlent de l'intérieur. Chacun a le gout de la salive de l'autre.

— C'est ce truc, là...

— T'es pas doué.

— Vas-y, dis pas ça !...

Elle embrasse son épaule tatouée, jette son soutien-gorge à terre, délivrant ses seins vaguement cachés sous son petit haut. Lui est torse nu, l'épiderme conquis à ses baisers.

Il finit par sourire, sort une capote de sa poche.

— Tu trembles ?

— NAN, ment-il.

Il l'embrasse, s'emploie à compter les secondes pour ne pas paraître trop pressé. À mesure, il s'applique à laisser descendre graduellement ses caresses, de sa poitrine à son ventre, de son ventre à sa culotte. L'étape redoutée et rêvée, celle où une main vient généralement gâcher la fête.

Jessica le guide sous le coton.

C'est comme il s'imaginait – non, mieux, mille fois mieux, c'est plus chaud, c'est... *In extremis*, il rappelle son cerveau à ce qu'il vit.

— Doucement..., susurre-t-elle.

Il respire à fond. Peur d'être brusque ou, pire, maladroit. Elle le serre fort, soupire dans son oreille, gémit un peu.

— Je... Je mets la capote ?

— Oui... Dépêche toi.

— OK, OK.

— Oui...

— Euh, Jess ?

— Oui ?...

— Tu veux pas m'aider, en fait ?

Elle lui mordille la lèvre, attendrie et soulagée, puisque au fond elle est comme lui, tendue et pleine de désir. Elle prend le contrôle et, tout en le caressant, cale son souffle sur le sien pour lui donner davantage le tournis. Il est loin, le kéké des premiers jours... et pourtant il vaut tellement plus que Lionel ! Elle ne le lui dira pas, jamais, mais sa gentillesse la bouleverse. Elle n'a jamais aimé comme ça.

Elle arrache l'emballage ; Vasco a un soubresaut quand elle commence à dérouler le latex sur lui.

Une voix retentit derrière un muret :

— *Putain, arrête !*

— *Je te dis qu'ils sont dans le coin.*

Lionel et Jean. Bordel.

Vasco hurlerait s'il le pouvait – frustration immédiate et chute à pic de l'excitation. Il remonte son boxer, son jean et abandonne la capote dans la nature.

Puis il pose son doigt sur sa bouche. La peur dans les jambes.

— *Ils sont pas loin. Hey, le toss, tu m'entends ? Tu baises ma meuf ?*

La voix de Lionel est différente : suintant l'alcool et l'animosité.

Jessica se redresse. Cette fois, elle est hors d'elle.

— Laisse-moi régler ça toute seule, je suis assez grande.

— Ça va pas, non ? Il est torché, le gars.

— Vasco… Laisse-moi faire.

Rhabillée à la va-vite, elle se lève – et tombe nez à nez avec eux. Leurs regards se croisent, Jean tient Lionel par le bras, le gars chancelle, une bouteille de blanc à la main.

— Aaaaaah, t'es là ?!

— Tu fais pitié, Lionel.

— Excuse-le, Jess, il a trop picolé… Il a fait un pari avec le Tic, et le Tic, il vomit ses tripes derrière une roulotte, là…

Lionel se dégage brutalement, s'approche de Jessica.

— Regarde-toi, t'as une tête à avoir été secouée dans du foin, hein ?… T'es vraiment une salope…

Vasco ne peut rester caché plus longtemps. Il bondit – mais la claque part avant qu'il n'arrive. Lionel se tient la joue.

— Mets-toi ça dans la tête : nous deux c'est fini, et je fais *ce que je veux !* Alors, oublie-moi.

Jean a détourné les yeux. Il n'a pas envie de se battre. Il voudrait surtout ramener son pote à la raison.

Lionel regarde Vasco.

— Viens, toi !

En un sens, Vasco ne demande qu'à répondre à l'invitation. Le sac de frappe de la grange danse encore devant ses yeux comme le symbole d'une promesse à tenir envers et contre tout, mais l'état de Lionel pourrait faire basculer toutes les résolutions.

— Lionel, s'il te plaît. Arrête.

Elle s'étonne elle-même de parler avec un tel calme. Elle n'est pas habituée à être si... adulte. En tout cas, c'est efficace : Lionel passe soudain son bras sur ses yeux, avale une longue gorgée et s'éloigne en claudiquant, suivi de Jean.

Vasco enlace Jessica, ils restent un moment sous la lune et échangent un baiser complice.

*

Djib et Chloé ont retrouvé Tata et les petits au bal ; Tonton accuse des signes de fatigue mais n'en dit rien. Kamel dort dans ses bras, Sirine et Farah tiennent fermement leurs ballons Disney, les yeux harassés. Gaétan somnole sur une table, sa sœur avachie sur lui.

Bref, le couvre-feu approche. Vingt fois, Djib s'est dit : « *Prends sa main, embrasse-la* », et vingt fois, il s'est défilé. Le « Tu me plais vraiment » qu'il voudrait tant prononcer n'a jamais franchi la muraille de ses lèvres.

Il en crève, mais la nuit est belle. Alors ils dansent.

236

Dylan a l'arrière du crâne profondément enfoncé dans l'oreiller, les yeux à demi clos. Il se laisse aller à une plénitude qui l'entraîne presque dans le sommeil.

— J'aimerais bien m'endormir à côté de toi.

— Un jour.

— Tu crois ?

— Bien sûr. Pourquoi pas ?

Les cheveux de Perrine flottent sur son torse. Il inspire d'un trait, obnubilé par le sourire de cette fille avec qui il vient de faire l'amour.

C'était mieux, indéniablement.

C'était même fantastique, et ça le sera de plus en plus !

Ils se rhabillent en silence, plusieurs fois il l'enserre et l'embrasse afin de la tenter à nouveau, mais l'heure tourne.

— Tu vois, tout à l'heure je m'endormirai ici, et je penserai à nous.

— C'est grâce à toi si je me sens bien.

— Non : grâce à nous, Dylan.

Ils se nourrissent encore l'un de l'autre en une longue étreinte, puis la chambre de Perrine retrouve l'obscurité.

*

Au retour, ils se reposent tous les uns sur les autres, meute assoupie. On ne cherche pas à savoir comment s'est passé la soirée de l'un ou de l'autre. On trouvera bien le temps pour ça ; en attendant, ils apprécient la nuit profonde sur la campagne.

26

Comme tous les matins, les garçons se lèvent l'un après l'autre, dans le même ordre. D'abord Vasco ; longtemps après, Djib, qui s'arrache à son drap. Et puis Dylan, qui traîne encore un peu avant de finir par descendre.

Comme tous les matins, les filles restent blotties quelques savoureuses minutes de plus dans leur lit, tandis que les petits sont déjà lancés entre chocolat chaud et dessins animés.

Seule différence, aujourd'hui : le temps vire à l'orage pour de bon. De gros nuages couleur ecchymose barrent le ciel, tournant sur eux-mêmes.

— Ça vient du Morvan. Quand ça va péter, ça va faire du grabuge, annonce Dylan.

La chaleur est déjà étouffante – vigilance orange sur le pays.

Comme tous les jours, sans avoir à se faire rappeler les tâches à effectuer, chacun joue son rôle, remplit sa mission. Chloé fait les lessives, secondée par Djib. Après un survol des cahiers de vacances, il se rend ensuite dans la cour pour la collecte d'œufs ; il constate au passage que le vent s'est levé, de grosses fourmis ailées virevoltent dans les airs et se font annonciatrices de ce qui couve là-haut, bloc bleu et mauve écrasant... Si bas qu'on pourrait imaginer pouvoir toucher les nuages.

Vasco boit son chocolat sur le perron : il doit se grouiller de finir de repeindre la barrière, ça ne va pas tarder à tomber. Il salue Dylan et Jessica qui se préparent à affronter l'orage ; ils ont rendez-vous avec leur éducateur, histoire de préparer la rentrée.

Pendant que Tata fait tourner le moteur de la BX, Tonton range son établi. On entend parfois un coup de tonnerre au loin. Ce sera difficile de passer au travers, vu la détermination du ciel à sombrer dans le chaos.

Dylan et sa sœur reviennent peu après midi. Le rendez-vous s'est plutôt bien déroulé... Une rencontre parentale est programmée pour après la rentrée. Dylan en a profité pour passer à la boucherie, faire un tour dans le labo. Monsieur Moreau était content de le voir, ils ont discuté un moment.

Et du coup, ils reviennent avec de quoi flatter les papilles. Vasco salive devant les rillons, le saucisson à l'ail, le jambon cru du patron et les galettes aux griaudes d'Armando.

Comme tous les jours, le déjeuner est moment de joie et de rires. On décide de regarder un film cet après-midi, les fenêtres ouvertes pour évacuer comme on peut la torpeur collante. Forcément, on organise un vote. C'est *Little Miss Sunshine* qui l'emporte, à une voix près, sur *La Vengeance dans la peau* (Djib en prend pour son grade, traité par les deux autres de « vendu » et de « renégat »). Ils s'installent. Posés les uns contre les autres, ils forment un puzzle fraternel où chacun complète son voisin.

Comme tous les jours, ils sont bien ensemble.

Et puis le téléphone retentit.

Tata décroche dans l'entrée – curieuse de nature, Jessica tord le cou pour la regarder.

Le visage de Tata, soudain grave.

Elle s'isole dans le salon, ferme la porte derrière elle.

Instinctivement, Jessica resserre sa main sur celle de Vasco ; il l'interroge du regard, mais elle reste absente. Inquiète. Djib le remarque à son tour, puis Chloé...

Quand Tata apparaît, tous se raidissent.

— Chloé, ma chérie, tu peux venir ?

On se questionne en silence.

Elle se lève, intriguée, elle connaît trop Tata pour ne pas sentir que quelque chose cloche. Djib laisse ses doigts lui effleurer le bras, signifier sa présence, être avec elle.

Elles vont dans le salon, la porte se referme.

— Qu'est-ce qui se passe, à votre avis ? demande Jessica.

— J'espère que c'est rien de grave, fait Vasco.

L'attente est interminable.

La porte s'ouvre avec fracas : tout le monde sursaute, puis Chloé se rue dans l'escalier pour gagner l'étage. Elle a filé trop vite, personne n'a pu voir l'expression de son visage, mais le bruit de la porte qui claque là-haut n'annonce rien de bon. Consternation sur tous les visages.

À petits pas, ils se rendent dans le salon.

Tata est à table, elle boit un verre d'eau. Tonton a les doigts croisés. Assis dans son fauteuil médical, il a les yeux fixés sur l'extérieur, le vert du pré rattrapé par ce ciel menaçant.

— Ça va, Tata ? dit Jessica d'une toute petite voix.

Elle leur fait signe de s'asseoir.

— J'ai eu une nouvelle à annoncer à Chloé. Sa vie va changer. C'est une bonne nouvelle, mais difficile à recevoir, pour elle. Du moins au premier abord. Cela va prendre du temps pour qu'elle... l'accepte, mais c'est une bonne chose, j'en suis convaincue. Je vais la laisser faire le tri, et j'irai lui parler. Voilà. Son papa est sorti du centre de repos il y a peu de temps. Il a manifesté l'envie de la voir, de recouvrer une vie normale. Il pourra probablement retrouver ses droits parentaux très bientôt, et la reprendre avec lui, à Dijon. C'est une nouvelle à laquelle on ne s'attendait pas... aussi vite, je dois l'avouer. Mais je reste persuadée que tout se passera bien. Malgré tout, Chloé va avoir besoin de chacun de vous.

Vasco et Djib qui ignorent toujours tout de son histoire, de ce qui a fait d'elle une enfant de la DDASS, n'osent pas poser de questions. Ils observent les réactions de Dylan et Jessica.

Dylan baisse les yeux et serre les poings. Sa rancœur envers le monde adulte est un démon capable de saccager si rapidement son cœur qu'il doit quitter la pièce.

Jessica pose une main sur sa bouche. Elle sait ce que cette nouvelle signifie.

Un lit vide.

Ce lit, le lit de sa frangine de cœur.

Ne plus la voir les week-ends en rentrant de l'internat. La fin des vacances ensemble. Leurs vies qui ne seront plus jamais les mêmes, leurs vies qu'elles se sont efforcées d'assembler à deux, priant à chaque commission pour que les agréments soient reconduits, apprenant à avancer chacune avec son parcours...

Le silence dure, douloureux, violent. Djib voudrait déjà la rejoindre, tout faire pour qu'elle aille mieux... L'idée même de savoir la vaillante Chloé en larmes le charge de tristesse.

— Elle ne vous a rien dit, n'est-ce pas ?

Vasco et Djib secouent la tête.

— Chloé a perdu sa maman à dix ans. Son papa est tombé en grave dépression, il a sombré dans l'alcoolisme. Il n'a jamais eu de comportement violent envers Chloé, il a juste renoncé à vivre, incapable d'affronter le deuil. La petite a fait bien plus qu'une enfant de cet âge-là doit faire... Elle a caché le drame qu'elle vivait, de peur qu'on la retire à son père. Lorsque les autorités sanitaires s'en sont aperçues, il ne se nourrissait plus. Elle non plus, par la force des choses. Elle allait tout de même à l'école tous les jours. Il a été admis en hôpital psychiatrique et elle a été placée en famille d'accueil temporaire... et l'état de son père ne s'est malheureusement pas arrangé. C'est à ce moment-là qu'on me l'a confiée.

Tata hoche la tête, pensive, avant de reprendre :

— Cette petite fille pleine de vie, qui espérait voir son papa revenir la chercher à chaque fin de semaine... Progressivement, elle a transformé sa peine en déception, sa déception en colère, jusqu'à refuser en bloc de le revoir. Avec Tonton, nous avons toujours craint ce jour. Même si c'est notre rôle de les accompagner jusqu'au moment où ils pourront retrouver leur famille, car le lien du sang prévaut... Et nous y sommes. Son père se bat depuis des mois pour aller mieux, la thérapie et le temps ont œuvré. J'ai été en contact plusieurs fois avec lui par l'intermédiaire du juge des tutelles et de l'éducatrice de Chloé. C'est un homme bon, accidenté par la vie, voilà tout. Mais pour Chloé, tout est différent... Nous le comprenons.

Vasco et Djib se taisent. Les mots ne suffiraient pas à traduire ce qu'ils ressentent pour leur amie. Ils ne voient pas le père, pour eux seule compte la fille dont la vie vient de changer une fois encore. Les téléphones qui sonnent et les cortèges de virages à 180 degrés qu'ils font prendre à l'existence...

Djib se rappelle précisément cette sonnerie stridente, même s'il était petit à l'époque, lorsque son père, d'une cabine, avait annoncé à sa mère qu'il ne rentrerait pas.

Vasco, réveillé en pleine nuit quand un appel du Pays leur avait annoncé la mort d'un oncle.

Le sempiternel apprentissage du malheur.

— On... on peut aller la voir ? ose Djib.

— Si elle le souhaite. Chloé est une jeune fille très mure, j'ai confiance en elle. La nouvelle l'a secouée, mais elle affrontera.

Jessica et les garçons montent l'escalier à pas feutrés, arrivent devant la porte close.

Ils frappent. Pas de réponse.

Trois petits coups à nouveau.

— Chloé, c'est Jess, je peux entrer ?

Pas de réponse.

Jessica hésite... et se décide : elle ne laissera pas une porte entre son amie et elle.

Elle entre.

Chloé est assise sur son lit, son singe en peluche dans les mains, les yeux tournés vers la fenêtre. Elle paraît tellement abandonnée au chagrin, inconsolable, avec ses yeux qui renvoient une forme de brûlure absolue... Impossible de la reconnaître.

— Ma belle, murmure Jessica en la prenant dans ses bras.

Elle se laisse faire, corps mort, vaincu. Le combat de vivre ne sert à rien, la vie piétine. Jamais, depuis qu'ils sont ici, les garçons n'ont vu chez elle ces signes de résignation.

Djib essaie d'accrocher son regard. Vasco reste à la porte, mal à l'aise.

— Hey... Ça va aller...

Des mots vides de sens, des mots qu'il voudrait salutaires mais qui passent sans s'arrêter. Venus trop tôt, ou trop tard pour peser.

— Je n'irai pas... Je ne veux pas...

Des intonations grelottantes, une imploration. Jessica sent des larmes couler sur ses joues, emportant le noir de son maquillage. Chloé ne pleure pas, elle, ne pleure plus ; elle est vidée et aussi raide qu'un Dylan en pleine crise. Une pauvre âme malmenée et éclopée.

Ça n'en finit jamais. Les cicatrices dormantes.

Djib s'avance :

— Chloé, faut laisser un peu de temps. Tu viens d'apprendre, faut que ça se décante...

— Non.

La réponse est une gifle pour Djib.

— Non. Tu comprends pas ? Je n'irai pas. Ma vie est ici. Il ne peut pas disposer de moi. C'est fini, je ne veux plus le revoir de ma vie.

Djib s'incline, un silence pesant s'installe.

— Il t'aime, ton père, je suis sûr...

— Tais toi, Djib, s'il te plaît. Ne parle pas de moi, s'il te plaît, je te le demande. Ça n'ira pas mieux et je refuse de lui pardonner. Qu'il vive sans moi, tout comme il m'a obligée à vivre sans lui.

Elle paraît si dure.

Coquille aux yeux rougis, vulnérable.

À cet instant, Dylan entre dans la chambre, rejoint sa sœur, et prend Chloé dans ses bras sans lui demander son avis.

— Je suis là. Compte sur moi. Je te jure, je suis là.

Cette fois, Chloé semble s'abandonner, un peu, à l'étreinte. Le pas de Tata monte alors dans le couloir, Vasco s'écarte pour la laisser entrer. Ils sortent de la chambre. Sur le seuil, Tata leur prodigue ce sourire qui allège la souffrance et ferme la porte.

*

Dehors, c'est une fournaise. Un compte à rebours vers l'inévitable. Il le faut, d'ailleurs : les organismes sont soumis à rude épreuve et après ces derniers jours d'extrême chaleur, même les orages seraient les bienvenus. Ceux qui ont éclaté dans l'Allier ont été terribles, a-t-on dit sur France 3.

Tata redescend, épuisée. Elle a laissé Chloé couchée dans son lit en chien de fusil, dos à l'entrée. Pas de regard, pas de réponses quand les garçons lui souhaitent bonne nuit.

Jessica vient se pelotonner contre elle.

— Si t'as besoin de causer tu me réveilles, t'hésites pas, OK ?

Chloé serre sa peluche comme si on voulait la lui arracher. Celle qu'elle serrait chaque soir en pleurant, à prier pour que son père redevienne papounet.

*

Vasco rêve qu'il fait du surf.

Il n'a jamais mis les pieds sur une planche, mais il rêve qu'il chevauche les vagues.

L'Océan est agité et le bouscule.

Il entend son prénom.

On le secoue.

Il ouvre les yeux : Jessica est au-dessus de lui, totalement paniquée, cheveux emmêlés.

— Réveille-toi ! Réveillez-vous tous.

Elle allume la lumière.

Djib se dresse immédiatement, Dylan pousse un long gémissement grognon.

— Chloé est partie, elle a laissé un mot.

Les mots cognent les cerveaux, descendent dévaster les entrailles, pillent la raison. Vasco regarde le radio-réveil : 4 h 35.

Djib est déjà debout. Il enfile son short en jean.

— Putain, ça craint ! fait Vasco en s'habillant à son tour.

Jessica, entre pleurs et tremblements, brandit une feuille de papier.

246

— J'ai trouvé ça sur son oreiller...

« *Je suis désolée. Je ne veux pas, je ne peux pas.* »

— On fait quoi ? On fait quoi ?

Dylan est comme fou, tourne dans la chambre en haletant.

— Dylan... c'est pas le moment.

— Me parle pas, me parle pas...

— Hey, reste tranquille ! lâche Vasco, agacé. C'est pas le moment, je te dis.

Ils se font face. Jessica s'interpose.

— Vous êtes cons ou quoi ? Chloé fugue, et vous vous embrouillez ?! Faut qu'on fasse quelque chose et vite !

Djib regarde le lit de l'absente. Toutes ses affaires sont là. Seul le singe en peluche manque à l'appel, à première vue.

— Faut prévenir Tata, déclare Jessica.

— Oui, et appeler les flics, répond Djib.

Dylan balaie l'idée d'une main nerveuse.

— Les gendarmes, ils vont rien faire de suite, crois-moi. NOUS, on doit se bouger... Où elle est partie, à votre avis ?

Dehors, la nuit a encore deux belles heures devant elle. Il n'y aura pas de lever de soleil, la plaque noire vissée au ciel empêche toute luminosité. Ni lune ni étoiles, seulement les nuages que l'on devine.

— Dylan, va voir dans le garage. Toi, Jess, réveille Tonton et Tata, nous on se met en route. On prend les vélos.

— Mais pour aller où ? Et je veux venir avec vous !

Vasco se retourne sur elle.

— Je sais, Jess... mais là, on va y aller tous les trois. On n'a aucune idée d'où elle peut être, on va faire tous les endroits où elle serait susceptible d'être allée.

Vasco et Djib quittent la maison ; Dylan arrive à leur rencontre, mains cramponnées au guidon de son vélo.

— Elle a pris un vélo, toutes les meules et le scoot sont là. On commence par où ?

La panique se diffuse en eux, passe de l'un à l'autre, creuse un nid profond. L'obscurité n'arrange rien, l'air saturé d'électricité pèse sur eux.

— Comment savoir ? On va vers Tamnay ou on prend la route de Brinay ? Et si elle a abandonné son vélo, si elle est partie à travers champs, on fait comment ?

Vasco n'a jamais parlé aussi vite.

— Et pour quoi faire, surtout ? Elle a quoi dans la tête ?

Chacun voudrait que l'autre le rassure. Ne pas laisser les sales pensées prendre le dessus.

Pieds sur les pédales, muscles bandés, ils s'élancent. Les volets s'ouvrent dans la maison, à l'étage – peut-être va-t-on chercher à les empêcher de partir tête baissée ? Alors ils accélèrent, foncent sur la route, direction Brinay, sans savoir pourquoi, sans réfléchir davantage. Ils doivent le faire.

27

Ils avalent les côtes, donnent tout dans les descentes, abasourdis par l'effort. Chacun a crié plus de cent fois le prénom de la fugueuse. À intervalles réguliers, l'un d'eux lâche son vélo, vide ses poumons et inlassablement appelle Chloé ; en vain.

À Pouilly, des chiens se mettent à aboyer, une lumière s'allume, ils roulent plus vite.

Vasco peste :

— Ça sert à rien, fait chier. C'est pire que de chercher une aiguille dans une botte de foin !! Peut-être qu'à Passy, ils ont du nouveau.

— On continue, réplique Djib. T'imagines un peu l'état dans lequel elle doit être ?

— Ouais ! intervient Dylan. Dis pas ça, Vasco. On n'abandonne pas. Il va bientôt faire jour, ce sera peut-être plus facile.

Ils traversent un petit bois, la nuit semble un mur capable de faire naître les pires menaces et joue avec l'imagination des banlieusards. Ne pas s'arrêter, se concentrer sur la route qui apparaît grâce au rayon lumineux.

— On inspecte Fleury de fond en comble, et si elle y est pas, on revient par Châtillon, on bombe, on fouille Tamnay...

— PUTAIN, On est trop cons !!! hurle soudain Dylan. Je suis sûr qu'on aurait dû commencer par-là ; en haut de la vieille gare, y a l'arrêt de bus de la ligne Nevers-Château...

Vasco freine.

— On fait quoi, alors ? Vous pensez qu'elle va direct essayer de prendre la route ?

Silence. Les bruits du petit matin ne sont pas rassurants... Au loin, quelques éclairs zèbrent le ciel.

— On se sépare ? propose Vasco.

— Nan, on n'a pas pris de phone, répond Dylan. Bon, Tamnay est à douze bornes maintenant. Les premiers bus, l'été, ça démarre à 8 heures et quelque. Si elle se planque là-bas, on a encore un peu de marge. Mais les mecs, va falloir se déchirer, OK ?

Hochements de tête. Ils traversent les hameaux éteints, filent sans croiser âme qui vive, en apnée, en constante recherche du second souffle. Ils n'ont jamais pédalé aussi vite.

Quand ils arrivent à Fleury, l'aube s'étend sur le site. Les vélos sont balancés dans les fourrés, à nouveau le prénom de Chloé jaillit de leurs tripes.

Rien. Pas de réponse. Le chant des oiseaux. Les sanitaires déserts. Ils piquent un sprint le long du canal, la grotte pourrait être un refuge, ils font tout pour s'en convaincre... raté. La déception est plus grande à chaque échec, la peur enfle.

— On n'y arrivera jamais, soupire Vasco, les mains sur les cuisses.

— CHLOÉ ! hurle Djib.

Il grimpe le petit sous-bois raide. Le champ s'étire derrière, à perte de vue.

— Où elle est, merde ? râle-t-il en fermant les yeux.

— Vous... vous croyez qu'elle... qu'elle irait jusqu'à faire une connerie ?

Vasco a honte de poser cette question, mais elle le tenaille depuis le départ de Passy.

Dylan fronce les sourcils.

— Non. Pas Chloé. Elle a explosé, c'est tout. Je sais ce qu'elle ressent, ça nous est déjà arrivé à moi et Jess ; tu penses plus à rien, tu veux juste qu'on te foute la paix, personne peut te soulager, personne peut te comprendre. Chloé, elle ferait pas ça.

Les deux copains sont soulagés. Un peu seulement.

Dylan a déjà ré-enfourché son vélo.

— Bon, on fonce à Tamnay. Plus j'y pense, plus je suis sûr qu'elle doit se cacher dans le coin... Prêts, les mecs ?

C'est reparti. Ne penser qu'à son coup de pédale, caler son souffle sur celui de devant, prendre exemple, ne pas baisser la tête, il fait jour maintenant, le tonnerre gronde, tout donner pour elle.

Ils croisent enfin des voitures, dépassent un tracteur, et serrent les dents lorsque les premières gouttes s'écrasent sur eux.

Au loin, on voit des traînées filandreuses se détacher des nuages, c'est local et violent. Le tonnerre se rapproche, il est au-dessus d'eux, les traque. À part jurer contre le sort, ils ne peuvent rien faire qu'accélérer, battre la cadence à grands coups de moulinet, ils ne peuvent que subir la pluie, épaisse, chaude. Elle s'infiltre dans leurs dos, trempe leurs cheveux, ruisselle sur les visages, noie leurs yeux, entre dans la bouche à chaque inspiration.

Un camion les double, le bruit est impressionnant et l'eau qu'il charrie sur son passage prend des allures de tsunami.

Pris sous le déluge, ils continuent. L'inquiétude grandissante.

— Allez, crie Dylan. Encore cinq bornes !

Le vent, les bourrasques, l'intensité de ce qui dégringole… Ils fusent, l'eau dans les rayons, garde-boue soumis à rude épreuve. Les phares des voitures crèvent le rideau de pluie, eux redoublent d'efforts, longue ligne droite avec le Morvan en visu.

Ils prient pour que ça ne vire pas au cauchemar. Vite la retrouver. Djib se souvient de ce qu'il a ressenti au jour de leur arrivée, quand elle lui a souri. Le spectacle, qui a lieu normalement après-demain. Les heures de travail entre sérieux et fous rires. Cet été irréel grâce auquel ils ont pu enfouir les états d'âme tout au fond, et simplement savourer.

Et maintenant, tout vacille.

Dylan chasse l'eau devant ses yeux aussi régulièrement qu'un essuie-glace. Il revoit la petite Chloé, arrivée muette, fébrile, avant d'éclore peu à peu, sous le soleil Tata. Sa Chloé, toujours capable d'écoute et de pardon envers lui, là où tant d'autres s'étaient résignés face à sa bêtise et sa haine.

Le trio entre dans Tamnay, personne dehors bien sûr, LE BIENVENUE est éclairé, quelques maisons ont déjà leurs volets ouverts.

7 h 31. Ils s'arrêtent au niveau de la vieille pompe à essence, abandonnent leurs vélos, les corps brûlent, pas le temps de souffler, sous les trombes d'eau ils courent vers l'arrêt de bus, toujours en criant son prénom.

Personne.

Ils avancent à grandes foulées sur la voie de chemin de fer, les cailloux orange sont noirs à cause de la pluie, ils pénètrent dans les vieux hangars, appellent, inspectent chaque recoin. L'écho de leurs voix et le martelage de l'averse sur le toit en tôle.

Il ne reste plus qu'un petit local de poterie situé en contre-bas...

Dylan se heurte à une serrure close.

La pluie frappe tout autour d'eux, ils ne sont pas vaincus mais incapables de réfléchir. Vasco ramène ses cheveux en arrière et garde les mains posées sur la tête, regard perdu, vide.

Et puis, il semble s'éveiller :

— Là-bas... c'est pas un vélo ?!

Des haies fournies les séparent d'un grand pré sur lequel traîne une grange décatie, et en effet... on peut entrevoir la fourche d'un vélo qui dépasse derrière un engin agricole rouillé.

Djib prend Vasco par l'épaule, Dylan lui frotte joyeusement les cheveux.

Ne pas crier victoire. Pour accéder à la grange, il faut passer cet obstacle broussailleux et la clôture de barbelés. Et le dénivelé qui tombe à pic sur la rivière – le courant est fort, sa rive abrupte.

Tant pis, ils s'enfoncent dans la végétation, s'entraident, s'agrippent aux branchages.

Ils finissent par se délivrer de cet enfer humide. On frotte les blessures, le sang coule sur les griffures, les respirations sont saccadées.

Encore un effort : la rivière.

Une fois en face, ils pourront gravir la butte, quitte à finir à genoux.

Une fois en face...

Dylan n'attend plus, il entre dans l'eau froide, jure.

Djib s'élance à son tour, Vasco l'imite, il faut respirer calmement, ne pas perdre l'équilibre – quand l'eau arrive au torse, la terreur d'être renversé par le courant leur envoie de grands élans de panique.

Dylan reprend son souffle sur l'autre berge, il a perdu une de ses Nike.

Il tend sa main aux deux autres et les amène à lui.

— Merci, mec..., frissonne Vasco, les yeux rivés sur un bout de bois qui file à la surface.

La pluie semble se calmer.

Djib est le premier en haut, il hisse Dylan, puis Vasco.

Pas le temps de souffler, ils cavalent vers la grange.

C'est bien son vélo.

— Chloé !

— Chloé ?!

Ils entrent, quelques moutons se sont regroupés là, il y a une échelle pour monter à l'étage.

Djib grimpe, les autres le suivent. Ils sont épuisés, écorchés de partout, de vrais sauvageons...

... et pourtant, ils oublient tout quand ils la voient.

Enfin.

Assise près d'une fenêtre sans vitre, face au vide. L'orage s'éloigne, il ne pleut plus que quelques gouttes.

Elle se tourne vers eux, une lueur dans ses yeux tristes. Elle tient son singe en peluche. Et face à ces trois épouvantails, son sens de

254

l'humour espiègle semble reprendre le dessus ; sa bouche dessine un sourire.

— Chloé... ça va ?

Dylan se pose à ses côtés, la prend dans ses bras – Djib en meurt d'envie, mais il n'ose pas.

Vasco s'est assis sur une botte de paille. Il tient son bras droit, tout égratigné, sa cheville saigne un peu. Il sourit à Chloé.

— Merci, dit-elle à voix basse, je suis désolée... Je veux pas, Dylan...

— Je sais.

— J'y arriverai pas.

— Si.

— Ce moment, je l'ai tellement attendu, mais plus maintenant. J'ai pas voulu tout ça. C'est pas juste... Quand tu es enfin heureux, presque comme quelqu'un de normal...

— Je te promets que ça ira.

— Tata va tellement m'en vouloir !

— Tu sais bien que non...

— Je sais pas ce qui m'a pris. Je voulais aller à Nevers, peut-être monter à Paris. C'est ridicule... Je suis ridicule !

Elle réprime un sanglot.

— Je suis perdue...

Elle pleure abondamment.

— Allez, lève-toi. Jessica est morte d'inquiétude, faut qu'on rentre à la maison.

— Je veux pas le revoir. Il m'a abandonnée, putain !

— Je sais.

Elle pose sa tête sur l'épaule tremblante de Dylan. Elle ne retient pas ses larmes, lui si.

Djib lui tend la main ; aussitôt Dylan s'écarte, pudique, tandis qu'elle se redresse. Elle se plaque contre lui, et malgré le froid, il s'emploie à lui offrir le plus de chaleur possible.

— Je sais que c'est débile de répéter ça. Je le sais. Mais je veux pas.

— Peut-être que tu pourrais... lui laisser une chance ?

— Et toi, tu lui laisserais une chance s'il revenait, à ton père ?

Djib se crispe, elle poursuit :

— Faut toujours que ce soit nous qui pardonnions ? On n'a rien demandé, à la base, et on trinque.

— On s'en servira pour grandir. Être meilleurs qu'eux.

— J'ai tellement peur...

— T'es hyper forte, plus que moi. Toi, tu pardonneras, je le sais.

Leurs yeux se rencontrent. Intensément.

— On a aussi un spectacle à présenter dans deux jours.

Elle esquisse un sourire.

— Tout va tellement changer.

— Demain sera ce qu'on en fera...

— C'est de toi ? demande-t-elle avec un rictus moqueur, les rouages de leur relation reprenant doucement le dessus.

Il passe un bras à sa taille, l'encourage à le suivre.

Le soleil n'est pas loin, on sent qu'il pousse, bientôt le ciel sera à nouveau celui qu'ils ont béni tout cet été.

Ils remontent l'allée en silence.

28

— Ils sont là !

D'une grande ruade, Gaétan envoie le portail taper contre la pierre et s'élance vers les quatre ados qui marchent en ligne, sur toute la largeur de la route, vélos à la main.

Le pas lent, les corps exténués.

Dylan est pieds nus, il tient son unique Nike par les lacets.

Il y a de la crasse boueuse, du sang séché et des yeux cernés.

Mais ils sont ensemble.

En apercevant la voiture de gendarmerie garée contre la haie, Chloé baisse la tête. Elle sent heureusement un afflux de bonheur la parcourir quand Gaétan enroule ses bras autour de sa taille. Le léger mouvement de balancier qu'il imprime à son câlin la berce.

Gwen arrive à son tour, galope vers les héros. Tata ensuite, visage soulagé, puis Jessica et Tonton. Tout Passy se retrouve sur le bitume déjà sec.

Les deux gendarmes regardent la fugueuse venir vers sa tutrice. Chloé tombe dans les bras de Tata, et pleure.

Il n'y a rien d'autre à faire que de la consoler, les mots viendront ensuite.

*

La tarte aux pommes, la glace à la vanille qu'on met dessus. Le sommeil, un long bain, quelques instants de bonne solitude, celle où l'on se recentre, où l'on existe ; et toujours ressentir les autres à ses côtés. Voilà comment Chloé occupe les heures qui amènent au spectacle.

Il aura lieu. Plus que jamais, tout Passy est décidé à honorer la metteuse en scène.

Ce matin, Tonton est en train de lire le *Journal du Centre* quand les petits dévalent l'escalier en piaillant un immense et collectif « joyeux anniversaire !!! ». Chacun plus fier que l'autre d'offrir ce qu'ils ont fabriqué : un abri à oiseaux en bois, un bracelet, une paire de boucles d'oreilles – ce qui fait rire l'assemblée, mais Sirine y tenait...

Vasco, lui, a fait le pain pour l'occasion. Il le sert à Tonton sur un plateau, et même s'il a l'âge où l'on ne doit pas s'émouvoir trop de ces instants, il a du mal à cacher sa joie. Chloé se fait discrète, tandis que Jessica parle beaucoup ; elle est persuadée que la lampe sans piles qu'ils ont achetée avec son frère est la plus grande trouvaille du siècle. Dans la foulée, Dylan se lance dans une longue explication du procédé. Vasco l'écoute d'une oreille, plus occupé par la réaction du vieil homme face à la miche de pain.

Son léger mouvement de tête est une victoire.

— C'est très bon.

Vasco rougit comme à sept ans, quand la maîtresse te donne un bon point devant tout le monde.

— Euh, Djib, faut pas qu'on aille reposer les volets de derrière ? Après, on aura plus le temps.

Djib acquiesce, et Dylan s'immisce :

— Je vais vous filer un coup de main, vous êtes encore capables de les poser à l'envers.

— C'est toi qu'es posé à l'envers.

Rires.

Tonton et Tata goûtent l'instant.

*

L'ancienne école communale est prête à accueillir la troupe.

Tout est en place. Parquet monté avec l'aide de Lulu et son frère, décors installés, rideau tendu qui n'attend plus que les trois coups, parterre de chaises, de bancs, deux bouilloires pour le café, les glacières remplies, les frigos idem – Armando et Monsieur Moreau ont fait les choses en grand.

En coulisses, Chloé s'agite, se recoiffe nerveusement, respire fort pour se calmer. Elle a son appareil photo autour du cou, pour l'occasion, et elle compte bien s'en servir. Elle a déjà mitraillé plus de 300 photos depuis le début de l'été. Ça la travaille. Les garçons vont bientôt partir. Reviendront-ils ?

Elle regarde Djib, en plein rush. Il apporte les derniers détails aux costumes des deux Nadia, éclate de rire quand Jessica vient parader avec son faux nez crochu, une merveille d'atrocité confectionnée en pâte à modeler, et ses jupons noirs. N'empêche qu'elle restera la sorcière la plus sexy de l'histoire des sorcières.

Dylan porte son pull rayé de marin et son bonnet. Il a passé la tête dehors pour voir si les premiers spectateurs se décident à arriver.

Dans la cour, Tonton et Tata discutent avec le maire, un éleveur de Mouligny, Armando et le couple d'accueillants familiaux, dont les enfants jouent au ballon avec Gaétan et Gwen.

— Et si y a personne ? demande Dylan.

— Pourquoi y aurait personne ?! répond Vasco, sur le ton du reproche.

— Laisse-leur le temps.

— C'était trop tôt, murmure Chloé. Je suis sûre que c'est pour ça.

— Mais nan, intervient Djib. Les gens vont venir !

— Les gens s'en foutent, du théâtre ! Surtout par ici… Comment j'ai pu croire que ça pourrait marcher…

Tonton regarde sa montre, puis Chloé, dont le corps semble se crisper de plus en plus. Djib lui prend la main. Elle ne réagit pas.

— Putain, sérieux y font quoi ? lâche brusquement Dylan.

Sa phrase reste suspendue : il voit arriver Perrine et sa famille. Et dans la foulée, les premiers claquements de portière se font entendre.

Chloé respire à nouveau.

Perrine vient à leur rencontre, la bise qu'elle adresse à Dylan est très appuyée… Dans leurs dos, Monsieur Moreau enchaîne les poignées de main. Aux yeux de Dylan, aucun doute : c'est Perrine qui a joué son rôle d'ange-gardien, car dès lors, les gens ne cessent plus d'arriver, retraités, familles de Tamnay, de Châtillon, des enfants, beaucoup d'enfants, et tout le monde se salue, entame des discussions, loue l'idée des « gamins de Tata ».

— C'est qu'on n'a pas grand-chose à faire, nous autres !

Des bruits de mobylettes alertent la bande – ils se consultent... Bastien, le Tic, les jumelles se garent. Vasco est soulagé, aucune trace de Lionel ni de Jean. Cela dit, il n'a pas hâte pour autant de se retrouver dans son costume de Papa Saïd devant tous ces gars de son âge.

Il y a bien une cinquantaine de personnes à vue de nez, et ça continue à se remplir. Le matraquage sauvage des affiches a finalement porté ses fruits. Chloé n'en est que plus excitée... et terrifiée ! Un trac du tonnerre monte en elle quand elle fait un dernier point avec Djib sur le déroulé de la pièce. Elle récapitule chaque étape, l'entrée en scène, les lumières, les plages musicales et...

Elle se fige.

— Djib.

— Quoi ?

— La guitare... J'ai oublié la guitare !!

— T'es sûre ?

Elle acquiesce, comme sonnée. Elle se revoit très clairement en train de tout enfourner dans la malle, de la poser sur son lit... et d'oublier la petite guitare sans laquelle Kamel ne pourra jouer son rôle de Bachir.

Les spectateurs n'en sont pas encore à s'installer, l'avant-scène permettant aux discussions d'aller bon train.

— On y va en vitesse ! lance Djib.

— On est venus en voiture, on n'aura jamais le temps de faire l'aller-retour.

— Qu'est-ce qu'il y a ? demande Dylan.

— J'ai oublié la guitare.

Échange de regards, rapide.

— Bon, j'y vais en courant ! dit Djib.

— T'es ouf ? C'est à deux bornes.

— Bastien ! hèle Dylan.

Le grand gaillard se retourne.

— Y a moyen que tu prêtes ta bécane à Djib ? On a oublié un truc grave important.

Bastien accepte.

— Vous faites gaffe, hein ?

Djib et Chloé enfilent les casques et démarrent.

*

Sans attendre l'arrêt complet de la moto, Chloé saute à terre et se rue jusqu'à la porte. Elle s'énerve sur la serrure, grimpe à l'étage.

La guitare est là. Sur son lit.

Elle respire calmement.

C'est quand elle voit la photo sur sa table de nuit que l'onde de choc revient. Dylan qui frime, Jessica qui parade, elle au milieu. À côté, elle comptait mettre celle où ils posent tous les six. Mais ce ne sera pas sur cette table de chevet, finalement…

Elle ne s'y attendait pas, pas maintenant. Prise dans l'urgence de la journée, la félicité retrouvée après sa fugue, les derniers moments à Passy, elle était ailleurs.

Elle s'arrête sur la couette de Jessica défaite, son attirail de Lolita.

Leur chambre.

Des larmes silencieuses coulent le long de ses joues.

— Ça y est ? Tu l'as ?

Djib devine aussitôt.

— Hey, ça va ?

Elle se retourne, s'essuie les yeux.

— Mince, mon maquillage.

— Coup de mou ?

Elle renifle.

Il la prend dans ses bras. Elle se rend compte à quel point elle est encore épuisée, se niche au creux de son cou. Dans quelques jours, ils seront séparés.

— Ça ira. Je serai là, on s'écrira, on tchattera. Tu vas pas te débarrasser de moi comme ça.

Chloé ferme les yeux. Il prend tellement soin d'elle... Ses mains lui caressent le dos. Elle est bien.

Alors, tout doucement, Djib s'écarte de façon à la regarder dans les yeux.

Il détaille son visage, son petit nez, sa bouche qui dessine cet adorable sourire. Djib est fier d'avoir les bons mots ; il s'aperçoit qu'il les a toujours eus.

Et il y a ceux qu'il voudrait réussir à dire, maintenant.

Impossible.

Et merde : assez de mots. Dans l'élan, il l'embrasse.

Elle ne recule pas. Enfin, ce moment arrive... Elle est heureuse de l'avoir laissé venir, sans rien forcer.

Leurs langues se rencontrent, goûtent l'évidence même de ce baiser, alors ils le prolongent, s'éloignent une seconde pour savourer, les yeux brillants, et vite retrouver les lèvres de l'autre.

Bientôt ils perdent le contrôle.

Tout leur semble facile, les caresses, les soupirs ; comme si leurs corps se connaissaient déjà bien. Dans leurs gestes, il y a autant de pudeur que d'excitation.

Chloé s'allonge sur son lit, la guitare tombe au sol avec un grand bruit discordant, ils gloussent. Djib s'étend à ses côtés, se débarrasse de son short d'une main, elle l'aide à passer son débardeur par-dessus sa tête. Elle a beau l'avoir vu torse nu tout l'été, ça ne lui fait pas du tout le même effet... Elle sourit à cette idée. Il lui déboutonne son short en l'embrassant dans le cou... Impossible de dissimuler son empressement, mais il reste doux et rassurant. Lui ôte son soutien-gorge. Quand ses petits seins se révèlent, elle pose par réflexe un bras dessus, puis, à mesure que la bouche de Djib l'enivre, elle oublie sa pudeur.

Aucun des deux ne parle, de peur que l'autre se rappelle leur devoir, brise l'intensité. Ce n'était pas prévu, alors il faut le vivre.

Il passe ses mains sous son dos, l'attire doucement sous lui, sans la lâcher des yeux. Dans un flash, il revoit toutes les fois où il a attendu, rêvé, espéré que *ça* arrive, avant. Les heures de discussion avec Vasco sur leur banc. Des thèses et des thèses déroulées, à l'infini... et en fait, bonnes à finir dans l'Oise. Rien ne vaut ce sentiment de jambes tremblantes et ces afflux de fièvre dans les reins.

— Tu fais doucement, hein ?

— Oui.

Quand il la pénètre, elle se raidit, il attend... Elle sourit et expire lentement. Ses pommettes ont rosi.

— T'as mal ?

— Heuuu, quand même, oui... Vas-y, mais doucement.

Il glisse ses doigts entre les siens. Leur souffles et gémissements emplissent la chambre, Chloé garde les yeux fermés, elle câline sa nuque et son dos.

Djib respire de plus en plus vite, incapable de réaliser qu'il est en train de faire l'amour, *vraiment, vraiment,* qu'ils sont en train de faire l'amour, et que c'est la première fois, que c'est bon, doux, fort, que chacun s'en souviendra le reste de sa vie.

Complices, ils se sourient au même moment.

La sueur les unit, front contre front. Bientôt cela devient difficile de tout contrôler, alors les mouvements s'emballent, chacun appelant le corps de l'autre. Djib vient se coller à elle quand il jouit, la respiration saccadée et alerte, ils restent enlacés un long moment.

Plus rien n'existe, rien ne les attend.

Cela dit, il ne faudra pas oublier la guitare tombée sous le lit.

29

La salle est comble, les plus jeunes devant, les adultes derrière.

Pas habitué au théâtre, le public s'agite et rigole. C'est surtout l'occasion pour les plus anciens de passer un moment différent. Perrine est assise à côté de la bande de Châtillon, elle regarde sa montre – déjà cinq minutes qu'ils ont tous pris place.

Quand Djib et Chloé arrivent en coulisses, plutôt débraillés, les autres ne peuvent s'empêcher de les accueillir avec des sourcils intrigués. Jessica comprend direct, cesse de mâcher son chewing-gum et, la bouche ouverte, envoie des signaux à Chloé pour avoir des détails, des détails ! Mais Chloé l'ignore, concentrée sur ce qu'ils ont à faire. Jessica se contente de l'embrasser sur la joue, et s'empare de son balai.

À son tour, Vasco remarque le sourire niais de son pote. Il s'approche de lui, passe devant Dylan qui, à mille lieues des secrets, réajuste à genoux le costume de Sirine.

— Naaaaaan…

— Quoi ?

— Sérieeeeeux ?

— Quoi ?

— Vas-y, t'es un bâtard...

Djib sourit un peu plus.

Les comédiens se préparent à entrer en scène.

Quelques quintes de toux, un raclement de gorge dans la salle.

C'est parti.

Chloé frappe les trois coups... et ce qu'elle a tant voulu offrir à Tonton et Tata prend enfin vie.

Ça démarre par une bourde : Sirine et Farah entrent en même temps sur scène. Farah reste bloquée une seconde, finit par écouter les injonctions muettes de Chloé, et sort à toute vitesse. On reprend.

Avec son micro et l'ampli, Chloé commence à raconter l'histoire.

— *La sorcière de la rue Mouffetard.*

Voix-off calme, bien placée, parfaite. Les gens se redressent pour mieux apprécier les décors. Par ici, on ne voit pas ça tous les jours ! Jessica fait son entrée « machiavélique ». Exubérante, drôle, volcanique, elle dynamite la belle-mère de Blanche Neige !

Tata pose une main sur son cœur, ravie.

ACTE I, SCÈNE 1
Bruit de l'orage. JESSICA (la Sorcière)
entre d'un pas bondissant.

JESSICA : Aaaaah, je vieillis chaque jour... Il faut que je trouve un remède !

Elle tourne sur elle-même, mains sur les hanches.

JESSICA : Je sais ! Je me vais me faire une potion ! Alors voyons…

Elle fouille dans un carton sur lequel est écrit : « Potion en tout genre ».

JESSICA : Il nous faut : des yeux de ragondins, de la bave de veau, un vieux doudou puant – et bien sûr, ne pas oublier deux pattes de caniche… C'est très bon pour le teint.

Elle secoue une bouteille pleine d'une mixture jaunâtre et en avale deux pleines gorgées.

JESSICA : Pouah, ça ne marche pas ! Sacrebleu ! Je suis maudite, moi qui mérite d'être si belle !

Elle tourne en rond, se gratte une verrue… se retient d'éclater de rire quand elle croise le regard de Tata.

JESSICA : Je sais ! J'ai lu dans « L'ogre au pull vert magazine » que si l'on mange une petite fille cuisinée à la sauce tomate, on retrouve sa jeunesse éternelle, et sa poitrine au passage. Et croyez-moi, ce ne serait pas du luxe ! Il faut simplement que le prénom de la petite fille commence par un N… Je me rendrai au marché demain, et je guetterai !

ACTE I, SCÈNE 2
SIRINE (Nadia) entre sur scène,
un panier en osier sous le bras.
Elle chantonne :

SIRINE : La-la-la, j'aime faire mes courses, pour mon papa et mon petit frère, j'aime faire les courses, dans la rue Mouffetard.

La sorcière marche doucement derrière elle, sans se faire voir ; elle arrive à sa hauteur et lui tape sur l'épaule. La petite feint de sursauter.

JESSICA : Bonjour ma petite, comment t'appelles tu ?

SIRINE : Sirine – euh, Nadia !!! Je suis la fille de Saïd, l'épicier.

La sorcière se tourne vers le public.

JESSICA : HA HA, parfait, c'est ma chance ! J'aurais pu tomber sur une Aglaé ou une Fernande, et voilà une Nadia... Hé hé. Ma patte de farfadet porte-bonheur fonctionne toujours.

La sorcière lui tourne autour, l'inspecte, tâte ses petits bras.

JESSICA : Très bien, c'est très bien... Dis-moi, je suis très vieille, pourrais-tu m'acheter une boîte de sauce tomate à l'épicerie de ton papa et me la rapporter chez moi ? Tu serais adorable.

La sorcière se tourne vers le public et dit d'une voix sardonique :

JESSICA : Hi hi, vous avez vu comme je suis futée ? Je retrouverai bientôt mes jolies gambettes !

ACTE II, SCÈNE 1
*Entre VASCO (Papa Saïd),
suivi de FARAH (Nadia).*

VASCO : Vas-y, je... Euh : Non, ma fille ! Tu diras à cette grand-mère que nous ne faisons pas de livraison à domicile, elle n'aura qu'à se bouger les... elle n'aura qu'à venir dans mon épicerie elle-même.

Il se gratte la moustache – coup de projecteur sur son visage, assuré par GAÉTAN et GWEN, en coulisses.

NADIA : Très bien, Papa.

ACTE II, SCÈNE 2
Entre la sorcière dans l'épicerie.
Papa Saïd est à son comptoir.

VASCO : Bien le bonjour madame, que puis-je pour vous ?

Papa Saïd ne peut s'empêcher de lui faire une grimace, les deux manquent de partir dans un fou rire.

JESSICA : Je... Je voudrais Nadia. VASCO : COMMENT ?

JESSICA : Euh... Je voudrais une boîte de sauce tomate, c'est pour manger avec Nadia.

VASCO : COMMENT ?

JESSICA : Euh non, je voudrais une boîte de sauce tomate, c'est pour manger avec des spaghettis.

VASCO : Vous voulez aussi des spaghettis ?

JESSICA : Non non, juste Nadia.

VASCO : COMMENT ?

JESSICA : Non, je veux dire, juste la boîte de sauce tomate. Mais dites-moi, Papa Saïd, est-ce que Nadia peut me l'apporter chez moi ? C'est très lourd et je suis très vieille.

VASCO : Ah ça, non Madame, nous ne faisons pas de livraisons. Si c'est trop lourd, vous n'avez qu'à la laisser.

JESSICA : Bien, bien.

La sorcière se tourne vers le public :

JESSICA : Il m'embête, celui-là. En plus, il est moche comme un pou. Nan, mais vous avez vu comme il est vilain ?

Papa Saïd la regarde, se tourne vers les coulisses, affolé.

VASCO (à voix basse) : Hey, c'est pas le texte !!

La salle éclate de rire.

La sorcière balaie sa remarque d'un mouvement de main et fait volte-face.

JESSICA : Je sais ! Demain, j'irai au marché, je prendrai la place de la bouchère et j'attendrai la petite Nadia... et quand elle sera là, crac, je l'enferme dans mon tiroir-caisse et je l'emmène chez moi !

ACTE III, SCÈNE 1
La place du marché. La sorcière attend
derrière son étal de boucherie
(des cartons décorés et customisés
par la troupe).

Entre Nadia, elle sifflote.

JESSICA : Bonjour, ma petite. Tu veux un rôti ?
SIRINE : Non, aujourd'hui je viens acheter un poulet.

Nadia s'éloigne. La sorcière se tourne vers le public.

JESSICA : GRRRRRRR, je reviendrai demain.

ACTE III, SCÈNE 2
GAÉTAN tire sur des ficelles,
un soleil en papier kraft fait le tour de la scène.
Derrière le décor, perchée sur un escabeau,
GWEN brandit une pancarte
sur laquelle est écrit : « Le Lendemain ».

Entre Nadia à nouveau.

JESSICA : Bonjour, ma petite ! Aujourd'hui, j'ai de délicieux poulets, si tu veux.

FARAH : Non, merci. Aujourd'hui, je viens acheter des steaks.

La sorcière se tourne à nouveau vers le public, fait mine de mordre son balai.

JESSICA : GRRRRRRRR, décidément !!!

ACTE III, SCÈNE 3
GAÉTAN tire à nouveau sur des ficelles,
le soleil refait le tour de la scène.
Derrière le décor, GWEN dresse sa pancarte
qui annonce : « Le Lendemain ».

Entre Nadia à nouveau.

JESSICA : Bon, ma petite : aujourd'hui, j'ai de la boucherie ET de la volaille. Qu'est-ce qui te ferait plaisir ?

SIRINE : Ah, c'est très bien tout ça, mais aujourd'hui, je veux du poisson...

La sorcière fait les gros yeux, plaque sa main sur son visage, mord son balai et s'écrie :

JESSICA : GRRRRRRR, elle va me rendre folle. Ah ! Je sais : demain je prendrai l'apparence

de TOUS les marchands de la rue Mouffetard…
et cette fois, elle ne pourra pas m'échapper !

ACTE IV, SCÈNE 1
Sur scène, habillés
comme la sorcière marchande,
DJIB et CHLOÉ se tiennent droit ;
ils portent des masques
sur lesquels on a collé une photo découpée
du visage de Jessica.

Entre Nadia, en sifflotant.

JESSICA : Il est frais, mon poisson, il est frais !
DJIB et CHLOÉ : Il est bon, mon poulet,
elle est tendre, ma viande, ils sont beaux, mes
légumes !

Nadia s'approche.

FARAH : Bonjour madame. Je voudrais des
côtes de porc, s'il vous plaît.
JESSICA : Bien sûr, ma petite. Et voilà…

*La sorcière tend un paquet à Nadia, l'attrape
par le poignet, la fait passer sous les cartons transformés en étalage et rit à gorge déployée :*

JESSICA : HA HA HA, ça y est, enfin !! Je vais
pouvoir retrouver mes 20 ans !

ACTE IV, SCÈNE 2
Entre KAMEL (Bachir), une guitare à la main.

*Sur scène, Djib et Chloé sont toujours grimés
en sorcière marchande, pendant que Jessica s'approche du nouvel arrivant.*

JESSICA : Qu'est-ce que tu veux, toi ?

KAMEL : *(d'une voix hésitante et tremblo-tante)* : Bah, je cherche ma sœur, Farah... euh, Nadia, et comme je la trouve pas, j'aimerais juste jouer une chanson.

La sorcière lui tourne autour, lève des mains crochues dans son dos, sourit bêtement quand il se retourne d'un coup sur elle.

JESSICA : Ah bon, et comment elle s'appelle ta chanson ?

KAMEL : « Nadia, où es-tu ».

JESSICA : Ah non, surtout pas. Toutes les chansons, mais pas celle-là.

Elle se tourne vers le public :

JESSICA : Mais je vais pas y arriver avec eux !

KAMEL : C'est la seule chanson que je connais.

Il gratte les cordes doucement.

JESSICA : Bon, d'accord, mais chante à voix basse.

KAMEL : *(d'une voix nettement plus assurée, et tout sourire)* : Nadia, où es-tu ? Nadia, où es-tu ?

JESSICA : Ah, mais chut, moins fort !!

KAMEL : Nadia, où es-tu ? Nadia, où es-tu ?!
La petite voix de Nadia s'élève de sous le carton :
FARAH : Bachir, Bachir, délivre-moi, ou la sorcière me mangera.

La sorcière avance sur la pointe des pieds der-rière Bachir.

JESSICA : Moins fort, j'ai dit !!!!

KAMEL : Nadia, où es-tu ? Nadia, où es-tu ?!

FARAH : Bachir, Bachir délivre-moi, ou la sorcière me mangera.

Bachir arrive devant le carton tiroir-caisse et, alors que la sorcière se penche sur lui, il bondit et l'assomme d'un coup de guitare (un grand bruit de fracas retentit, lancé depuis la régie par Gaétan).

Alors que la sorcière est étendue sur le sol, bras en croix et langue pendante, Djib et Chloé les sorcières s'approchent de Bachir. Il se retourne juste à temps, prend un seau et lance des tomates pourries sur Djib (il a été convenu que la cible serait lui plutôt que Chloé). Les deux sorcières s'écroulent au sol, imitant Jessica.

ACTE IV, SCÈNE FINALE
Entre DYLAN (le marin),
habillé en marinière.
Il surjoue sa démarche chaloupée
et s'exprime d'une grosse voix.

DYLAN : Qu'y a-t-il, mon petit ?

KAMEL : C'est ma sœur... Elle est dans le tiroir-caisse et je n'arrive pas à la délivrer.

DYLAN : Laisse-moi faire – rien ne me résiste, même Popeye, je le prends d'une main !

L'impro fait rire Kamel (et Djib, au sol).

Le marin fait mine de forcer sur le carton, y met toutes ses forces... Dans son dos, Jessica rampe vers eux.

DYLAN : Il me faudrait un outil, je n'y arrive pas.

La sorcière est presque sur eux ; dans un râle, elle déchire le décor et libère Nadia. Le marin lance

*le carton derrière son épaule, lequel atterrit sur la
sorcière qui couine un grand coup.*

Cris de joie de Nadia et Bachir.
*Papa Saïd arrive à ce moment et les prend par
la main.*

VASCO : Merci, monsieur le marin, de nous
avoir délivrés de cette sorcière – elle était vraiment moche comme un pou mort.

Il sourit. Au sol, Jessica lui tire la langue.

VASCO : Je vous invite tous chez moi pour
manger de bonnes pâtes !
KAMEL : D'accord, mais alors à la sauce tomate !

Ils quittent tous l'estrade, pour y retourner
ensemble et saluer le public.
C'est une pluie d'applaudissements. Certains
anciens n'ont pas tout compris mais ce n'est pas
grave, la petite troupe avait de l'énergie à revendre,
en tout cas ! Chloé est fière, elle ferme les yeux, la
main de Djib dans la sienne, comme en vrai. Le
petit Kamel titube, sonné. Jamais il ne se serait
cru capable d'une chose pareille... Il est heureux.
Même Bastien et les potes ont passé un bon
moment. On n'assistera peut-être plus jamais à
une pièce de théâtre, ça ne manquera pas forcément ; mais pour l'instant c'est chouette.
Ils se retrouvent derrière les rideaux, les petits
sont hystériques, les grands soulagés et fiers.
Dylan et Vasco échangent des vannes.
— Franchement, Dylan, t'étais top. Ton Oscar
arrivera quand on installera la Poste ici.
— Et sinon, y a moyen d'acheter du sky passé
22 heures chez toi, Vasco l'épicier ?

— Merci, leur dit simplement Chloé.

Dans la cour, on dresse les tables. Pendant que son mari discute avec quelques spectateurs enjoués, Tata prend Chloé à part.

— Ça va, ma puce ?

— Ça va, Tata. C'était bien.

— Oh, pour ça oui, ma belle. C'était bien.

30

Au-dessus de leurs valises vides, Vasco et Djib font la gueule. Les épaules sont lourdes. Chaque vêtement qu'on pose au fond semble un coup de poignard. Personne ne dit un mot, une sorte d'omerta s'est installée à l'étage : interdit d'évoquer la fin de quoi que ce soit. Demain, c'est le départ...

Dernière douche, Vasco reste un moment les mains agrippées au lavabo. Le visage qu'il découvre, à mesure que la buée se dissipe, est noué.

Un dernier dîner. Platée de coquillettes. Le plus grand des repas. On y met l'humeur, les formes, on célèbre celui-ci pour tous les autres, mais les cœurs sont lourds. Les petits ne parlent que de leur prestation, d'ailleurs Chloé est déjà instamment priée de mettre en scène une autre pièce. Les garçons font des vannes, sans à-propos, à la chaîne. L'idée de séparation est trop douloureuse.

C'est passé trop vite ; la phrase est dans toutes les têtes. Alors on traque les îlots d'insouciance dans cette soupe de grimaces.

Vasco en trouve un beau, devant la valise ouverte : attrapant une paire de chaussettes qui traîne, il l'envoie au visage de Dylan... et la déclaration de guerre fonctionne. Acrobaties, échanges de tirs, esquives, ils s'en donnent à cœur joie.

Quand le calme revient, le silence est pesant.

Ils décident ensuite de s'offrir une dernière balade sous le ciel étoilé. L'air est frisquet, les pulls sont obligatoires – seul Vasco affronte la fraîcheur, arrogant face au vent.

C'est Chloé qui rompt le silence :

— C'était génial. J'espère qu'on se reverra.

Les prédictions paraissent si incertaines... Même la solide Jessica sait que ce sera difficile. Chloé semble sincère, et tout le monde voudrait la rassurer, lui dire que bien sûr, c'est impossible qu'ils ne se revoient pas après ce qu'ils ont partagé cet été...

Et pourtant... Ils viennent de deux mondes différents, seule l'exubérance de l'adolescence les a réunis ici.

Alors, comment faut-il se dire au revoir ? Ou adieu ? Comment savoir s'ils seront réellement amenés à se recroiser ?

Certes, ils se sont promis de tous se retrouver sur le Net, causer, ne pas se perdre de vue, surtout pas... Ils sont devenus si importants les uns pour les autres ! Ils sont sincères dans leurs serments, mais une fois l'année scolaire commencée, le quotidien concasseur viendra probablement tout faire voler en éclats, ils le savent.

Durant la marche, on traîne les pieds sur le gravier pour signifier son humeur, les moues sont communicatives.

Avant Djib, Chloé n'avait connu que des amourettes de vacances. Ce qu'ils ont découvert ensemble ne mérite pas de finir au fond d'une malle avec des lettres que l'on regardera avec mélancolie ! Elle étreint sa main. Et lui, pourtant si hostile à l'idée de nourrir un quelconque pessimisme, n'en mène pas large. Il ne pense qu'à elle, à ce qu'elle est devenue tout au long de ces deux mois : une amie, un flirt, sa première fois...

C'est ironique, quand il y repense. Il est venu ici à cause d'une bagarre pour une fille, il est tombé amoureux d'une autre. Et son cœur est plus lourd que le soir qui précédait leur arrivée dans ce grand inconnu. Il prend Chloé par la taille et la réconforte comme il peut.

De son côté, Vasco tient la main de Jessica, laisse glisser son doigt dans sa paume pour la provoquer. Il guette ses sourires et ne touche plus terre quand elle se prête au jeu.

Au fond, compter les heures ne sert à rien : il sait bien que même s'il arrivait à échafauder le plus habile des plans, c'est fichu, ils ne « le » feront pas... Salaud de Djib avec ses lèvres qui remontent jusqu'aux oreilles !! Vasco se sent jaloux à crever – et en même temps, heureux pour son pote.

Entre les deux couples, pour ne pas trop broyer d'idées noires, Dylan pense à Perrine.

Tous attendent un mot de l'autre, celui qui calmera l'appréhension de la séparation. Mais les mots ne suffisent plus, alors la nuit devient spectatrice de leur avancée silencieuse. Ce soir, quel que soit l'enjeu du lendemain, ils sont encore maîtres de ce qu'ils ont inventé.

*

Ensuite, un dernier film. Peu importe lequel, pourvu qu'il soit long. Les mains se retrouvent sous les coussins, on fait semblant devant les images, seul compte ce qui se dit peau contre peau. Ils laissent les minutes s'égrener.

Puis le dernier coucher.

Après avoir salué Tata et Tonton comme si c'était un soir normal, les garçons se mettent en rang devant les filles, en haut des escaliers.

— Bonne nuit les meufs.

— Bonne nuit les mecs.

Chloé encaisse mal. Ses yeux s'embrument, alors Djib la prend dans ses bras. Et si Dylan fait le fier, haussant les épaules avant de filer dans la chambre, c'est aussi pour laisser un peu de répit à Vasco et sa sœur. Les couples échangent un long baiser, les doigts caressent les visages, c'est un peu de sérénité de retrouvée.

Pourtant, même après l'extinction des feux, les yeux peinent à se fermer. Chacun revit son été.

Jessica vient se lover contre Chloé, qui camoufle mal son chagrin. Les deux amies n'ont pas parlé de cette première fois entre elle et Djib, mais Jessica sait – on ne la lui fait pas. Le moment viendra où elles en discuteront ; pas ce soir.

Heureuse pour son amie, elle lui câline l'épaule tout en caressant de douces pensées pour Vasco, teintées de spleen et d'amertume.

Elles s'endorment finalement ensemble, emportées par le sommeil.

*

Le lendemain est là trop vite.

Vasco s'est éclipsé en douce de la tablée. Mains dans les poches, il arrive devant la Ford et soupire longuement.

Tonton le rejoint, chaussons traînants. Vasco lève la tête et le regarde. Et, tout en prononçant les mots qui lui viennent, il prend soin de garder la tête droite :

— Merci, Tonton. Pour tout ce que vous avez fait pour nous.

— C'est moi qui te remercie.

Vasco envoie un coup de menton vers la grange démolie.

— Et ça, au fait ?...

— Elle est bien comme ça.

— Vous... Vous allez me manquer.

Tonton lui pose une main sur l'épaule, pas vraiment pour le consoler, plutôt pour signifier son affection sans avoir à se perdre en discours. Un truc d'hommes. Du moins, Vasco l'interprète comme ça.

— Elle est tellement classe, cette voiture.

— Ah, justement, je voulais t'en parler. Vois-tu, fils... je n'ai plus la force ni la patience de la réparer. Alors, si tu le souhaites, je te la vendrai. Oui, ça me ferait plaisir qu'elle soit à toi. Tu sais combien je l'ai achetée, je te l'ai dit : gage à toi de t'en souvenir. Alors tu vas travailler ces prochains étés, mettre de l'argent de côté et tu reviendras. Et alors, je te la vendrai – quand tu auras ton permis, naturellement.

Vasco peine à retenir la vague d'émotions qui le parcourt. Aussi, il attend quelques secondes avant de répondre, de peur d'entendre sa voix dérailler.

— Vous êtes sérieux ?

— Oui. Travaille, donne-toi pour y arriver, et si vraiment tu la veux, reviens et je te la vendrai. Tu as ma parole.

— C'est... Je sais pas quoi dire.

— Tu connais son prix. Ce n'est pas un cadeau, plutôt une opportunité. Maintenant, pour ça comme pour le reste, c'est à toi de jouer.

Vasco ne peut plus quitter la Ford des yeux : il est déjà au volant, le moteur gronde, l'asphalte défile... C'est sûr, il va tout mettre en œuvre pour tenir sa part du marché, quitte à bosser tous les étés comme un chien ! Elle sera à lui.

Des rêves, il en a peu. Mais il ira au bout de celui-là – revoir Jessica, aussi ?...

31

Vasco a l'impression que son sac de sport pèse une tonne.

— Tu veux de l'aide ? T'as l'air en galère.

Jessica est apparue sur le seuil de la porte de la chambre – aussitôt, il bombe le torse.

— Nan, ça ira. Franchement, je crois que je suis encore plus beau gosse que quand je suis arrivé !

— Ah, tu vas bien les draguer, les Parisiennes.

— C'est clair...

Elle croise les bras. Il sent le point de rupture proche et s'en veut d'avoir cédé à l'orgueil sans réfléchir.

— Hey, je rigole.

Elle esquive sa première tentative de câlin, cède à la deuxième devant son air de chien battu.

— Je suis désolé, je veux pas qu'on se sépare fâchés. Tu vas me manquer...

— Toi aussi. Tu crois qu'on se reverra, franchement ?

— On...

S'interrompant, Vasco s'écarte et claque son triceps tatoué du plat de la main.

— Tu seras toujours *là*, Jess. Et c'est pas loin du cœur, alors...

Elle s'empourpre mais se gausse en même temps.

— Quel beau gosse !! Tu viens de l'improviser ?

— Je t'aime, Jess...

Elle ne s'y attendait pas. Vacille un peu, de se retrouver totalement prise au dépourvu face à lui. Chez elle, d'habitude, ce sont des mots qu'on malmène, des mots qu'on vide de leur sens. Elle plonge dans les yeux de Vasco.

Difficile pour lui de soutenir son regard, surtout après une telle déclaration, mais il tient bon. Elle lui passe une main sur le visage, chasse une larme naissante. Alors il approche doucement ses lèvres des siennes. Le baiser est doux.

Elle se dit on verra, on va se laisser vivre, et dans ses bras, elle est bien.

*

Ensuite, ils attendent dans le jardin. C'est plus dur à chaque minute, entre *interminable* et *insupportable*. Et alors qu'on en viendrait presque à croire que tout ça n'était qu'une farce et que demain sera un nouveau jour pour profiter ensemble de l'été, Vasco reconnaît le bruit caractéristique de la Mercedes familiale quand elle se gare le long de la maison.

Les portières claquent.

Tout Passy est prêt à accueillir la famille.

C'est José qui pousse le portillon. Il aperçoit son fils, assis. C'est lui, bien sûr, et pourtant, il y a dans son regard quelque chose de différent...

José n'a pas le temps de poursuivre sa réflexion : il s'est fait bousculer par sa femme, qui a surgi dans le patio pour se *ruer* sur son fils aîné. Vasco se raidit quand sa mère l'étreint, il reste droit, les mains ouvertes sans savoir trop quoi en faire.

La mère de Djib apparaît à son tour, elle pleure de joie de retrouver le sourire de son fils. Interminable été. Et sous les yeux des enfants de Passy, les deux potes redeviennent, le temps d'une étreinte, des petits garçons.

*

Ça y est, ils sont partis.

Pour les enfants de Passy, il n'y a plus qu'à reprendre le cours de cette fin d'après-midi. Le dîner sera bientôt là, il va falloir donner un coup de main à Tata.

Dylan traîne des pieds dans le grenier quand il entend des pleurs, dans la salle de bains. Il pousse la porte et tombe sur Jessica, assise sur la baignoire. Son eye-liner s'enfuit avec ses larmes.

Son premier réflexe est de refermer le poing, alors il lutte, garde ses mains ouvertes, et étreint sa sœur. Jessica pose son front contre son épaule.

Pendant tout ce temps, Dylan garde les yeux fixés sur son reflet dans le miroir.

C'est ta sœur, tu seras toujours là pour elle.

Il n'a pas l'habitude de la voir si vulnérable, la frangine. Évidemment, elle est triste. Elle pleure sa séparation d'avec Vasco, le départ prochain de Chloé, elle pleure leurs moments à tous. Leur été. C'est vrai que cet été n'était pas comme les autres. Même lui se sent triste, bien qu'il n'aime pas l'admettre.

À vrai dire, il est déjà rivé sur la rentrée, et comme chacune de ses pensées va vers Perrine, la perspective de la savoir loin de lui chaque semaine commence à l'angoisser. Il ne sait pas non plus comment se fera le retour chez Monsieur Moreau. Et d'ailleurs, même si, miraculeusement, il venait à décrocher son diplôme, qui voudrait d'un gusse comme lui ?

Il y a du conditionnel partout dans son horizon – *et si* la mère les reprenait, *et s'il* plantait cet apprentissage… *Et si*… Alors il ne dit rien, mais les ruminations sont là, la trouille, la colère – contre lui-même, contre un tout bancal.

Pendant qu'il console sa sœur, blottie contre lui, Dylan s'échappe dans la vision de son reflet en espérant y trouver un remède – et pourquoi pas, de l'aide. Voir s'il peut y lire la confiance que les autres mettent en lui.

Mais non, il ne reçoit que cette lueur qui lui rappelle deux phares peinant à éclairer une route plongée dans l'obscurité, à l'infini.

Alors il ferme les yeux.

*

Le vert défile. Celui qui leur manquera tant, d'ici quelques heures.

Personne ne parle, dans le Mercedes. Seuls les standards de Radio Nostalgie comblent les silences. Vasco et Djib se laissent hypnotiser par le décor de leur été. Les mères leur jettent des petits coups d'œil pour prendre le pouls de leur humeur, de l'état dans lequel ils quittent cette campagne.

Au bout de quelques longues minutes, les deux potes posent leurs yeux l'un sur l'autre au même moment, avec cette envie de voir comment se débrouille le frangin face à l'épreuve. Leurs visages se dénouent et ils échangent un sourire.

Bien vite, ce sera le retour à la routine, ensuite le bahut, la vraie vie, paraît-il... ils en ont bien conscience. La trouille sera là, disséminée dans les doutes : peur de l'échec, incertain quotidien, et tout ce qu'ils vont vivre dès la rentrée.

Cependant, en eux résonnent de plus en plus fort les échos de ces moments qui forgent ; et ils savent que demain, pour la première fois, face au monde qu'on leur impose, ils oseront devenir.

FIN

Merci à...
Tibo Bérard et la team Sarbacane
pour donner à chacun de mes romans
la belle vie dont je rêvais.
Ma famille, présente et patiente.
Mes frangins de plume, Nicolas Mathieu
et Marion Brunet. On avance ensemble...
Alexandre Delaporte, dont l'amitié et les conseils
sont de livre en livre davantage plus précieux.
Aux lecteurs, les premiers,
ceux qui me font la joie de rejoindre l'aventure
Rock'n'read... You rock !

Retrouvez le premier chapitre
du roman de Benoît Minville

HÉROS
Livre 1/2

Le réveil

SARBACANE
éditeur de création

1

C'était le premier soir des vacances de la Toussaint, et les trois copains espéraient bien trouver enfin le dénouement idéal à leur histoire.

Regroupés au deuxième étage de leur QG – une grande baraque abandonnée des hauts de Sainte-Forge –, ils avaient déjà oublié ce qui les déprimait toujours en cette saison : la nuit qui tombait si tôt, tout comme la bruine et le couvre-feu.

Quand les parents leur avaient dit : « D'accord mais pas tard, retour avant dix heures », ils avaient promis sans même essayer de négocier. Tout ce qui comptait, c'était de sauter sur son vélo ou sa mob et de se réunir le plus rapidement possible.

Les planches de leur projet – la plus grande BD de tous les temps, la saga qui deviendrait aussi connue que Héros – s'étalaient sur le sol en une exposition fière et colorée de leur imagination.

À la lueur fébrile de leurs grosses lampes torches, ils scrutaient chaque case, chaque dessin, plissant les yeux pour apprécier, dans l'obscurité, ce qui se déroulait sur les feuilles Canson.

On y était. La dernière partie de cet album qui leur avait demandé tant de temps : des soirées, des heures de cours, des week-ends entiers. Enfin, les vingt dernières pages seraient bientôt bouclées ! Seulement, avant de pouvoir savourer cet instant, il restait une flopée de cases à mettre en scène.

Et comme d'habitude, tout était réglé en une imparable partition. D'abord, Matéo présentait ses crayonnés aux autres. Une vraie griffe, un style impressionnant pour ses 15 ans, dans la droite ligne de celui de Jean Valogness – le génial créateur originel de la série, l'artiste qui avait donné naissance en 1938 au champion Héros, zélateur, dernier rempart contre les forces occultes.

Puis Richard exposait le scénario qu'il avait concocté, justifiant les rebondissements, proposant à Matéo des idées de cadrages qu'il espérait dignes de Costa, l'auteur-illustrateur qui avait succédé à Valogness en 1988 et continuait, chaque mois, à faire du titre l'immense succès qu'il était. Excité, volubile, Richard brassait l'air, bafouillant parfois quand il craignait de ne pas restituer fidèlement toutes les idées qui se chahutaient dans sa tête. Toute cette matière qui allait prendre vie sous les mines et les pinceaux de son pote.

Enfin, posté par-dessus les épaules de ses deux potes, José... José les « coachait », comme il aimait à le dire. Ce qui, en gros, consistait à caresser le duvet sous son nez en fronçant les sourcils d'un air expert, et à remettre systématiquement leurs choix en cause.

Arrivé au bout de sa démonstration, Richard marqua une pause. Cette séance-là était cruciale, ils le savaient ; car après ces derniers échanges, ces ultimes ajustements, il serait temps d'essayer de donner vie à leur œuvre. Or, plus qu'un simple hommage à Héros, dont ils attendaient avec impatience le nouveau numéro – il arriverait demain dans les boîtes aux lettres –, ce projet était leur chance de marquer l'histoire à leur tour !

Ils en étaient persuadés. Ils seraient les héritiers.

Tout du moins, José en était persuadé. Matéo et Richard, eux, s'ils prenaient un plaisir fou à dessiner et imaginer des sagas ensemble, avaient conscience que la route du succès était longue et pavée d'embûches. Matéo attisa leur curiosité en prenant son temps pour sortir ses planches ; certaines finies, d'autres encore en travail et les dernières quasi blanches.

— Alors voilà, on en est à la page 18. Pour illustrer cette partie, je vous propose d'abord un plan général, comme ça, j'en mets plein la tronche avec le décor de la plateforme pétrolière frappée par l'ouragan et déjà prise d'assaut par les tentacules de Zoth-Ommog qui débarque lentement...

Il en profita pour remettre un coup de crayon sur les excroissances de la créature, l'une des plus repoussantes des Grands Anciens, sorte de tronc infâme surmonté d'une gueule reptilienne qui lui donnait beaucoup de fil à retordre.

— Après, moi je dis, faut direct un plan américain ; on verrait les membres du Culte du Feu, en transe, en train d'attirer Zoth au milieu des otages avec le crâne du fond des âges, et Carla, la petite amie médium, et ensuite, plan moyen sur

Héritier qui débarque, alors qu'on l'avait laissé pour mort trois pages plus tôt.

Richard hochait la tête.

— Ensuite, faut faire au moins un plan rapproché, puis un gros plan pour bien faire monter la pression.

Matéo crayonna rapidement les idées de Richard. Il hachura les cases, schématisa leur contenu. Le tout avec une aisance déconcertante.

— Et c'est là, poursuivit Richard, que Père Jacinto, qui se trouve avec les otages, se fait envoûter à cause de la secte et se retourne contre Héritier. Et qu'on tient notre combat final et dramatique.

— Yes, j'adore cette idée, mec. Je pourrais faire une plongée sur lui pour qu'on comprenne bien, j'y mettrais des émanations qui partent du crâne mystique et qui lui rentrent dans la gorge... Avec masse de détails.

Il parlait en pointant de la mine les vignettes dans lesquelles ses ébauches n'étaient encore que des promesses.

— Et Héritier comprend qu'il doit vaincre son ancien mentor s'il veut éviter à la fois le Réveil de Zoth et la marée noire qui menace.

— Et donc, gros plan sur Héritier. J'hésite à mettre un cartouche pour expliquer.

— Les gens sont pas cons, fit Richard. On se doute bien de ce qui va suivre.

— Les gens sont cons, prit soin de rectifier José. Et tant qu'on y est, il est trop mal fait, dans cette case... Sérieux, Mat, trop mal proportionné ! On dirait un dessin de quand t'avais huit ans, continua-t-il, le faisceau de sa lampe braqué comme une menace sur la planche.

— Et ta sœur, elle est mal proportionnée ? répliqua Matéo. Il claque carrément, c'est juste que t'as pas d'yeux !

— Oh, c'est très fin, ça... vraiment très fin.

Richard pouffa. Gonflé, le Matéo, de se moquer de Tiffany alors qu'il était fou d'elle depuis toujours, et plus particulièrement depuis qu'elle avait hérité d'une paire de seins plus grosse que celle de Jennifer Laplace – pourtant élue canon du genre au bahut. Quand on savait que Tiffany était la jumelle de José, il y avait quand même de quoi se poser des questions sur les mystères de la génétique.

— À part ça, les gars : c'est bien joli, vos finasseries d'écrivains, mais il reste le vrai problème à régler. Un problème plus important que de savoir si on finit par une bataille ou une course-poursuite, croyez-moi.

— De quoi tu parles ? soupira Matéo, soûlé d'avance.

— Le nom du héros, voilà de quoi je parle. « Héritier »... Merde, non : c'est pas possible.

Voûté dans sa parka d'imitation militaire trop grande, Richard se recroquevilla de désespoir :

— Putain, c'est reparti...

— José, sérieux ! On en a causé dix mille fois : on est en France, on reste sur « Héritier » ! « Legacy », ça fait Marvel, c'est pas du tout l'esprit de Héros ! Pourquoi tu t'entêtes à pas comprendre ?

— Parce que déjà, c'est moche, riposta José. « Héritier », on dirait un nom de vermifuge pour chien ! Et puis merde, il faut penser global, mondialisation ! Avec Legacy, on frappe le marché ricain direct.

Richard haussa les épaules.

— Héros, il est français et ça l'empêche pas de se vendre à des millions d'exemplaires dans le monde depuis quatre-vingts ans, d'avoir sa licence, six films, plein de séries dérivées et des figurines que tu fais acheter par camions entiers à ta mère, José.

— On a décidé de l'appeler Héritier, on l'appelle Héritier. Je vais pas me taper de changer le nom partout à cause de tes conneries de marché ricain !

Matéo avait débité ça en griffonnant nerveusement sur la grande planche posée sur tréteaux qui leur servait d'atelier de travail. Il s'essayait à différentes représentations du pouvoir maléfique qui prendrait possession du mentor de leur personnage. Dans son dos, José grimaçait par à-coups, comme il le faisait toujours quand sa mauvaise foi et sa paranoïa se conjuguaient.

— Écoutez, les mecs, vous pouvez pas me faire ça ! J'ai déjà communiqué sur ma chaîne Youtube, commencé la promo, et je l'ai appelé Legacy dans la vidéo de teasing, alors on peut plus changer ! Faut pas se moquer du public comme ça. C'est pas honnête.

Matéo croisa les bras, torse bombé sous son survêt Real de Madrid.

— José, t'as dix-sept abonnés à ta chaîne : Richard et moi, ta sœur qui a pitié de toi, ta mère qui te choisit encore tes fringues, et ce gland de Bruno qui s'en sert pour se foutre de ta gueule. Le reste, c'est un mystère.

Pour toute réponse, José mit les mains dans son dos et commença à arpenter la salle, dans sa posture d'« éminence grise ». Le parquet élimé craquait sous ses Doc. L'odeur de poussière lui rappelait chez sa grand-mère. Matéo et Richard paraissaient plutôt décontractés dans cette grande baraque vide et humide, alors que lui... pas trop. Dès qu'il entendait un bruit suspect, il se rapprochait discrètement de ses copains.

En vérité, aucun des trois ne se serait aventuré seul ici ; même les ados plus âgés évitaient le coin, préférant les bords du canal ou le parc Salengro pour vider des bières. C'était aussi pour ça que la ponctualité était toujours de rigueur lors de leurs séances nocturnes : on n'aimait pas attendre au pied de la meulière envahie de lierre. Plus que tout, le jardin laissé à l'abandon les impressionnait. La faute à quelques légendes urbaines plutôt salées concernant ce qui se trouvait sous terre...

Le paradoxe était que la bâtisse se situait dans les beaux quartiers – « les hauts de Sainte-Forge », la zone dans laquelle les agents immobiliers se battaient pour avoir leurs pancartes ; seulement, c'était la dernière maison avant la forêt...

Pour s'y rendre, les copains devaient traverser toute la ville : José et Matéo quittaient leurs enfilades endormies de pavillons jumeaux, et Richard son petit HLM. Une fois arrivés, ils entraient dans leur repaire par la fenêtre mal condamnée avec ses deux planches de bois croisées.

— Vous êtes têtus, franchement. Quand on vendra ce projet à Héros Éditions, faudra pas faire vos divas comme ça !

Matéo et Richard échangèrent un regard désabusé. En général, le plus simple avec José c'était de le laisser parler, beaucoup, longtemps et sans répondre ; parfois, il se calmait.

— Allez, on se reconcentre, proposa Richard. On en est au combat final qui va surprendre tout le monde, en pleine mer déchaînée. Zoth-Ommog se réveille doucement, attiré par l'énergie qui investit Père Jacinto. Et Héritier va donc devoir affronter son mentor...

— Legacy..., le coupa José.

— T'es lourd, José, laisse-moi finir.

— Vas-y. Mais « Héritier », c'est tout pourri à côté de « Legacy », surtout qu'on avait voté et que ça en dit long sur ce que vous pensez de la démocratie. Mais vas-y, poursuis.

Richard s'apprêtait à reprendre, quand José lâcha à voix basse :

— Fasciste.

— José, ferme-la !!! s'énerva Matéo. On n'a pas toute la nuit ! Il va bientôt se mettre à flotter. Moi je suis en mob, j'ai pas envie de me gaufrer dans une trace.

José hocha la tête tout en s'adossant négligemment à la fenêtre, et la lumière du lampadaire déploya son ombre famélique dans la pièce. Puis, du bout des lèvres :

— Tout ça pour bien nous rappeler que t'as une mob et nous des vélos.

Matéo se claqua la main sur le front et la fit glisser sur son visage. Rester calme face à son copain tenait vraiment du sacerdoce. Souvent, au bahut, on lui demandait ce qu'il foutait avec ces deux-là, lui, le beau gosse au diamant à l'oreille qui aurait pu régner sur l'arrière du bus avec des types comme Bruno ; être celui qu'on imite et qu'on jalouse plutôt que le garde du corps d'un trouillard introverti comme Richard et d'un... de ce taré de José, quoi : le freak de service, le gars à éviter par-dessus tout !

À vrai dire, ça lui était déjà arrivé de se poser la question. Mais plutôt rarement, tout compte fait, parce qu'il ne se préoccupait pas trop de ce qu'on pensait d'eux, sauf certains samedis soirs de loose intégrale, et que de toute façon, être avec ses deux potes du matin au soir – même José – s'imposait depuis toujours comme une évidence. Au-delà de leur passion commune pour Héros, l'amitié qui les liait était une sorte de fluide ultra-puissant, un condensé de vie qui circulait dans leurs veines, exsudant à travers leurs pores à chaque moment partagé, bon ou mauvais.

— José, dit Richard. Laisse-nous finir. On a taffé comme des fous, et on a le chapitre à finir. Je me suis mangé un 5 en maths parce que j'avais bossé sur le scénario au lieu de l'interro, et crois-moi, pour l'expliquer à mon père, ç'a été bien chaud. J'ai pas besoin de ça en ce moment.

José regarda son pote ; sa longue silhouette un peu tordue, ses cheveux couleur paille en bataille, ses yeux verts malicieux mais fuyants... Un vrai poto, le Richard, le parfait tampon entre l'orgueil à gros bras de Matéo et lui, cerveau et pilier du groupe – comme il aimait à le dire.

Il reporta son attention sur les feuilles de dessin. Oui, c'était un sacré morceau. Ses deux meilleurs potes donnaient tout ce qu'ils pouvaient pour réaliser leur rêve : voir un jour, dans les rayons des librairies, leur projet trôner aux côtés de Héros.

Ce jour-là, ils feraient moins les malins, ceux qui se foutaient de leur gueule au bahut, ceux qui les appelaient « les Zéros » – quand Matéo n'était pas dans les parages, bien sûr. Tous ces jaloux, avec leurs regards dédaigneux… ils allaient bien voir. Lui avait confiance en leur talent, et il la rêvait déjà, sa belle vie, la gloire avec ses potes, l'argent, la reconnaissance. Il n'oubliait pas non plus que, derrière l'hommage à la plus grande bande dessinée de tous les temps, ils travaillaient surtout à poursuivre la véritable ambition de Héros : explorer et dévoiler, à travers le prisme de bonnes histoires de super-héros, les mystères occultes et ésotériques les plus graves. Tout un univers fascinant, terrifiant, dont seuls quelques élus, comme lui, osaient accepter la réalité ; et leur mission était bien d'ouvrir les yeux du reste du monde sur ces phénomènes étranges.

— Bon, allez-y, je vous écoute. Vendez-moi du rêve ! lança-t-il finalement.

Matéo haussa les épaules.

— Voilà comment je vois le truc, dit Richard. Pendant que Carla va affronter la secte – et leur mettre une branlée –, Héritier, lui, se retrouve face au père Jacinto possédé. Et là, je propose qu'Héritier utilise aussi ses pouvoirs télépathiques pendant le duel, dans le but de purger le mal qui a pris possession de son mentor. Ça nous fait une double narration, à la fois dans le monde réel et dans le monde psychique. Ça accentue encore plus la tension dramatique. Vous en pensez quoi ?

— Mortel ! Et du coup je pourrais tout faire sans cadres, en fait. Jouer la séquence avec des grands zooms et des travellings, en travaillant un fond différent sur les trois pages, selon qu'il combat en vrai ou psychiquement. Et comme Zoth débarque peu à peu, pendant ce temps-là, on joue vraiment le côté urgence, compte à rebours.

— Donc, gros combat, même si Héritier est déchiré d'avoir à le mener. Jacinto prend le dessus, et au moment où on pense que c'est foutu, c'est finalement dans l'autre combat, le spirituel, qu'Héritier réussit à le libérer. Héritier lui brise le crâne, Zoth replonge au fond de l'océan. À nous de voir ensuite si on ajoute un truc avec la plateforme, qui pourrait se briser et créer une catastrophe, ou si on arrête là.

Ils marquèrent une pause, comme pour reprendre leur souffle après le déluge d'idées.

— C'est du taff…, siffla Richard. Du taff, mais comment ça peut claquer !!

— Ouais, je pense. Un peu comme la fin du 824, où Héros débarque dans la cité antique de N'yrellh, vous vous souvenez ? Costa avait bossé tous ses décors comme ça : aplats de couleurs et compo hyper déstructurée.

— 826, rectifia José. C'était le 826, c'est important d'être précis.

— Si tu veux.

— C'est pas si je veux, Mat. Faut qu'on soit méga précis si on veut s'inscrire dans la suite de Héros. Il s'agit pas de saloper la continuité.

— Tes lignes de vitesse sont géniales, en tout cas. Tu progresses vachement. T'as parlé à tes parents de l'idée de tenter les Beaux-Arts après le bac ?

Richard tenait une planche tendue entre les mains, et ses yeux semblaient ne pouvoir se détacher du dessin. Le final serait grandiose.

— Non. Déjà je vais essayer de l'avoir, le bac ! Après... les Beaux-Arts, ça voudrait dire bouger sur Paris ou Lyon, tu sais. Je pense pas que ça suivra niveau finances. T'imagines le nombre de pizzas qu'il devrait faire, mon père, pour que je puisse gratter de la Canson pendant trois ans ?

Mis au chômage après un plan social dans la boîte où il travaillait depuis douze ans, le père de Matéo avait racheté un camion à pizzas à crédit ; il en vendait trois soirs par semaine à côté du Stade Gabin. Le bouche-à-oreille fonctionnait plutôt bien, par solidarité – les « charrettes » secouaient régulièrement la ville, et chaque nouvelle vague de licenciements insufflait la peur chez les habitants de Sainte-Forge –, et aussi parce que les pizzas étaient bonnes. Malheureusement, les rentrées d'argent du foyer restaient faibles, entre le camion du père et les ménages de la mère, et Matéo s'était habitué à reconnaître les jours de relance de factures aux visages fermés de ses parents.

— Parle-leur. Sérieusement. Ah, au fait, j'aimerais bien qu'on glisse un petit épilogue, après le dénouement. Quelque chose de court, juste pour relancer l'intérêt du lecteur et ouvrir sur une nouvelle intrigue possible, introduire un nouveau personnage...

José bondit comme un diable.

— Comme par exemple mon idée d'ado hermaphrodite qui vient du futur et communique par télépathie ?!

— À chier, définitivement à chier, répondit Matéo avant de terminer l'exposé. C'est complètement tiré par les cheveux !

— Tiré par les cheveux... C'est pas comme si l'histoire partait pas déjà dans tous les sens, excuse-moi : on a un gars qu'a notre âge et qui se découvre héritier de Héros, et en même temps il apprend l'existence des Grands Anciens, et là-dessus il va plus ou moins vivre une love story avec sa copine de classe qui se trouve être elle-même une puissante médium descendante d'un clan qui lutte contre le Culte du Feu... tu trouves pas ça bordélique, dans son genre ?

— Hé, si ça te plaît pas, t'avais qu'à le dire avant, maugréa Richard, vexé.

— Je dis pas que ça me plaît pas. Je dis que ça manque de cohérence.

— Putain, t'es vraiment relou, José !

Richard avait craché ça d'une façon agressive qui ne lui ressemblait pas, et il se retrouva face à deux paires d'yeux étonnés. Il s'en voulut un peu. Mais aussi, est-ce qu'ils comprenaient à quel point c'était difficile d'extraire quelque chose de sous son crâne, de faire naître de la matière depuis le néant, d'essayer de donner vie à une histoire pas déjà lue et relue mille fois ? Il se revoyait, les mains dans les cheveux, à se creuser la tête pendant que, dans la cuisine, son père contemplait sa peine à travers les fonds de bouteilles trop rapidement vidées.

— T'énerve pas, tenta José. Y a plein de trucs sympas comme tout, dans ton histoire. Ça vaut pas mon idée d'ado hermaphrodite, mais c'est p...

— Bordel, mais y a du plomb dans les murs de chez toi ou quoi ?! cria Matéo, inquiété par le regard absent de Richard, qui s'était tourné vers la fenêtre crasseuse.

Ils savaient que ce n'était pas facile pour lui, en ce moment. Ça ne l'était plus depuis un peu plus d'un an, en fait – depuis que ce chauffard avait fauché sa mère, un soir, après une réunion tardive à l'imprimerie.

— Je te jure, José, faut que t'aères ta chambre, des fois. C'est pas avec des ados hermaphrodites du futur que tu verras une paire de seins avant tes 35 ans, vieux !

Richard apprécia pudiquement cette tentative de mise en boîte de la part de Matéo et, la tête dans les épaules, il offrit tout de même un sourire au grand blond avec un diamant dans l'oreille.

José, lui, décida d'ignorer superbement la pique. Grattant son duvet d'une main, il attrapa de l'autre une planche sur laquelle Héritier – et non Legacy, puisque ses deux associés dictateurs lui avaient imposé leur choix – s'élevait dans le ciel au milieu d'une tempête de neige.

— En revanche, ça, c'est très bien, Matéo. Mais, juste un truc... pourquoi il a des chaussures de ski ?

— Va te faire foutre. Je te jure, la prochaine fois que Bruno et ses potes te dépouillent à la sortie du bahut, je les laisse faire.

— Pff ! Je les démonte quand je veux. Ils ont de la chance que je me serve pas des techniques de Krav Maga que j'ai apprises sur des tutos. Bon, de toute façon, on s'en fout, de ces nazes.

Là-dessus, José fouilla dans son Eastpak tout effilé et cousu de patchs, et brandit un paquet de chips ; c'était, en toute occasion, l'accessoire parfait pour reconsolider « le clan des Zéros ».

Les mains fourchèrent de concert, puis ils rirent de cette impression que chaque bouchée résonnait entre les murs.

— On a bien bossé, quand même, finit par leur accorder José alors que Matéo lui ôtait ses planches des mains, histoire qu'elles ne finissent pas toutes tachées.

— Content que ça plaise à Sa Seigneurie, lâcha Richard.

— En attendant, j'ai trop hâte d'être à demain pour lire le nouveau numéro ! reprit Matéo. On fait comme d'hab', on l'enchaîne et on se capte sur WhatsApp pour en causer ?

— Carrément. Moi, je suis sûr que le nouveau cycle va sonner le retour d'un Grand Ancien particulièrement hardcore... Vous voyez qui, vous ?

José hocha la tête, songeur.

— Ouais, ça va être forcément maousse – vous savez qu'il se passe plein de choses au niveau astral, en ce moment... Du moins, vous le sauriez si vous vous intéressiez un peu au fond du problème. C'est une règle connue de tous les vrais fans : quand ça bouge là-haut, ça bouge dans les pages de Héros.

Matéo pouffa discrètement. Richard, lui, ne s'aventurait jamais sur ce terrain avec José ; il le laissait faire son sketch de geek ultime à tendance complotiste sans émettre le moindre commentaire. Et pourtant, comme beaucoup de lecteurs, il avait lui-même un rapport à la saga quasi-obsessionnel : Héros, c'était la première BD que sa mère lui avait offerte. Le numéro 62... Ce numéro, il pouvait le lire une fois par mois, à chaque fois il vacillait dans les cases.

Alors que la discussion s'intensifiait, José usa de sa voix éraillée pour se faire entendre :

— Je pense que j'ai un ticket avec Jennifer Laplace.

Une véritable bombe à retardement.

Après un court silence, deux grands éclats de rire tonnèrent.

Le choc des mots, le comique des images. C'était tout bonnement digne d'un film de science-fiction que d'imaginer la fille du PDG de l'imprimerie – une blonde ultra-canon, maquillée à la perfection et moulée dans des minijupes qui attiraient tous les regards, avec un mec qui peinait à se faire pousser des cheveux gras, accoutré d'un sempiternel trois-quarts en cuir premier prix et flanqué d'une colonie de boutons sur le front !

— Jennifer Laplace ? Jennifer Laplace ?! C'est comme ça que t'appelles ta main droite ? réussit à placer Matéo entre deux hoquets.

— T'es jaloux, c'est tout, répondit un José aux sourcils taciturnes.

— Depuis quand tu t'intéresses aux meufs, de toute façon ? s'amusa Richard. Et encore plus à Jennifer Laplace ? Je croyais qu'aucune ne méritait ton génie.

— ... et n'arrivait à la cheville de ta mère ! surenchérit Matéo. Si, José, tu l'as dit !! Même que c'était pendant un aprèm Bowling, que j'avais deux Méga Burger dans le bide et que j'ai failli gerber !

José inspira, et prit son air le plus sérieux pour répondre :

— J'ai pas dit que je m'intéressais à elle, j'ai dit qu'elle s'intéressait à moi. L'autre jour, après le contrôle d'Histoire, elle m'a souri quand elle a pris son sac. J'ai bien regardé derrière moi et y avait plus personne. Si ça, c'est pas une évidence.

Les deux autres repartirent dans un long fou rire, le genre de franche rigolade communicative impossible à refréner.

La porte vola en éclats. Un homme entra comme une furie dans la pièce.

Il chancelait, et on voyait bien qu'il était blessé car son pardessus était imbibé de rouge au niveau du ventre. Il se précipita vers Richard.

José poussa un cri strident, avant de reculer jusqu'à heurter violemment le mur. Matéo serra les poings, mais fut incapable d'avancer.

L'homme était grand, bien que ses blessures l'obligent à se voûter. Vacillant et suffoquant, il attrapa Richard par les épaules. L'adolescent se sentit totalement paralysé. Cette soirée venait de basculer dans la terreur ; une seconde plus tôt ils riaient aux éclats, et l'instant d'après cet inconnu surgissait...

L'intrus balaya ses cheveux mi-longs en arrière. Quand il plongea ses yeux brillants, marqués par la douleur, dans ceux de Richard, celui-ci fut impressionné par le charisme qui se dégageait de lui. Derrière une barbe de trois jours, il devina quelques cicatrices, dont une plus profonde sous la pommette droite.

Et il y avait ce sang. Tout ce sang qui provenait de son ventre, s'écoulant sur le sol, sur ses mains, sur lui désormais.

— Écoute-moi, susurra l'intrus. Ça ne devait pas se passer comme ça. Tu devais avoir plus de temps... Mais... tout va se précipiter...

Il semblait faire des efforts titanesques pour garder une voix calme.

De toute façon, Richard ne pouvait qu'écouter : aucun de ses membres ne lui répondait, alors même que son esprit lui hurlait de fuir.

— Je n'ai pas le temps de t'expliquer, Richard...

Il avait prononcé son prénom ! Au milieu de tout ce charabia, cet inconnu venait de prononcer son prénom !

— Lâche-le ! ordonna Matéo.

L'homme l'ignora, son regard plongé dans celui, médusé, de Richard.

— Ça a déjà commencé, tu auras peu de temps...

Richard sentit des larmes monter. Il ne comprenait rien, la peur cheminait dans son corps gelé et pourtant les mots résonnaient en lui, et cette voix, même déformée par la douleur, lui semblait étrangement familière.

À cet instant, l'homme enfouit une main dans son manteau et en ressortit une fiole, qu'il plaça dans les mains de Richard. Celui-ci comprit, en voyant le tee-shirt troué à deux endroits, d'où venait tout ce sang... Des blessures par balles.

Il baissa la tête vers la fiole. Elle contenait un liquide noirâtre ; on aurait dit du sang, en plus sombre et plus épais. Il n'avait jamais rien vu de pareil.

Matéo, brusquement, se mit en mouvement ; il arriva dans le dos de l'homme, le visage ravagé par la trouille, et le saisit par le manteau pour l'envoyer au sol, loin de son ami. L'intrus roula sur le flanc en gémissant, une main sur ses plaies. Puis il souleva ses cheveux ruisselants de sueur pour adresser un regard à Richard.

— Fuyez... Ils arrivent !

Richard se retrouva hagard, choqué, avec cette fiole dans les mains, incapable de réagir. Il cherchait l'air, se noyait dans un océan de panique. Matéo le tira par le bras, les yeux rivés sur l'inconnu, pendant que José se déplaçait doucement vers la porte, aimanté au mur.

— Faut qu'on dégage !

C'est alors que des bruits assourdissants retentirent en bas, tandis que des puissantes lumières frappaient toutes les fenêtres de la façade.

Les Géants

Héros
Livre 1/2 : Le réveil

Héros
Livre 2/2 : Générations

DÉCOUVREZ TOUT L'UNIVERS DE
BENOÎT MINVILLE
AUX ÉDITIONS SARBACANE

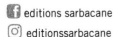

12670

Composition
FACOMPO

Achevé d'imprimer en Espagne
par CPI BOOKS IBERICA
le 5 mai 2019.

Dépôt légal : mai 2019.
EAN 9782290211632
OTP L21EPLN002624N001

ÉDITIONS J'AI LU
87, quai Panhard-et-Levassor, 75013 Paris

Diffusion France et étranger : Flammarion